55歳からのハローライフ

村上　龍

幻冬舎文庫

55歳からのハローライフ

目次

結婚相談所

アールグレイ

今日は、特別な日だった。中米志津子《なかごめしづこ》は、いつもより二時間ほど早く起きて、ゆっくりと紅茶を淹《い》れた。一日は、必ず紅茶ではじまる。好きになったのは四年前だ。

六十歳で定年退職した夫が、再就職に失敗し続けたあげく、点《つ》けっぱなしにしたテレビに向かって一日中文句と愚痴を言うようになった。

以前から確かに気むずかしいところはあったが、どちらかといえば無口で、プロ野球以外あまりテレビも見なかった。まるで人が変わったようで不安になったし、えんえんと終わらない愚痴と文句が神経に障るようになり、やがていっしょにいるのが耐えられなくなって、さいたま市の大宮のホテルにパートで働きに出るようになった。客室係の仕事で、ノルマがきつくて結局二ヶ月で辞めたが、ホテルの近くに紅茶専門の喫茶店があった。

夕方、仕事が終わると、家に帰りたくなくて、その喫茶店で時間をつぶした。ある日店主の老婦人からアールグレイという紅茶を勧められ、深い香りと、かすかな苦みを含んだ優しい味に、すさんだ気持ちが溶けていくような気分を味わった。

ほんの一瞬だが、夫のことを忘れることができて、以来、ホテルのパートを辞めたあとも、定期的にアールグレイの紅茶を買うようになった。

そのあと、近所のスーパーや大宮のデパート、板橋のファストフード店などでアルバイトを続けた。夫は何も言わなかったが、相変わらずテレビの前から離れようとしなかった。

結局、中米志津子が五十四歳のとき、離婚した。「別れたい」と言うと、夫はテレビ画面から目をそらさずに「勝手にしろ」と言っただけだった。

三十年近くともに過ごしてきた人と、こんなに簡単に別れられるものかと自分でもあきれるほど離婚はあっさりと決まった。新潟に嫁いでいた娘も反対しなかった。

化粧を終え、自家製のジャムを塗ったトーストを食べながら韓流《ハンりゅう》ドラマの続きを見た。『スカーレットレター』という韓流独特の男女の復讐《ふくしゅう》劇で物語は佳境に入っていたが、我慢して途中で消した。

今日は特別な日で、そろそろアパートを出なければならない。結婚相談所から紹介された相手と会う日なのだ。

築二十八年の木造モルタルのアパートは今にも倒れそうな安普請だが、住宅街の外れに建っていて、近くの公園の緑を眺めることができた。東武《とうぶ》野田線の大宮公園駅と大和田駅からほぼ等距離で、時間帯によっては東北本線の土呂《とろ》駅のほうが便利なこともある。いずれにしろ、どの駅からもかなり遠い。徒歩だと二十分以上かかり、しかもバスの本数も少なかった。だから家賃も相場よりかなり安く、四畳半二間と台所で、光熱費を入れても四万円弱だった。

離婚のあとの一人暮らしには、寂しさと解放感があった。だが、しだいに解放感のほうが大きくなって、自分でも驚くほど早く、寂しさは薄れていった。派遣会社に登録し、マネキンさんと呼ばれるスーパーなどでの食品の試飲・試食販売の仕事をはじめて、今も続けている。月の半分くらい、大宮から板橋あたりまで出かけ、さまざまな食材や食品を販売する。五日前までに派遣元の担当者に希望日を伝えるのだが、どういうわけか必ず仕事はあった。希望日にいつもちゃんと仕事があるのは稀《まれ》らしかった。

人前で声を出すのは苦手だったので、本当にマネキンさんが務まるのか不安だった。小学生のころから恥ずかしがり屋で、授業中、たとえ答えがわかっていても挙手できなかった。でも、実際にやってみると、不思議なことにいくらでも声が出た。

「ナカゴメさん、あんた、ガソリン使ってなくて、溜《た》まってたんだよ」

同僚のオヤマさんから、そんなことを言われた。オヤマさんによると、人間が一生のうちに話す分量というのは決まっているのだそうだ。照れ屋や恥ずかしがり屋としてずっと生きてきた人は、いつかどこかでまるでダムが決壊するように、文字通り堰《せき》を切ったように喋《しゃべ》りだすことがあるのだとオヤマさんは言った。

「あんた、マネキンさんが天職かも知れないよ」

何となくわかる気もした。だが、働きたい日に必ず仕事を回してもらえる理由を指摘されたときは、さすがに信じられなかった。オヤマさんが嘘を言っているのだと思った。

「だって、あんた美人だから」

美人？　自分でもそんなこと思ったことはないし、これまで誰かに言われたこともない。夫は、知り合ってから離婚するまで、容姿をほめたことなどなかった。その他の、性格や料理や趣味なども評価されたことはない。夫と知り合ったのは、高校を卒業して事務員として勤めた地元岩槻《いわつき》の薬品・化粧品卸《おろ》し会社だった。夫は同じ商品管理部にいて、毎日顔を合わせていたが、二十五歳になったとき、周囲に勧められ、両親も賛成したし、そういう場合は当然結婚するものだと思っていたので結婚した。

夫も高卒で、出世は見込めなかった。商品管理という名称は立派だが、やっていることは倉庫の商品・在庫整理と出庫作業に過ぎなかった。だが八〇年代半ばまでは給料は上がっていったので、会社の近くに三十坪ほどの小さな建て売り住宅を買って、やがて娘が生まれた。

そういえば、顔が夫に似た娘が、お母さんに似ればよかったと、一度だけ高校生のころにぽつりと言ったことがあったが、どんな意味なのか考えもしなかった。

「美人？　まさか」

中米志津子は、駅の改札脇にある等身大の鏡に自分を映し、服装を確認しながら声に出さずにつぶやいた。クリーム色のワンピースに、襟と袖《そで》に毛皮がついた黒のウールのコートを着て、一足だけ大切にとっておいたブランドもののブーツを履いた。

これから、結婚相談所が紹介してくれた男と会うことになっている。見せてもらったデータによると、六十代後半の、元会社経営者だそうだ。

多少髪が薄いが、スーツの着こなしと、紺色のネクタイがすてきだと思った。ネクタイの中央部にかすかな白の斑点《はんてん》模様があり、男の星座である双子座を表しているのだと書いてあった。資産の欄には、百二十坪の持ち家と別荘、数千万円相当の株式所有とあった。

わたしは本当に再婚相手を探そうとしているのだろうか。中米志津子はまだ確信が持てない。

寂しくて伴侶《はんりょ》が欲しいというわけではない。だが、結婚を望む理由は、少なくとも二つあった。

家から新宿までは、埼京《さいきょう》線の快速を使えば大宮での乗り換えの時間も含めて、だいたい一時間半見ておけば間違いない。会うのは結婚相談所に用意されている個室で、時間は午前十一時半だった。電車の中で時計を見た。

この分だと約束の一時間前に新宿に着く。

だが、早く着いても、デパートで紅茶とティーカップを眺める楽しみがある。時計は、二十年前に夫が買ってくれたセイコーで、革のベルトがだいぶすり切れていた。数千万円相当の株式や別荘を持ち、自分の星座の模様のある、おそらく高価なブランドのネクタイをした男は、すり切れたベルトの時計をした五十八歳の女をどう見るのだろうかと不安がよぎったが、そんなことで嫌われるようだったら結婚はすべきではないと思った。

再婚を考えたのは、まず第一に経済的な理由だった。

別れるとき、夫は何も言わずに預貯金と終身保険の半分、約四百万円を慰謝料として渡してくれた。

マネキンさんの仕事は平均して月に十五万ほどなので、生活するには足りない。慰謝料はすでに半分に減った。娘には頼れない。娘は、バイト先で知り合った機械設計の男と結婚したのだが、二人の子どもがいて経済的な余裕はない。

マネキンさんの仕事もいつまで続けられるかわからないし、年金はないに等しい。病気でもしたら貯金はあっという間になくなってしまうだろう。ある程度経済力のある男と再婚するのがもっとも合理的な気がした。

一人で寂しいということはない。マネキンさんの仕事と、紅茶と韓流ドラマ、それに盆と正月に孫と会うことで、とりあえず人生は完結している。

ただ、別れた夫以外の男と、付き合ってみたかった。性的なことも含めて、夫以外の男と接したことがない。

おそらく韓流ドラマの影響ではないかと思う。韓流を見るようになったのは、オヤマさんと会ってからだった。ネットワークがあって、誰かがこっそりとダビングしたいろいろなDVDが回ってきて、貸してくれるのだ。韓流ドラマには、自分が過ごしてきた世界とは違う、ゾクゾクするような魅力があった。

性的なことも含めて、夫以外の男と付き合ってみたい。

それが再婚を希望する二番目の理由で、韓流ドラマを見ているうちに、いつしかそう思うようになった。朝起きて三十分ものを一話見て、夕食を食べながら六十分ものを一話見て、寝る前に紅茶にブランデーを入れて飲みながら別の六十分ものを見る。

一日に三話、百五十分間韓流ドラマを見ていることになるが、物語の運び方に共通点があることに気づいた。

いちばん好きなのはドロドロとした男女の復讐劇だが、時代劇でも、ラブコメディでも、登場人物たちははっきりとものを言う。言いすぎて取り返しのつかない事態に陥ることもある。それに、歓迎されない場所、たとえば恋敵の実家などに平気で押しかけていく。相手の都合は考えない。

　わたしは結婚前も結婚後も周囲や相手の都合だけを考えて生きてきた気がする、中米志津子は、流れていく風景を見ながらそう思った。

　生まれてからずっと、この電車のガラス窓のようなものが、自分と周囲を隔てていた。

　それは相手の露骨な批判や悪意から守ってくれることもあったが、深い思いは決して相手に届かないというあきらめも生んだ。韓流ドラマの世界には、自分と周囲を隔てるガラス窓のようなものがない。たとえあっても登場人物たちは怒りや愛情に身をゆだねてガラスを叩《たた》き割るのだ。

　わたしはそんなことはできないだろう、中米志津子は苦笑しながら首を振った。だが、ひびを入れるくらいはできるかも知れない。

　夫から、離婚したあとで何通か未練がましい手紙が来て、びっくりした。今でもたまに携帯のメールが来る。

「どうしていますか。ぼくはよくあなたのことを思い出します」

　返事を出したことはない。「ぼく」という一人称を異様に感じた。夫は一度も、自分のことを「ぼく」と言ったことがない。手紙もメールもまるで別人のようで、気味が悪かった。

夫と自分の間にあったガラスを叩き割ったら、どうなっていただろうと考えることがある。だが、もう遅い。

別れた夫は、ネクタイを五本しか持っていなかった。冠婚葬祭用が二本で、あとの三本を代わる代わる定年まで使った。背広ではなく作業着に合わせるので、どうせネクタイはほとんど見えないから、色や柄やデザインに凝る必要はなかったのだ。

結婚相談所に関する情報は、オヤマさんたち同僚から得た。

中米志津子が所属するマネキンさんの派遣会社には二百人を超える女性が登録している。違う場所や会場に個別に派遣されるので、仕事で顔を合わせることはほとんどないが、事前研修や商品の勉強会などでは女同士お喋りに花が咲く。オヤマさんは、四歳年上だが、知り合いの娘さんが三十代後半で、複数の結婚相談所の会員になって婚活に励んでいるという話題になった。

「だいたい、結婚相談所に集まってくる男にろくなのがいないって、わかりそうなもんなのにね」

オヤマさんはそう言って、その知り合いの娘さんは全部で百万円近く使っているのだと苦笑いした。すると、実はわたしも以前会員になっていたという女性が次々に名乗りを上げて、昼休み中、その話題で盛り上がった。女同士だと警戒心が薄れるのか、みんな誰かに話したくてうずうずしていたのか、きわどい話が続き、研修室は笑いに包まれた。

　コンノという四十代の女性は、相談所に紹介された同年配の男と何度か会ってゴールインしそうになったが、ある日その男の母親を名乗る女から、うちの息子を誘惑しないで欲しいという電話があって、それ以来連絡が途絶えたという。本当に男の母親だったのかどうか今でもわからないとコンノさんが言って、今の男はマザコン率が八〇パーセントを超えるらしいと、別の女性がインターネットで見た情報を伝えると、母親が結婚相談所に付き添う例もあるらしいという声がどこからか聞こえて、また笑いが起こった。

　ちょうど再婚について真剣に考えていたところだったので、中米志津子は、みんなの話を聞きながら、思わずメモを取っていた。何してるの、と聞かれ、再婚の話をすると、オヤマさんから言われた。

「あんただったら、いい人が見つかるかもね」

　新宿で電車を降り、西口に出て、超高層ビルのほうに歩く。デパートに入って紅茶売り場を見てみようかと思ったが、出入りする人がいつもより多い上に動きが慌ただしく、売り場が混んでいそうで、止《や》めた。紅茶やティーカップは、ゆったりとした気分で眺めたい。ショーウインドウに飾られた聖夜のディスプレーを見て、そういえばとっくに師走に入っていたんだなと思った。マネキンさんの仕事に行き、韓流ドラマを見て、紅茶を飲んでいるうちに、あっという間に一年が経《た》ってしまう。焦りを感じるようなことはないが、やはり、少しだけ変化が欲しい。

ホテルやオフィスビルの玄関付近には、それぞれに意匠を凝らしたクリスマスツリーが飾られている。ゆっくりと歩いているが、約束の時間よりはだいぶ早く着いてしまう。やはり多少混んでいてもデパートに寄るべきだったかも知れない。

どうして躊躇《ちゅうちょ》したのだろうと考えて、はじめて自分が緊張しているのだと気づいた。目的のビルを過ぎ、都庁まで歩いた。第二庁舎の外れに、好きなスペースがある。幸い薄日が差していて、外気はそれほど冷たくなかった。石造りの階段を下りていくと、小学校の教室くらいの狭いスペースがあって、木々が植えられ、湾曲した御影石《みかげいし》のベンチがある。昼休み前なので、人影はない。

結婚相談所はオヤマさんたちの勧めで、大手の、老舗《しにせ》といわれているところを選んだ。電話をしてアポを取り、はじめて足を運んだのは一ヶ月前だ。超高層ビルの一室にあり、内装も家具も落ちついた雰囲気で、ほとんど同年配の相談員さんが付いてくれて、しばらく話をして信用できそうだと判断し、その場で入会の手続をした。どこか他の相談所に行かれたことがありますかと聞かれ、ありませんと答えると、相談員さんは何も言わず、ただ微笑《ほほえ》みながらうなずいていた。そういう何気ない対応が気に入ったのだ。

入会金は、中高年向けプランというのがあって十五万弱、月会費は九千円と五千四百円と二種類あり、月々の紹介者の数が違う。仕事もあるわけだし、そんなに多く紹介されてもと、安いほうを選んだ。

「ご紹介用のビデオ撮影ができますが、どうされますか」

相談員さんにそう聞かれたとき、顔が赤くなるのがわかった。

最初の見合い

ビデオ撮影は個室で行い、簡単な自己紹介をするだけで、写真よりも情報量が多くて人柄や教養が表れるので、あなたのような方にはお勧めしています、と言われたが、辞退した。ビデオ撮影と聞いたときに、変な妄想が湧いてきて、その拒否反応が消えなかったのだ。入会手続のあとで、写真の撮影だけをお願いした。住民票と、相談所から送付されてきた用紙に市役所で書き込んでもらった独身証明書を示し、入会金と半年分の会費を現金で支払い、紹介者との間にトラブルが生じても自己責任としますという内容の誓約書にサインをした。

会員データと記された用紙には、住所や連絡先電話番号、仕事内容と年収、学歴、身長・体重・喫煙の有無などの身体情報、資格と免許、結婚歴、家族構成、趣味、性格、それに八十字以内でメッセージを書く欄もあった。

家族構成は、父母兄弟と子どもに分かれていて、続柄の他に同居、別居、死亡、既婚、扶養、親権の有無など、細かい記述が必要だった。性格は、「自分の意見をはっきりと相手に伝える」「話題が豊富である」「自分に厳しいほうである」「人からものを頼まれると断れない」など、比較的ポジティブな項目ばかり並んでいて、「はい」か「いいえ」にチェックを入れていく。

連絡先にメールアドレスの記入欄があって、携帯のメールだけですがいいでしょうかと聞いた。去年、娘のお古のパソコンをもらったが、使い方を覚えるのが面倒で棚に置いたままになっていた。パソコンを使いこなし、インターネットなどをやっていないとバカにされるのではないかと不安だったが、だいじょうぶですよと相談員さんから言ってもらえて、ほっとした。

写真は、契約しているスタジオで撮ることもできると言われたが、相談所の個室で済ませた。男性の相談員さんの一人が、デジカメで撮ってくれた。アンティーク風の椅子に座ると、正面を向かずに少しだけ横向きになるとか、首をわずかに傾けるとか、自然な感じで微笑むとか、いろいろと注文をつけられた。最後に、ブラウスの上のボタンをできれば二つ外したほうがいいと言われたとき、どういうわけか涙が出そうになった。首が細く見えるということだったが、プライバシーをほとんどすべて記入したあとで、ブラウスをはだけたほうがいいと言われて、まるで身売りするような気分になったのだ。

ブラウスのボタンを外す指が震えた。どうしてもボタンを外さないといけませんか、と聞くと、いや、わたしは別にどっちでもいいんですけどね、と冷淡な感じで、男性の相談員さんは言った。

「ええと、ナカゴメさんですよね。わたしは、あなたに本当によい相手に巡り会っていただきたいので申しているわけで、わたしのためじゃないんですね。失礼ですが、お歳《とし》を考えていただかないと。決してお安くない金額をちょうだいしているわけで、何としてもナカゴメさんにはバラ色のゴールを目指していただかないと。生半可《なまはんか》ではない意志が大切なんです。何としてもバラ色の未来を手に入れるという意志ですね。とても大切なんですよ」

四十代半ばだと思われる男性だが、担当だという女性の相談員さんに比べると、冷たいというか、歯に衣《きぬ》着せない感じがした。だが、男性の相談員さんが言っていることは正しいと思った。知り合いや遊び仲間を募るわけではない。わたしがここにいるのは誰かと結婚するためだ。しかも大金を払った。きついことを言ってくれるほうが親切なのかも知れない。開き直ろう、中米志津子はそう思って、ブラウスのボタンを二つ外した。

写真を撮ったあと、会員データの裏面にある「お相手のご希望」というページに、年齢や年収、身長、職業と職種、学歴、婚歴、養子縁組希望の有無、などにチェックを入れていくのだが、担当の女性相談員さんが、じっと回答を眺めていて、年齢や年収や職種、学歴の項目で迷っていると、ご希望より少しだけ控え目にされると紹介できるお方が増えますよ、などとアドバイスしてくれた。

年齢は、考えた末に「同年代」にチェックを入れた。

年収は、「特にこだわらない」から「一千万以上」まで細かく分かれていた。「百万程度」という項目があって、あまりの安さに驚いた。「一千万以上」という項目を選びたかったが、虫がよすぎると思われるのがいやで、「三百から四百万程度」にした。

身長は「自分より五センチ程度高い」に印を入れた。別れた夫は、背が同じくらいだった。とにかく、夫とは違うタイプの人を、選びたかった。

学歴はさらに切実で、「特にこだわらない」を除けば、「中学」「中学卒後専門学校」「高校」「高校卒後専門学校」「短大」「高専」「大学（院）・文系」「大学（院）・理系」「大学・医療系・医師」「大学・医療系・歯科医師」「大学・医療系・薬剤師」「大学・医療系・その他（看護師・理学療法士など）」という風に細かく分かれていた。

「短大でもいいのだが、できれば四年制大学卒を希望する」場合はどこにチェックを入れればいいのかわからない。

「それはですね、短大でいいんです。自動的に短大以上の方もカバーします」

会員データを全部埋めると、相談員さんがそれを手にとってじっと眺め、コンサルティングがはじまった。

「漠然としてお答えしづらいとは思いますが、ナカゴメさんは、どういった方をイメージされていますか」

そう聞かれて、率直に言っていいものか迷った。

別れた夫とは違うタイプだったら多少条件が合わなくても会ってみたいなどと、露骨なことを言ってもいいのだろうか。相談員さんがわずかに首を傾け、微笑みかけて、こちらを見ている。

ほとんど同年配だろう。何気なくスーツを着こなし、胸元の真珠のネックレスがよく似合っている。きっと温かで幸福な家庭を持つ人なのだろう。そういう人に、自分の不安や寂しさを明らかにするのは抵抗があった。

「いろいろな方がいらっしゃるんですよ」

相談員さんは、気持ちを察するように、優しい口調でそう語りかけた。

「年金だけで暮らして生活が不安だという人ももちろんいらっしゃいますし、年収二億で、びっくりするような財産をお持ちで、海外国内合わせて別荘をいくつも、というような方もいらっしゃいます。ただ、こういうことをわたしが言うのはどうかと思われるかも知れませんが、人生に満足している方は、ここにはいらっしゃいません。こんなご時世ですから、みなさんどこか不安に思い、誰かと人生を分かち合いたい、いっしょにいい時間を過ごしたい、きれいな風景をともに眺めてみたい、そして、誰かに話を聞いてもらいたい、話したい、みなさん、そんなことを考えていらっしゃいます。

よくわかります。相談員のプライバシーは……あまり話さないことになっているんですが、わたしも離婚を経験していますし、だから、会員のみなさんのお気持ちが、少し理解できるのかなと思っているんです」

上品で優しそうな相談員さんが離婚経験者だと聞いて、驚いた。

離婚されたんですか、と思わず聞いてしまった。相談員さんは、こちらを見つめたままうなずく。

「おきれいだし、品がおありだし、きっとお幸せな家庭なんだろうと思っていました」

そう言うと、まあ、ありがとうございます、と相談員さんは口に手を当てて、照れたように笑った。

中米志津子は、気が楽になって、どうしてこのお仕事をされているんですかと、つい質問してしまった。

そうですねえ、なぜなんでしょうねえ、と相談員さんは、両手を膝《ひざ》に置いて、遠くを見るような表情になった。

「生活のため、というのもありますよ。今、わたしは一人ですし、子どもがまだ大学院でぐずぐずしてますので、『責任済み』ではないですからね。あ、『責任済み』というのはわたしたちの言葉で、養育を終えているという意味ですね。

どうしてこの仕事をしているかというのは、とても上手には言えませんが、わたしは、他の方が、決して安くないお金をお支払いになって、それで、ゴールインされて心からの笑顔を見せていただくときに、何か、感じるんですね。人様の、役に立つってことでしょうか。

もちろんわたしたちはご紹介するだけなんですが、それがどなたかの幸福につながるわけですよね。

そんなうまくいくお話ばかりじゃありませんけど、それでも、誰かが幸福になるためのお手伝いができたって感じられるときは、苦労も忘れます」

わかる気がした。自分も、マネキンさんの仕事で、店長さんからお礼を言われたり、ねぎらいの言葉をもらったりしたときに、誰かの役に立ったという実感を持てる。

この人になら、正直に話してもいいのではないか、決して微笑みを絶やさない相談員さんを見てそう思った。

相談員さんに、別れた夫とのことを話した。退職後再就職に何度か失敗してテレビの前から動かなくなり、いっしょにいるのが耐えられなくなって、離婚した。

離婚してみると、夫がどんな人だったのか、なぜいっしょに暮らしてきたのか、そんなことまで曖昧《あいまい》になってしまった。

別れた夫から今でもメールが来るが、返信したことはない。憎いとか嫌いだとか、そういうことではなくて、どんな時間をいっしょに過ごし、何を話し、どういったことでともに喜んだり悲しんだりしたのか、まるで濃い霧がかかったみたいにぼんやりして、よくわからない。

「だから、夫とは違う男性、夫と過ごした時間とは別の時間を、どなたかと過ごしたいと思ってるんです」

そういうことを一気に話すと、相談員さんはうなずきながら聞いていたが、やがて諭すような口調で言った。

「わかりました。よくわかりますよ。ただ、具体的なご希望をはっきりさせていただかないと、そうですね、とても危ないことがあるんですよ」

危ないことがある、そう言われて、何となくわかる気がした。そして、安堵《あんど》と落胆を同時に感じた。

わかります、と下を向いたままつぶやくと、だいじょうぶですから、と相談員さんは、手を伸ばしてきて中米志津子の膝のあたりに軽く触れた。

「わかってらっしゃると思うんですよ。別れたご主人とは別の人格、性格、別のからだを持った方と会ってみたい、これ、ナカゴメさんだけじゃないですよ。多くの方がそんな気持ちを持ってらっしゃいます。自然なことだと思うんですね。それに、ナカゴメさんは、自分でそうおっしゃるので、いいんです。だいじょうぶというのはそれです」

相談員さんは、そんなことを言って、これまでに担当した人の例を挙げてさらに詳しく説明してくれた。

熟年離婚経験者の、大企業の管理職だった女性がいたらしい。年齢は五十代半ば、高学歴で外国語も堪能《たんのう》で海外赴任も経験し、夫も公認会計士で、評判のエリート夫婦だったそうだ。

その離婚経験者は、相談員さんがびっくりするくらい、自分の結婚生活や離婚について綿密に分析していて、相手の希望も非常に具体的だったという。

身長はできるだけ高く、学歴は旧帝大の国立大、もしくは早稲田、慶応、一部上場企業の管理職で、多趣味で、しかもテニスとかヨットとか登山などアクティブなものが望ましく、ユーモアを解し、話術に長《た》けていて、子どもはいないほうがよいが、いる場合は「責任済み」でなければいけない。

そんな人、いないですからね。相談員さんは手を口に当てて笑い、つられて中米志津子も声を出して笑った。

「いや、もちろん世の中にはそういう男性はきっと大勢いますよ。でも、そういった方はいろいろな意味で安定していらして、何かの事情で離婚されても、再婚を望めば比較的楽に実現されるんですよね」

その女性管理職は、紹介できる相手がいなくて、たまたま近い条件の人がいても頭ごなしに拒み、しばらくして人が変わったようになり、相談所の外でいろいろな男と付き合うようになって、やがて二十歳年下の詐欺師のようなワルと出会い、ほとんどの財産を失う羽目になったのだそうだ。

「所詮《しょせん》、結婚相手といっても、男と女ですからね。頭で考え決めたことすべてに、心と身体《からだ》が従うということはないんですね。別れた夫とはタイプが違う男性、という条件そのものは悪くないんですよ。

ただし、それよりも大切なのは、自分がこの先どんな人生を生きようと思っているのか、ということなんです」

この場所はものごとを冷静に考えるのに向いている。中米志津子は、都庁の第二本庁舎脇のスペースで、湾曲した御影石のベンチに座っていた。最初に結婚相談所を訪ねたときのことを思い出していたら、あっという間に三十分が経った。昼時、このスペースにはランチをとる人や煙草を吸う人が集まってくる。都庁はコンクリートの巨大な建造物だが、周囲には緑が多い。

二つの庁舎の中間には広場があり、裏手にはプロムナードと名付けられた遊歩道があって、植え込みや花壇がバランスよく配置されている。

ここは、都庁の外周スペースの中でも特別だと思う。緩やかな階段状の傾斜があり、本来はそこを水が流れ落ちる構造になっている。大震災以降の節電のためか、今は水は止められている。

水は、モザイクのような模様のタイル張りの、浅い池に溜まる仕組みで、その内部には三角柱を横に倒したような形の金属のモニュメントがいくつも並んでいる。このスペースを見つけたのは、二度目に相談所に来たときで、やはり約束よりうんと早く着いてしまい、デパートで紅茶とティーカップを眺めてもまだ時間が余り、見物がてら都庁のあたりをふらふらと歩いていて、迷い込むように、あるいは引き寄せられるように、たどり着いたのだった。

二度目に相談所を訪れたとき、四人の男性の写真とデータを見せてもらった。二歳年上だという男性が二人いた。だが、とうてい受け入れることができないと思った。顔は関係ないと決めていたのだが、実際に写真を見ると、現実感を失いそうになった。嫌いな顔とか、いやな顔というレベルではなく、人間にはもちろん、哺乳類《ほにゅうるい》にも見えなくて気持ちが悪くなった。一人は魚類に似ていたし、もう一人は昆虫みたいで、会ったり話をしたり、そんな自分を想像できなかったのだ。三人目は七十歳を超えていて、非常に痩せていて、顔色が悪く、本当に生きている人なのかと思った。そして四人目に、自分の星座の模様のあるネクタイを締めた男がいた。髪が薄く、中性的な感じがしたが、会ってみることにした。

御影石のベンチから立ち上がろうとしたときに、携帯のメールの着信音がした。夫からだった。

「元気にしてますか。ぼくは正月明けに新潟に行ってこようかと思います。いっしょにどうかと思ったが、またメールします」

新潟は一人娘の嫁ぎ先だったが、遊びに来るようにと、娘が提案するわけがない。亭主の勤め先に近いからと新潟市内の２ＤＫのマンションに住んでいて、泊まる部屋もないし、三が日が明けるころに、毎年孫を連れてこちらのほうに遊びに来る。アパートはさすがに狭いので大宮のホテルに泊まるのだが、しばらく亭主から離れて、マッサージに行ったり、子どもを預けて都心のデパートに買い物に行くのを、娘は楽しみにしているのだった。

しかしよりによって、どうしてこんなときに、夫からメールが来るのだろう。まるでわたしが何をしようとしているのか、どこかで監視しているかのようだった。

夫からのメールは、だいたい一ヶ月に一度くらいの頻度だった。しかもいつもは文面がもっと短い。

約束の時間まであと十分になったところで、中米志津子は銀色に輝く一本の超高層ビルを目指して歩きだしていた。

午前中の日差しがビルの窓ガラスに反射して眩《まぶ》しい。自分はこの風景が気に入っている。確かに都庁をはじめとするビル群は威圧感があるが、コンクリートとガラスと鉄だけでできているせいか、乾いていてすがすがしい印象がある。夫は、本気で新潟に行こうとしているのだろうか。

関係ない。

立ち並ぶビルの隙間《すきま》に、夫の顔を思い描こうとしてみたが、ダメだった。

「こちらが、クリモトヨウスケさんです」

相談員さんがお互いを紹介した。三畳間ほどの個室に三人が入って、狭苦しく息苦しい感じがした。

クリモトという男は、写真よりも太っていた。

十二月で、室内の暖房がきついわけでもないのに、走ってきたのかと思うほど額と鼻の頭に汗をかいている。

しかも、自分の星座の模様が刺繡《ししゅう》されたネクタイをしていなかった。きっと高級なブランドものなのだろうが、黄色の平凡な柄のネクタイだった。

「クリモトさんは新宿のレストランでランチを予約されているようですが、ナカゴメさんのご都合はいかがですか」

別に無理をしてランチを付き合わなくてもいいんですよ、というようなニュアンスで相談員さんが微笑みかけている。

せっかくですので、お言葉に甘えようと思います、よろしくお願いします、とランチの誘いを受けた。写真より太っているのと、汗かきなのと、ネクタイが違うのが気に入らなかったが、どこかに夫への対抗心があったのかも知れない。

だが、失敗だった。ランチなど、付き合うべきではなかった。

場所はレストランではなかった。新宿駅東口の、有名なフルーツパーラーの裏手にある和食屋だった。雑居ビルの地下で、テーブルの間隔も狭く、昼時で混んでいて、一方の壁際に個室がいくつかあり、その一つに「ご予約席」というプレートがかけてあった。個室は三畳ほどの広さで、地下なので窓もなかった。緊張しているせいもあって、出されたお茶の味がわからない。今、ゆっくりとアールグレイを飲むことができたらどんなにいいだろうと思った。

「ここ、意外に知られてないんですが、長野産のそば粉を使っていて、そばは絶品なんですよ」

クリモトはあぐらを組みながら笑いかけて、おしぼりが運ばれてくると、ひっきりなしに顔の汗を拭《ぬぐ》った。そばは好きでしょう、と聞かれ、はいとうなずく。相談所の個室では気づかなかったが、クリモトからなじみ深い臭《にお》いがした。夫と同じ、中高年の男特有の臭いで、気分が落ちつかない。今の日本の男ってどうしちゃったのかね、というオヤマさんの言葉がよみがえった。大宮のスーパーでいっしょに仕事をしているときに、いまどき男の集団といっしょに狭いエレベーターとか乗りたくないもんだね、とオヤマさんが言ったのだった。若い連中は汗臭いし、おじさんたちは加齢臭だもんね。

「どうですか」

クリモトは、二千九百八十円の昼定食「梅」を頼んだ。そばといっしょに刺身や茶碗蒸し《ちゃわん》が膳《ぜん》に並んでいて、それなりに豪華な感じがした。マグロの刺身を口に入れたが、意外においしくて、はい、とてもおいしいです、と返事をした。ビールでもどうですか、と聞かれて、首を振ると、ぼくはいただきます、とクリモトは生ビールを頼み、半分以上を一気に飲み干して、唇の端に泡をつけたまま、うまいなあ、と言った。夫はあまりアルコールを飲まなかったから、昼間から豪快にビールを飲む男は新鮮だった。緊張して警戒心が働いているだけで、飾り気のない、率直な人かも知れないと思った。刺身や茶碗蒸しをおいしそうに平らげ、食べ方も下品ではない。

「お子さんがいらっしゃるそうですが、そこら辺のところ聞いてもよろしいでしょうか」

もちろんです、と笑顔を作ると、あのですね、とクリモトは身を乗り出すようにあぐらを組み直して、言った。

「やはり、お腹《なか》に妊娠線とかおありですよね」

いったいこの人は何を言っているんだろう、最初「ニンシンセン」という言葉の意味がわからなかった。二、C、千とか、専門的な数字なのかと思った。ただ、「お腹」という単語ははっきりと聞こえたので、ゆっくりと「妊娠線」の意味が頭の中で膨れ上がり、顔が赤くなるのがわかった。

「シヅコさんでしたね。それで、乳首とか、やはり相当黒いですか」

クリモトという男が言っていることが今度ははっきりと理解できた。酔っているわけではない。中ジョッキでビールを飲んだが、話し方も態度もしっかりしていた。素面《しらふ》で、妊娠線と乳首の色について聞いてきたのだ。

「再婚に関しては、ぼくはセックスが重要だと考えているんです。実は、離婚の原因は、妻がセックスを嫌がるようになったことでした。日本人ってこういうことを隠したがるでしょう。ヨーロッパに仕事でよく行くんですが、あちらの人は堂々とセックスに関して話します。それっていいことだと思うんです」

信じられないことに、クリモトという男は、仲居さんがデザートの果物を運んできて、昼定食「梅」の膳を下げている間も、セックス、セックスと連呼した。まるで仲居さんに聞かせたがっているようだった。

「再婚したら、セックスできますか。できますよね。ただ、不安というか、懸念ですね、ぼくは、どういうわけか、妊娠と結びつくセックスが苦手なんですね。いつだったか、その筋の女性にお相手願ったことがあるんですが、まだ若いのに、乳首がとても黒くて、妊娠しているのかなと思ったとたん、その夜はダメだったんです。そんなこと、はじめてでした。妊娠線も、あまりにはっきりしているとダメだと思うんです」

唐突にセックスの話がはじまったので、呆気《あっけ》にとられたが、やがて怒りがこみ上げ、身体が震えてきた。熱いお茶が入った茶碗を投げつけようかと思ったが、仲居さんが出入りしているので、我慢した。失礼なことを言わないでくれとちゃんと言うべきだろうか、それとも黙って席を立ったほうがいいのだろうか。クリモトという男は、人生においていかにセックスが重要な部分を占めているかについて喋り続けている。もう限界だった。

「失礼します」

中米志津子は、それだけ言って席を立ち、店を出た。駅に向かって歩いていて、ふと気がつくと、涙があふれ出ていた。

一年後のクリスマス

もう二度と見合いはしない、そう思った。新宿駅のトイレで涙が乾くのを待ち、大宮まで戻って、なじみの紅茶専門店に入った。アールグレイを、お気に入りのヘレンドのカップで頼んだ。妊娠線と黒い乳首という言葉が、なかなか耳から消えなかった。バカにされた気がして、悔しく、クリモトの汗まみれの顔を思い出すと、また涙が出てきそうになった。

カップから独特の香りが漂ってくる。香りづけに使われているベルガモットという柑橘《かんきつ》系の匂いだった。ゆずに似た渋みの隙間から、すり抜けるようにかすかな甘酸っぱさが立ち上がってきて、香りが見え隠れするようだと思う。そんな繊細さが好きだった。香りづけしてあるので、ホットで飲むときにはあまり濃くならないようにする。このお店のアールグレイは、香りも味もいつも完璧だった。香りを確かめているうちに、少し気分が落ちついてきた。

「お前は嫌いだ、ぞっとする、声だけではなく、息づかいさえいやだ」という、昨夜見たばかりの韓流ドラマ『スカーレットレター』の台詞《せりふ》がよみがえってきた。愛する女を守るために不本意ながら稀代《きだい》の悪女である女優といっしょになる男の台詞だった。そんなにわたしのことが嫌いなの、と女優に聞かれ、元来無口な男は昼間から酒を飲み、酔ってうつろな表情で、嫌いだ、とはっきりと答える。

「お前といるのは地獄だ。地獄に耐えられないからこうやって昼間から酒を飲むんだ」

あのクリモトという男に、韓流ドラマの登場人物のようにコップの水をかけ、決定的な台詞を叫んでやりたかった。だが何も言えず泣きながら逃げ帰った。ひどい人でしたと、相談員さんに訴えてみようかと考えたが、止めた。結婚相談所を出てからの一対一の付き合いは自己責任だと言われているし、紹介された男をあまり悪く言うと、理想が高すぎると誤解されて、今後いい相手を紹介してもらえなくなるかも知れない。入会金と月会費を考えた。決して安くなかった。

さっきまで二度と見合いはしないと思っていたのに、相談員さんに紹介してもらえなくなることを心配する、なんて節操のない女なんだろうと自分のことを思って、一人で苦笑した。きっとアールグレイが、気持ちをほぐしてくれたのだ。

「おや、何かいいことがあったんですか」

紅茶専門店の女主人から聞かれて、いいえ、これからです、と中米志津子は答えた。

二度目の見合いまでしばらくかかった。月会費がムダになるので早く次の男性を紹介して欲しいという思いと、もう傷つくのはいやだという思いが交錯して、なかなか結婚相談所に出向く決心がつかなかったのだ。

最初の見合いから一ヶ月が経ったころだった。ナカゴメさん、婚活だけどどんな感じなのよ、とオヤマさんに聞かれて、クリモトという男のことを話した。恥ずかしくて、秘密にしておきたかったが、一人で抱え込むとろくなことがないと韓流ドラマを見ていつもそう思っていたので、つい愚痴を聞いてもらうことにしたのだ。

韓流ドラマの登場人物たちは、恥という概念が強いのか、他人には迷惑をかけられないと謙虚に思うのか、悩みや秘密を自分一人で抱え込んで自滅に向かう。相談すればいいのに、この人たちはバカだなあと、いつもそう思う。

「そいつ、どんな人生を送ってきたんだろうね。熱湯でもかけてやればよかったんだよ」

オヤマさんは、そう慰めてくれた。入会金がバカにならないので今後も見合いを続けようかと思うんだけどどうだろうかと相談すると、そのうちいいことがあるさ、と言ってくれた。

「わたしは思うんだけど、出会いというのは、期待して待ってるうちは案外ダメで、あるときね、ひょいと出会うもんなんじゃないのかな」

春先に、二週続けて新しい見合いをしたが、最初の、同年配の男は写真と実物のギャップが信じられないほどひどかった。もう一人は六十代後半だったが、約二時間、死に別れた妻のことを一方的に話しただけだった。同年配の男のほうは、写真ではスーツを着ていたが、工場の制服のような灰色のジャンパーを着て現れ、カレイやヒラメを思わせるほど両方の目が離れていて、文通からはじめたいけどいいでしょうかと聞いてきた。

六十代後半の男は、緑色のカラーステッキをついていて、太っているくせに皮膚が薄く、針で突けば風船のように破裂しそうだった。相談員さんによるとかなりの資産家ということだったが、相談所を出て伊勢丹《いせたん》前まで乗ったタクシー代七百十円を、割り勘にしましょうと言われて、唖然《あぜん》とした。

だが、金持ちほど節約家だと誰かが言っていたことを思い出し、気を取り直そうとしたものの、驚くのはまだ早かった。中米志津子は、じゃあこれで、と五百円玉を取り出し、風船男も、オストリッチの財布の小銭入れから同じく五百円玉を出して、運転手に払った。そして、タクシーから降りるときに、領収書といっしょに、お釣りの二百九十円を、当然のことのように何食わぬ顔で、またオストリッチの小銭入れに戻したのだった。

この人は節約家などではないと、開いた口がふさがらなかった。割り勘なのだから、お釣りの半分を渡すべきではないか。確かに二百九十円を半分ずつ分けるのは面倒くさい。だが、百円玉二枚と五十円玉一枚と十円玉四枚を当然のことのように自分の小銭入れに滑り込ませるのは異常だと思った。あきれ果てて、見合いとか再婚とか、そんな気持ちは完全に消えてしまったが、こんな男はどんなところで食事し、どんな話をするのだろうと、逆に興味が湧いて、ランチに付き合うことにした。

男は、緑色のカラーステッキに体重をかけながら歩き、歌舞伎町の入り口近くにあるステーキハウスに案内した。平日で店は空《す》いていて、靖国《やすくに》通りを見渡せる窓際のテーブルに座ることができたし、アメリカの西部劇に出てくるようなインテリアで、前菜代わりに出てきたテールスープも、ステーキも味は悪くなかった。それに、風船のようにふくらんだ顔の老人がさらに頬《ほお》を赤くふくらませて、肉はヒレだよ、脂《あぶら》が少ない、ヒレ以外に考えられないよ、ぼくはヒレ以外絶対に肉を食べない、とヒレ肉のことだけを繰り返し話すのを見るのは単純に面白かった。早くこの男のことをオヤマさんに話したい、それだけを考えてランチを終えた。千九百六十円のヒレステーキも、割り勘だった。

昼食のあと、カラオケに誘われたが、断った。別れ際に、今後どんな付き合い方をしましょうかと聞かれた。相談員さんのほうにお返事いたします、そう笑顔で答えたが、頭の中では、針で突いて風船を破裂させるところをずっと思い描いていた。

梅雨のころに、さらに二件の見合いをした。最初の一人、都合四人目の男は、九歳も年下で、しかもＩＴ関連企業の正社員で、結婚歴もなく、若干髪が薄かったが、外見も服装もきちんとしていた。どうしてこんな人が、と不思議に思い、相談員さんにそのことを言うと、とてもいい人なんですがどちらかというとコミュニケーションを苦手にされている方なんです、という返事だった。そして、相談所の個室で対面したとき、すぐにその意味がわかった。

「公園に大きな犬がいるんだ。大きいなあ。ぼくは自転車に乗っているんだが、大きいから噛《か》まれやしないかと気が気じゃない。恐《こわ》いんだなあ。ワン、ワン。吠《ほ》えるときだってあるんだから、とても恐いんだなあ」

いきなりそういうことを喋りだした。

相談員さんが、ヨシダさん、とその男の名前を呼んで、だいじょうぶです、ナカゴメさん優しい方ですから、と安心させるように言った。

だが、ヨシダという男は、ワンワンと吠え声を交えながら、公園の犬の話をえんえんと続けた。

大きな声ではなく、ぶつぶつと独り言をつぶやいているような感じだったが、異様な気配が漂っていて、どうすればいいのだろうと焦った。

怪訝《けげん》な顔をしていると、あの、ちょっといいですか、と相談員さんから外に出るように促され、ヨシダという男が、数年前に心の病を患って、そのあと立ち直り、社会復帰はしたのだが、いまだに初対面の人との会話がスムーズにできないことを知らされた。

「初対面だと緊張されてしまって、ああいう風に、独り言みたいに話されるんですね。でも何度か会っていただいて、打ち解けると、安心されるみたいで、だいじょうぶなんですよ。現に、わたしとは普通にお話しされますから」

ヨシダという男は、どうして初対面のわたしと会うことにしたのだろうか。

「この人、優しそうですねって、ナカゴメさんの写真をご覧になって、そうおっしゃって、勇気を出して会うことを決められたみたいなんです」

個室に戻り、一時間弱、微妙な感じで相づちを打ったり、うなずいたりしながら、公園と犬の話を聞いた。だが、不思議なことに嫌悪感はなかった。ヨシダは、眉間《みけん》に深い皺《しわ》を作り、何かに耐えるような表情をしながら話す。そして、決して目を合わせなかった。ストライプのシャツも、濃紺のスーツも、それほど高価なものには見えなかったが、ていねいにアイロンが当てられ、靴はきれいに磨かれていた。

服装でだいたい人柄がわかるようになった。ブランドとかに関係なく、だらしのない服装の男は信用できない。この人はまじめで誠実なのだと思った。

まじめで誠実な人柄だからこそ、心のバランスを失ったのかも知れない、そう思った。公園でいつも出会う犬が大きくて恐いのだと、同じ話をえんえん繰り返す。だが、ヨシダの、眉間に深く刻まれた皺から、苦しい時間を過ごしてきたことが伝わってくるような気がした。自分のことをわかって欲しい、そう言っているようだった。

夫のことを思い出した。

夫も似たような表情を見せたことがあったからだ。再就職に何度も失敗し、一日中テレビの前に座り、画面に向かって文句を言うようになった。そのころ、このヨシダという男と同じように、いつも眉間に皺を寄せていた。怒っているように見えたのだが、きっと夫も苦しんでいたのだろう。

夫からは、相変わらず定期的にメールが届いた。

「ぼくは元気にしてます。だめだと思いつつ、ついメールをしてしまいます」

「こういうメールは迷惑でしょうか。そうだったらアドレスを変えてください」

「アドレスを変えなかったんですか。お礼を言うのも変だけどありがとう」

「一日だけ仕事に行きました。ビルの清掃です。少しずつですが働くようにしてます」

「ぼくはあなたに甘えていたと気づきました。今ごろ気づいても遅いですね」

「ぼく」とか「あなた」とか、いっしょに暮らしていたときには使われなかった言葉があるだけで気持ちが悪く、返事はいっさい出していない。だが、メールアドレスは変えなかった。

「甘えていたと気づいた」夫はそう書いていた。あの怒ったような眉間の皺は、自覚できていない甘えの印だったのだ。

だったら、このヨシダという男もわたしに甘えていることになる。しかし、経済力も若さも美貌《びぼう》も、何の取り柄もない六十間近の、初対面の女に甘えるというのは、どういうことなのだろうか。

ただ、「ナカゴメさんの写真を見て、この人、優しそうですねとおっしゃって」と、相談員さんに聞いたときはうれしかったし、えんえんと独り言をつぶやく男に対して、蔑《さげす》みや嫌悪の感情もまったく起こらなかった。甘えというのは、甘えるほうと甘えられるほうの、双方にある種の安心感を与える。メールアドレスを変えていないのも、たぶんそのせいだと思う。だが、その安心感は、歪《ゆが》んでいる。やはりこの人とお付き合いするのは無理だ、中米志津子は、ヨシダという男の眉間の皺を眺めながら、そう思った。

相談所をはじめて訪れ、面接を受けたとき、大切なのはこの先どんな人生を生きようと思っているかだと、相談員さんに言われた。とにかく経済的に安定したいのか、心許せる話し相手が欲しいのか、いっしょに旅行がしたいのか、伴侶を得て家族や親族を安心させたいのか。

確かに、何を優先するかで、どんな相手を望むかが違ってくる。実際に何人かの男性と会ううちに、何が欲しいのかがぼんやりとわかってきた。

どんな人生を生きようとしているのか、これまで考えたことはなかった。その問いが意味するのは、自分の人生を自分で選ぶということで、そんなことは最初から無理だと思っていたのだ。だから何度目かに相談所を訪れたときに、それとなく相談員さんに聞いた。

「自分の人生を自分で選べる人って、限られていますよね」

よほどの金持ちか、よほど才能がある人でないと無理に決まっている。自分も含め、ほとんどの人は、与えられるものを黙って受けとるしかない。俳優にたとえるとわかりやすいと思った。超一流の俳優は、出演する映画やテレビ番組を選ぶことができる。だがそれほど売れていない俳優は仕事を断れない。

「いや、実際のところ、自分で人生のすべてを選べる人なんかいないんですよ」

相談員さんはそう答えた。

「ナカゴメさんが譬《たと》えとしておっしゃった俳優さんにしても、本当にやりたい役なんて、きっと一生のうち、そう何本もあるわけじゃないと思うんですよね。どんなに才能やお金があっても、人生って、何でもかんでも思うとおりにいくわけじゃないですよ。仕事でも生活でも、他人というか、相手がいますからね。他人はロボットじゃないですから、そこでまず思うとおりに振る舞うのは無理だと思うんですね。ただ、自分はどんな人生を生きようとしているのかと考えている人と、まったく考えない人だと、ずいぶん違うんじゃないでしょうか」

欲しいことが、ぼんやりとわかってきた。それは、変化するということだった。この歳になって金持ちになれるわけでもないし、才能が芽生えるわけもないし、また整形手術をして顔や身体を変えたいわけでもない。ただ、何かしらの変化が欲しい。ひょっとしたらそれはセックスや親密さかも知れない。夫とは、子どもができてから、性的な交渉がなくなった。身体を寄せて抱き合ったり、キスをしたこともない。容姿や仕草をほめられたこともなかった。

今までの自分とは違う自分を確かめてみたい、そう思うようになった。それが、えんえんと公園と犬について話す男性をあきらめた本当の理由だった。あの男性は誠実で、好感を持った。だが、きっと夫と同じように、毎日気をつかい、頼ってくるだろう。いっしょになっても、変化は訪れようがない。

しかし、五人目の男は、違った。

五人目は、機械部品会社経営の、フルマラソンと自転車が趣味という、六十代半ばで精力的な感じがする男だった。名前はキムラといって、顔も背格好も平凡だが、加齢臭がなく、全体的に控え目で、話題も豊富だった。経営者といっても社員は家族も含めて七人しかいませんから、まあ、典型的な町工場のオヤジです、と屈託なく笑い、最初のランチのタクシー代も、食事代も自腹で払ってくれた。三十年連れ添った妻が数年前に癌《がん》で亡くなり、娘と息子がいるが、それぞれすでに家庭を持って、二人とも会社を手伝っているらしい。

キムラとは、はじめて二度デートをした。しかも、二度目はランチではなく、夜に会った。最初のランチが渋谷の百貨店内の和食屋で、二度目の夜は、新宿西口の超高層ビルの飲食店街にあるイタリアンだった。

どちらも高級店ではなかったが、店内は清潔で、従業員の態度もよく、それなりに食事もおいしかった。

イタリアンの店で、キムラは、昔はよく行ったという海外旅行の話をした。妻が中華料理が好きで、香港とシンガポールに何度も行ったのだそうだ。だから今でも中華料理はあまり食べようと思わない、そう言ったあと、こんなときに妻の話題を持ち出して悪かったと謝った。

すぐ近くにあるカラオケの広い部屋を予約していると言うので、付き合うことにした。本当に広い部屋で、ソファなども高級感があった。そしてキムラは、照明を落とし真っ暗にした中で、スポットライトを浴びながら、「みちのくひとり旅」という昔の演歌を熱唱した。「お前がおれには最後の女」という歌詞が何度も繰り返されて、これはひょっとしたらプロポーズなのだろうかと思った。

韓流ドラマでは、女が喜びそうなさまざまな工夫をして、プロポーズする。遊歩道に沿ってキャンドルを灯《とも》したり、広いレストランや遊覧船を貸し切りにしたり、ホテルのスイートルームをバラの花で埋めたりする。そしてひざまずいて、結婚してくれ、と言うのだ。劇場を借りて愛の歌をうたうというのもよくあるパターンで、キムラの「みちのくひとり旅」はそれに近いのかなと思ったのだった。

歌い終わったあとで、キムラは言った。

「結婚を考えてもらえませんか」

やはりプロポーズだった。そういったサービスがあるのだろう、花束が届けられて、キムラは手を握りしめ、結婚を申し込んできた。素直にうれしくて、涙がにじんできた。だがキムラは、手を握ったまま、これだけは話しておかないといけないんですが、そう言ってうつむき、工場の現状について話しだした。要は、働き手が足りなくて、娘夫婦、息子夫婦との同居になるということだった。

「働くといっても、別に切り出しや溶接をやれというわけじゃないんです。もし数字に強かったら経理をやってくれると助かるし、極端な話、工場を掃除してくれるだけでもいいんです。それとも今の、マネキンさんの仕事を続けてもらってても大歓迎ですよ。ただ、うちはあまり余裕のない状態なので、それだけはわかってもらいたいんです。本当は、おれみたいな人間が再婚なんて考えちゃいけないのかも知れないけど、子どもたちが勧めてくれるし、人手が足りないのも事実なんで」

　中米志津子は、握られた手を、ゆっくりと離した。急に重い荷物を背負わされたような気分になった。キムラは正直で、外見も性格も好ましいと思っていた。だから夜のデートにも応じたし、二次会も付き合い、思いがけないプロポーズに泣きそうになった。うれしかったのだ。

　だが、働き手として見られるのは耐えられなかった。それに所帯を持っている子供二人との同居は、どう考えても無理だった。それでも、すぐには断りを入れなかった。めったに出会えないいい人だということが痛いほどわかっていたし、我慢すれば何とかやっていけるかも知れないと、ずいぶん悩んだ。だが、やがて気づいた。我慢すれば、という仮定そのものが間違っているのだ。我慢と変化は両立しない。

「ナカゴメさん、言っちゃ悪いけど、金があってしかも性格的にまともな男はとっくに誰かといっしょになってるんじゃないのかね」

オヤマさんからそう言われて、悔しかったが、そのとおりかも知れないと思った。キムラとの結婚を断ってからも、見合いを続けたが、誰もがお金に余裕がなく、露骨に年金や貯金の額を聞かれたり、会ってすぐに共稼ぎが結婚の条件だと宣言されたりした。お金がある男もいたが、彼らは決まって性格に問題があった。一方的に喋ったり、逆にまったく何も会話がなかったり、自分の考えを押しつけたり、自慢話に終始する男もいた。

「だいたい日本の会社って、上にごますり、下に威張るしか知らない男の養成所みたいなもんだから、しょうがないんだよ」

オヤマさんは、そんな突き放すようなことを言ったが、彼女なりの慰めだとわかっているので、気分は楽になった。

そして、クリスマス前の、その忘れられない夜がやってきた。

相談所に通うようになって、ほぼ一年が経った。合計で十四回見合いをしたことになるが、結局誰ともゴールインできなかった。もうあきらめたほうがいいんでしょうね、と電話口で愚痴をこぼすと、そんなことは絶対にありません、と相談員さんははっきりと言った。慰めるような口調ではなく、励ましでもなかった。まるで、明日は全国的に晴れるでしょうという天気予報のような淡々とした言い方だったので、逆に説得力があった。

「確かに、入会してすぐ、一ヶ月とか、早い方だと二週間でお相手と巡り会われる方もいますし、そうかと思えば、何年も通われている方もいらっしゃいます。理想が高すぎるから長くかかるとか、上手に妥協される人が早くゴールインされるとか、そんなことはないんですね。確かに、わたしどもはビジネスとして相談所を運営させていただいているんですが、商品を売っているわけではありませんからね。みなさん、それぞれの人生をお持ちで、出会いというのは、縁といいますか、大げさかも知れませんが、運命のようなものに導かれるっていうんですか、人と人の出会いには、方程式も正解もないということを知っていただきたいんです」

「ナカゴメさん、今日は、パーティのご案内です」

相談員さんから連絡をもらった。「推薦会員限定」のクリスマスパーティらしい。六人いる相談員が推薦する人だけが参加するのだという。だからマナーもしっかりしていて安心なのだそうだ。パーティはイブの前日だった。マネキンさんの仕事はオフだったが、時間帯が夜で、しかも場所が西新宿の超高層ホテルだと聞いて気後れしてしまった。高級ホテルで行われる夜のプライベートなパーティ、それは中米志津子にとって、テレビや雑誌の中だけで見る世界だった。

「だいじょうぶです。だいいち、どんな服装で行けばいいのかもわからない。みなさん、普通のスーツやワンピースでおいでになりますから。ホテルといっても、小さな宴会場での立食形式なので、お見合いと考えないで、おいしいお食事とお酒を楽しむ、という風に気軽に考えていただければと思うんです。わたしは推薦した手前もあり、ぜひナカゴメさんに参加していただきたいと考えてるんですよ」

会費は一万五千円だった。決して安くない。だが中米志津子は、自分でも呆気にとられるくらい、あっさりと参加を決めた。参加を伝えた電話のあとで、つまらなかったらすぐに退席しちゃえばいいか、そんなことをつぶやいて、妙に可笑《おか》しくなり、一人で声を出して笑った。一年間、いろいろな男と会っていろいろなことがあったせいか、気づかない間に度胸が据わったのかも知れない、そう思った。

パーティ当日、いつものようにアールグレイを飲みながら化粧をして、ごく自然に、通販で買った刺激的な下着を着けた。ショーツに足を通しながら、わたしはいったい何をしてるいた。


んだろうと一瞬戸惑った。だが、その小さくて赤い下着は脱がなかった。明るい色のスーツにブランドもののスカーフを巻き、仕事用のパンプスではなく、久しぶりに踵《かかと》の高い靴を履いた。

　会場のホテルは、都庁のすぐ横にあった。都庁脇の小さなスペースに行くとき、いつもその前を通り過ぎるホテルだ。だから外観はなじみ深いが、中に入るのはもちろんはじめてだった。いらっしゃいませ。ドアマンに挨拶《あいさつ》され、豪華なシャンデリアが下がるロビーを歩いていると、場違いなところに来てしまったと急に恐くなって動悸《どうき》がしてきた。通り過ぎる人からスカートの下の派手な下着を見られているような恥ずかしさを覚えた。いろいろな男と会っていろいろなことがあったために度胸が据わったなんて、完全な勘違いだった。ロビーに並べられた椅子に腰掛け、刺激的な下着を着けてきた自分のことをバカみたいだと思った。目の前を通り過ぎる人たちがみな洗練されているように見える。場にそぐわないのは自分だけだという気がしてきた。動悸は治まらない。パーティに行く勇気が完全に消えていた。

　警備員にお手洗いの場所を聞き、エスカレーターで三階に上がった。三階には、落ちついた雰囲気のバーがあった。高級ホテルのバーなどもちろん入ったことはない。だがビールでも飲めば少し気分が和むかも知れない。

　お一人様ですか。入り口にいたウエイターに聞かれ、はいと答えると、カウンターとテーブルのどちらにするかとまた尋ねられて、隅のテーブル席を選んだ。ビールを頼み、半分ほど飲んだとき、その音が聞こえてきた。最初、苦しそうな呼吸音かと思ったが、違った。向かいのテーブルに一人で座っている男が、声を殺して泣いているのだった。

時間的に早いのだろうか、客は少ない。テーブル席のフロアは全体が磨《す》りガラスのパーティションでいくつかのブロックに仕切られていて、中米志津子の周囲には、その泣いている男以外、客は誰もいなかった。しかも正対しているために、どうしても男の姿が視界に入ってしまう。間接照明のほのかな明かりで、男の顔の輪郭がぼんやりと浮き上がる。三十代半ばだろうか、男は手の甲で涙を拭い、ときどきあたりを見回し、そのあと必ず振り返って入り口のほうを見る。一度目が合って、中米志津子は、ゆっくりと視線をそらした。

傍らの椅子にバラの花束が置いてあって、脇にはワインクーラーがあった。誰かを待っているのだろうか、しょっちゅう腕時計を見てはため息をつく。目の前に水が入ったグラスがあるが、口をつけようとしない。そして、押し殺したような泣き声が、断続的に聞こえてくる。必死に泣くのをこらえているが何かを思い出すたびに気持ちが揺れてしまう、そんな感じだった。濃い灰色のスーツと青いシャツ、暖色の無地のネクタイ、とてもセンスがいいと思った。しきりに両手で髪の毛をかき分けるので、乱れた前髪が額にかかっている。

中米志津子は、自分でも信じられないことを実行した。ウエイターを呼んで、アールグレイの紅茶があるかどうか確かめ、蜂蜜といっしょに男に持っていってくれるように頼んだのだ。ビールで酔ったのかも知れない。話しかけることなんかできるわけがないが、無視するには距離が近すぎた。これまで、苦しかったり悲しかったりして気持ちが揺れたとき、アールグレイに蜂蜜を入れて飲むと、いつも少し心が落ちついた。

ウエイターがポットとカップを運んでいって、あのお客様からですと中米志津子を手で示すと、男は驚いたような顔になって、こちらに軽く会釈《えしゃく》した。男は、蜂蜜をカップに垂らし、香りを確かめて、ゆっくりと一口飲んだ。もう今夜はこれだけでいい、そう思って席を立とうとすると、男がじっとこちらを見て、やがて立ち上がり、傍らに置いた花束を手にとり、近づいてきた。

「ありがとうございます。失礼ですが、この花を受けとってもらえないでしょうか」

男は、真っ赤なバラの花束を差し出した。一瞬胸がときめいたが、受けとるわけにはいかない。そんなつもりで紅茶をプレゼントしたわけではない。中米志津子は、微笑みながら、そんなのだめですよ、と首を振った。だって、きっと他のどなたかのお花でしょう？

「そうですよね。失礼しました。本当にごめんなさい」

男はそう言って、差し出した花束を手元に戻し、どうしたらいいのかわからないというような、悲痛な表情になった。またこのまま泣きだすのではないかと、何か残酷な仕打ちをしたような罪悪感を覚えてしまった。座っているときはわからなかったが、意外と小柄で、目鼻立ちがはっきりしていて、花束を握る手の指が細くて長いのが目についた。自分に息子がいたらこのくらいの歳かも知れない、そう思った。

「あの、一つお聞きしてもいいでしょうか」

そう聞かれて、いいですよ、とうなずくと、男はうつむいて突っ立ったまま、どうして紅茶を、と聞いた。あれはアールグレイで、蜂蜜を入れて飲むと、心が揺れているときに気分を落ちつかせてくれるから、と答えた。嘘ではなかった。その飲み方は、大宮の紅茶専門店の店主から教えてもらった。離婚を考えはじめたころで、自分では気づかなかったが、きっとあのころはいつも暗い表情をしていたのだろう。

誰にでも、辛《つら》いときがある。精神的に不安定になったとき、まず飲み物をゆっくりと味わうことができれば、どんな人でも気持ちが鎮まるはずだ。それは儀式のようなもので、しかも誰かに頼る必要もない。テレビで自殺のニュースに接するたびに、どれだけ辛いことがあったかわからないが、この人は、何か好きな飲み物をゆっくりと飲むと気分が落ちつくことを知っていただろうか、そう思ったりした。

でもね、お酒じゃダメなんです、中米志津子がそう言うと、わかります、と男はうなずいた。

「いくら飲んでも酔えないときもありますから」

男はいったん自分のテーブルに戻り、ワインクーラーを抱えてまた戻ってきた。

「じゃあ、アールグレイのお礼としてですね、このシャンパンをプレゼントさせていただけませんか。実は花束もそうなんですが、もう必要なくなったんです。受けとっていただけないでしょうか。これ、グラン・ダムというぼくが好きなシャンパンなんですが、持って帰るわけにもいかないですし、これから見えられる方と、飲んでいただくわけにはいかないですか」

シャンパンをプレゼントしたい。男は、まるで赤ん坊を抱くように、シャンパンのボトルが入ったワインクーラーを両手で持ち、恥ずかしそうにうつむいて、たどたどしい口調でそういうことを言った。誰かと待ち合わせをしているのだと勘違いしている。底のほうにわずかに残ったビールを飲み干したあとは、クリスマスのイルミネーションがまたたくビル街を歩き新宿駅に戻って、一人で電車に乗り、アパートに戻るのだ。

「誰も、来ないよ」

そうつぶやくと、え？　と男は、顔を上げた。

「そうですか。紅茶がお好きなんですね」

夕食はまだだと言うと、男は、エスカルゴや生ハムやエビのカクテルを頼んでくれた。一万五千円のパーティをすっぽかして、息子くらいの歳の男といっしょにシャンパンを飲んでいる。理由はよくわからないし、あまりわかりたいとも思わない。ただ、一人で駅まで行き電車に乗ってアパートに戻るのはいやだった。しかし、まるで人が変わったようだと、自分でそう思った。もしよかったら、いっしょに飲むというのはどうですか、微笑みながらそう言って、隣の椅子を勧めたのだが、オヤマさんに話したら、きっとびっくりするだろう。

「ぼくも磁器が好きです。ヘレンドはとても高くて買えないですけど。ウエッジウッドのマグカップをいくつか持ってるんですよ」

紅茶とティーカップについてもう一時間近く喋っている。二人とも、プライベートなことはまったく話さなかったし、聞きもしなかった。まだ名前も知らない。だが、いっしょにいるのがとても楽だった。紹介者もいないし、年金とか年収とか家族構成を明らかにする必要もない。そして、何より決定的なのは、今のこの瞬間だけでいいからそばにいて欲しいと、互いにそう思っているということだった。

「さっきも言ったけど、ダージリンはわたしには少し強いかなと思うのね。アッサムはどうしてもミルクを入れないときついし」

さっきから同じ話をしている。グラン・ダムというシャンパンはすばらしい香りと味で、飲むほどに、身体と心の、どこかの部分が酔っていき、別のどこかの部分はどんどん醒《さ》めていくような、不思議な気分になった。やがて、シャンパンが空になったとき、とても自然な感じで、男が言った。

「いっしょに観《み》たい映画があるんですが、部屋で、もう少し飲みませんか」

いっしょに観たい映画というのは、有名な『ひまわり』だった。引き裂かれた男女の愛を通して戦争の悲惨さを訴えるという内容の、イタリア映画だ。女優はソフィア・ローレンで、男優の名前は覚えていなかったが、マルチェロ・マストロヤンニです、と男が教えてくれた。男は、同じホテルに部屋を取っていて、ルームサービスで赤ワインとチーズの盛り合わせを頼んだ。

窓から、都庁とその周辺の景色が見える。超高層ホテルの一室で夜景を眺めながら、ラベルに女神が描かれた赤ワインを飲んでいる。現実からそっと引き離されていくようだった。現実感を失うわけではない。果実の皮が剝《は》がれるように、現実と日常を覆う薄い膜が裂け、甘くて熱いものが姿を現して、それに身をゆだねるような感じだ。とても高揚するが、甘くて熱いものの中心には危険が潜んでいる気がする。

映画では、ソフィア・ローレンが、出征中に行方不明になった夫を探しにソ連に向けて出発するところだった。このDVDはこのホテルでレンタルできるのだろうか。

「ネットで買って、持ってきたんです」

男はそう答えて、顔を曇らせた。部屋の隅に大型のスーツケースが置いてある。地方からの出張ではなさそうだった。もしかするとクリスマス休暇で海外から帰ってきたのかも知れない。ソ連の地方都市を歩くソフィア・ローレンに目をやったまま、外国に住んでいるの？と小さな声で訊《たず》ねた。わたしは、恥ずかしいけど、まだ海外に行ったことがないの。

「アメリカの田舎です。ノースキャロライナ」

聞いたことがある地名だったが、どこにあるのか見当もつかない。

「ウィルミントンという市なんです。ハリウッドとは比べられないけど、アメリカの東海岸ではいちばん大きな映画制作の町ですね。そこで撮影機材を売ったりレンタルしたりする仕事をしてます。もともとはコンピュータ・グラフィックスをやってたんですが。機材を扱うより、機材そのものが好きになっちゃって」

もう七年近く、そのノースキャロライナの小さな街に住んでいるのだそうだ。

「遠距離恋愛っていうんですか。日本に恋人がいて、もう少し生活に余裕ができたら呼び寄せることになってたんですが、結局、七年も離れているとダメなんですね。今夜、本当に今夜なんですよ。完全に、終わってしまいました」

今夜、恋愛が完全に終わってしまった、男はそう言って、また泣きそうな顔になった。どういう反応をすればいいのか、わからなかった。男は、やはり三十代の半ばだろう。外国で長く仕事をしているせいもあるのだろうか、同年代の日本人の男よりも、老成しているというか、大人っぽく見える。男は、プライバシーを明かした。自分も何か告白すべきだろうか。だが、わたしの私生活は話すだけの価値がない、中米志津子はそう思った。アメリカで七年間映画関係の仕事をしていて、遠距離恋愛を続けた恋人を今夜完全に失ったという男の話は、ドラマチックだった。可哀相《かわいそう》という思いより、うらやましいという気持ちのほうが大きかった。離婚してマネキンさんのバイトをしながら結婚相談所で見合いを続けているなんて、何てつまらない人生なんだろうとため息が出た。

映画では、ついにソフィア・ローレンが行方不明の夫と再会した。『ひまわり』という作品は、昔テレビの映画劇場で観たが、記憶が曖昧になっていた。夫がロシア人の可愛《かわい》い娘と結婚して子どもまでもうけているのを知って、言葉を交わすことなくヒロインが列車に乗り込むシーンで終わると思っていたのだが違った。そのあと今度は、夫のマルチェロ・マストロヤンニが、ソフィア・ローレンに会いにイタリアに行くのだ。

しかし、男は、どうしてこの映画を観たいと思ったのだろう。

「『ひまわり』を観たら、わたしの気持ちがわかるはずだって、彼女が言ったんです。もう終わりにしたいって言われて、じゃあぼくのこと嫌いになったのかって聞いたんですけど、そうじゃないって言われました。じゃあどういうことなんだと聞いたとき、『ひまわり』の話が出たんです。でもね、ノースキャロライナまで来たんですよ。もう終わりにしたいって、彼女はわざわざノースキャロライナまで言いに来たんです。本当にぼくのことがいやになったんだったら、メールでも電話でもいいわけじゃないですか。だから、ぼくはまだ終わってないんだと思い込んで、もし少しでも可能性があるんだったら、今夜あのバーに来て欲しいとメールしたんです。返事は来なかったんですが、ぼくは、彼女が必ず来ると信じてたんです」

そんな話を聞いているうち、『ひまわり』が終わった。涙があふれてきて、こんなに切ない映画は他にないと思った。そして、彼女が、『ひまわり』を通して何を伝えたかったのか、わかった気がした。

どういう風に話せばわかってもらえるだろうか、懸命に考えた。シャンパンとワインで心と身体がとろけたようになっているが、気持ちは解放されている。今、自分を飾る必要がないのだと、自らに言い聞かせた。この息子くらいの歳の男に対しては、自分をよく見せようとか、嫌われないようにしなければとか、そんな配慮は要らない。思ったことをそのまま率直に話すだけでいい。

「さっきの映画だけど、前に観たときに、わたしは、戦争してはいけませんということを伝えたかったんだろうなと、ずっと思ってたの。今、それだけじゃないって気づいたんだけど、あなたの彼女が言ったことと関係あるのかなって思って。『ひまわり』って、お互いが、会いに行くでしょう？　そこ、鍵だと思うのね。ソフィア・ローレンがソ連まで探しに行かなかったら、何もわからなかったわけだし、曖昧なまま、ある意味平穏に月日が過ぎていったかも知れないでしょう？　わたしは、あなたの彼女やソフィア・ローレンみたいに、遠くまで旅をして何かを探したり伝えたりしたことないから、実感できないんだけど、気持ちを尽くすってことじゃないかって思うのね。

うんと遠くにいる相手のところまで行って大切な何かを伝えるって、それだけで、すごい価値がある気がする。誠意がないとだめだし、相手のことを愛していなければできないことだし、でも、そうすることで、気持ちを尽くすことができるでしょう？　尽くすって、全部使ってしまうという意味と、相手のために何か努力するという意味があるけど、その両方が、あなたの彼女にも、ソフィア・ローレンにも、そしてソ連で所帯を持った元夫にも、もちろんあなたにも、その両方がね、必要だったんじゃないかなって思うの」

気持ちを尽くす、ということを話し終えると、男は、わかる気がしますと言って深いため息をつき、やがてまた涙を流しはじめた。両手で顔を覆って、すみません、と何度も謝りながら嗚咽《おえつ》する男を見ていると、胸が締めつけられるような気がした。小さな子をあやすように、中米志津子は手を伸ばして、男の肩のあたりに触れた。初対面の他人の前で、男は幼児のように泣きじゃくっている。あなた自身にも、終わってしまった恋愛にも、その涙にも価値がある、そう言いたかった。哀れを誘うものではないし、恥ずかしいことでもない。恥ずべきなのは、相手の人格や気持ちを無視して自分のことだけを考え、喋る人間たちだ。今あなたは悲しくて苦しいかも知れないが、何も起こらない退屈な人生よりもはるかに豊かなときを生きている、そう思った。だが、何も言えなかった。そんな言葉は、実際に口に出してはいけないのだ。言葉にした瞬間、装飾され、嘘が混じる。傍らにいる他人の心を揺さぶるほどの深い悲しみは、言葉を拒む。

やがて男は、泣くのを止め、肩にあった中米志津子の手を握りしめた。今夜だけは、どんなことがあってもこの男の手をふりほどくのは止めよう、そう思った。

明け方に目覚め、横で寝息を立てている男を起こさないように、そっとベッドを出た。身体が汗ばんでいてシャワーを浴びたかったが、我慢した。男が目覚めてしまうかも知れない。床に落ちている下着と衣服を拾い、静かに身につけていった。ハンドバッグは、バスルームにあった。昨夜化粧を落としたときにそのまま置きっぱなしにしていたのだ。

財布、携帯、家の鍵、忘れ物がないか、ハンドバッグの中を確かめた。男が渡してくれた名刺が入っていて、迷った末に、持ち帰ることにした。ホテルのメモ用紙に、短い手紙を書き残した。

「先に失礼します。ぐっすりと眠っていたので、起こさずに、帰ります。ごめんなさい」

中米志津子は、部屋を出る前に、男の寝顔をしばらく見つめた。

もう会うことはないだろう。だが罪悪感や後悔はなかった。わたしは、確かに、変化を味わった。


男との一夜は、オヤマさんにも、誰にも言えなかった。HAYASAKA YOICHI、それが男の名前だった。名刺には英語の表記しかなく、住所も、最後の「USA」以外は、よくわからない。名刺をもらうときに、よかったら連絡をくださいと言われた。何度かメールを打ったが、送信ボタンを押せなかった。男は、郷里の長野で両親に会ったあと、正月前にアメリカに戻ると言っていた。メールを出せば、返事をくれるだろう。だが、何もはじまらない。問題は年齢ではない。クリスマス前のあの一夜は、特別な時間で、連絡を取り合い、たとえ会ったとしても、二度と再現できない。

アメリカに来てください、ウィルミントンのBLTはとてもおいしいんです、男がそう言って、BLTって何？　と聞くと、ベーコンとレタスとトマトをはさんだサンドイッチだと教えてくれた。そうね、じゃあアールグレイを飲みながらいっしょに食べましょう、酔った勢いでそんなことを言ったが、アメリカに行くのは無理だ。そんなお金はないし、英語はまったくわからない。だが本当の理由は他にある。『ひまわり』の二人も、再会したのに結ばれることがなかった。夫はロシア人の娘と所帯を持っていたわけだが、理由はそれだけではない。

わたしたちは、別の人生がはじまると、別の人間になる、中米志津子はそう思った。夫と別れてから、自分は別の人間になった気がする。顔や名前や性格が変わるわけではなくて、昆虫が脱皮するように何かを脱ぎ捨て、他のものが刻まれる。『ひまわり』があれほど切ないのは、年月と状況によって人間が変わってしまうことを、ミもフタもなく正確に描いているからだ。

公園

わたしはあの夜、一瞬だけ別の人間になった。しかし、あれから何度かマネキンさんの仕事に行って、いつもと変わらずにオヤマさんたちと冗談を言って笑い合い、すぐに元に戻った。変化を味わったのは、ごくごく短い時間だったが、別の人生の可能性を垣間《かいま》見ることができた。それで、充分だった。確実に、何かが残った。

「明けましておめでとう。今年こそは一度会いませんか」

年が明けて、別れた夫からそんなメールが来た。中米志津子は、自分でも理由がよくわからないまま、会うことに同意してしまった。

これまで返事さえ出したことがないのに、「会いませんか」という夫の誘いに応じてしまった。

「わかりました。会いましょう。いつがいいですか」

短い返事を出したら、三十秒後に「本当ですか。信じられないな。本当ですね」という確認のメールが来た。離婚して四年近く、ただの一度も返事をもらえないまま、一ヶ月に一度くらいの割合でえんえんとメールを送り続けた夫が、相好《そうごう》を崩して喜んでいる様が目に見えるようだった。

約束の日、比較的暖かく、日差しが穏やかだったので、アパートに隣接する公園内で会うことにした。中央に広場があって、その先に銀杏《いちょう》並木があり、ベンチが並んでいる。そのベンチで待っているとメールで伝えた。喫茶店とかレストランとか、室内では会いたくなかった。息が詰まるような気がしたのだ。それに、別れた夫が何か食べたり飲んだりするところを見たくなかった。アパートの部屋に入れるのは論外で、住所や場所さえ知られたくなかった。

待ち合わせの時間より早く公園に行って、林の中の遊歩道や広場の周辺をゆっくりと歩いた。わたしは、どうして夫と会うことにしたのだろうか。夫からのメールは未練を感じさせるものが多かった。よりを戻したいのかも知れない。一年とちょっと、結婚相談所に通っているわけだが、もちろん相手は見つかっていないし、誰かいい人がいるような気配さえ感じなくなった。

結果的にクリスマスパーティをすっぽかしたことになって、心苦しかったが、ひどい風邪を引いたと、相談員さんに嘘をついた。電話では失礼だと思ったので、相談所に出向いて直接伝えた。パーティの会費はお返しできないんですよ、と相談員さんが申し訳なさそうな顔をしたので、もちろんです、そんなことといいんです、と言ったのだが、同じ時間にホテルのバーにいたことがばれているのではないだろうかと、軽い罪悪感を覚えた。パーティについて話していると、ホテルのバーで、あの泣いている男と出会ったときのことが脳裏に浮かんできて、自然と口元がゆるむのがわかった。アールグレイとバラの花束、そしてグラン・ダムというシャンパン。洋梨のような不思議な形のボトルだった。ボトルの表面に浮き出ていた水滴の一粒一粒まで、鮮明に覚えている。

「ナカゴメさん、最近、何かいいことがあったんですか」

相談員さんにそう言われて驚き、どうしてですかと、聞き返した。すると相談員さんは、何があったのかわかりませんが、顔がいきいきとされているんです、と微笑んだ。恥ずかしくなって、頰が熱くなるのがわかった。あの男のことは絶対に話すわけにはいかない。毎年正月には娘が孫を連れて遊びに来てくれて、久しぶりににぎやかな時間を過ごせるので、きっとそれが楽しみなのかも知れません、とごまかした。

娘は例年どおり正月にやってきて、大宮のホテルに三泊し、おいしいものを食べたり、サウナに行ってマッサージを受けたりして、また新潟に戻っていった。地元の中小企業で機械設計をやっている亭主は、元日以外休みなしで働いているらしくて、今年も顔を見せなかった。娘には、別れた夫と会うことは知らせていない。娘は、大宮に三泊する間、父親とも一回だけ食事をすることにしている。今回も、帰る前日、昼食をいっしょにしたらしいが、お父さんは元気だったよ、と言っただけで、他には何も言わなかったし、聞かなかった。夫婦間のことは、たとえ子どもでも口出しすべきではないと思っているようだ。娘が孫を連れてアパートを訪ねてきたとき、中米志津子は、あの夜に着けていた赤い下着を、クローゼットの引き出しのいちばん奥に押し込んだ。見つかるとは思えなかったが、絶対に明かせない秘密の象徴のような気がしたのだ。

約束の時間、午後一時ちょうどに夫が公園に現れた。近くにある青果市場の時報のサイレンが鳴り止まないうちに並木道の向こう側に姿を現し、急ぎ足で近づいてきた。本当はだいぶ前に着いていて、時間まで木の陰に隠れていたのではないかと疑うほど、ぴったり一時だった。笑顔を作って、こちらに手を振っている。きれいに散髪していて、若者向けの、身体にぴったりとフィットしたダウンジャケットを着て、デニムのパンツと茶色のブーツという格好だった。よっこらしょ、と言いながら、別れた夫がベンチに腰を下ろした。中米志津子は、腰を浮かすようにして座り直し、何気なく夫から遠ざかった。息がかからない距離にいたかった。

ファッションが若くなったね、そう言うと、ユニクロだよ、と夫は照れたような笑顔を見せ、久しぶりだな、とこちらに身体を向けた。そのとき中米志津子は、どうして夫と会おうと思ったのかがわかった。

あの男と、夫を比べて、何かを確認しようと思ったのだ。年齢も背丈も顔も性格も生き方もまったく違うことを確かめようとした。何て残酷な女なのだろう。

「おれは、少しずつだけど仕事をはじめてるんだよ」

夫は、下を向いてぽつりぽつりと話しだした。正社員としての再就職は非常にむずかしく、ビル清掃や駐車場管理、それに道路工事や梱包《こんぽう》の軽作業のアルバイトくらいしか仕事はないが、体力の許す限りできるだけ続けるようにしているという。

「いくつか派遣会社に登録してるし、選《え》り好みしなかったら仕事だってちゃんとある。でもやっぱり、歳も歳だから、どこかに就職したいよな。昨日も、警備会社の面接を受けてきたばかりだよ」

　夫は、アルバイトの仕事を続けていて就職活動もしているということを、繰り返し話した。実際に会うまでは、話し方も、息づかいさえもいやだと思っていたし、横に座られたときは思わず身体を遠ざけた。だが、ごく自然に懐かしさがこみ上げてきた。退屈で、楽しいことなどほとんど思い出せない結婚生活だったが、ともに娘を育て上げ、三十年近くいっしょに暮らした。手の甲の皺、話すときの口元、うっすらと顎《あご》のあたりを覆う無精ひげ、座ったときの両足の組み方、それらすべてがなじみ深く、親密な気分が湧き出るのを防ぐことができない。

「仕事がない日はな、近所の小学校の通学路の横断歩道で安全員をやったり、登下校の付き添いをやったりもしてるんだよ。自治会に登録してるんだ。散歩がてらにね、ほら、郵便局の隣の空き地に新しい自治会館が建っただろう。おれは、たまに将棋をやったり、カラオケ習ったりするだけだけどな」

　もう一度いっしょに暮らせば、どんなことが起こるのだろうか。はっきりしていることがある。ともに生活する人がいれば、少なくとも寂しさからは逃れられるということだ。

ふと、あたりを見回しているうち、並木道をふらふらとこちらに向かって歩いてくる女に気づいた。様子が少しおかしい。何かを抱いている。どうやら乳児のようだ。髪が乱れていて、薄手のセーターとスカート、素足にサンダルという真冬には似合わない異様な格好だった。日差しがあって暖かいといっても、コートやマフラーが必要な気温だった。女は、背後を何度も振り返り、あたりを見回してから、向かいのベンチに座った。

「変わったって、よく言われるんだよ。おれ自身はよくわからないんだけどさ。喋るのが苦手なのは相変わらずだから、うまく言えないけど、何ていうか、おれって不器用だったなと、つくづく自分がいやになってさ」

夫は、空を見上げたり、ときおりこちらに目を向けたりしながら、ぼそぼそと話し続けている。向かいのベンチにいる女には気づいていない。

「お前も、変わってないんだな。おれ、お前が髪を染めたり、爪を赤く塗ったりしてたらどうしようかって、少し恐かったよ。あ、そうだ。かなり前だけど、金沢のほうの温泉に行っただろう。覚えてる？」

会社の同僚の夫婦何組かで旅行に行ったという記憶はある。だが金沢の温泉だったかどうか、はっきりしないし、そんなことはどうでもいいと思った。向かいのベンチの女が気になった。オヤマさんたちと、DVについて話したことがある。ドメスティックバイオレンスだ。あるマネキンさんの知り合いの娘が夫からひどい暴力を受け続けて顎の骨を折ったとか、そんな話をたくさん聞いた。子どもに手を出す男もいて、ある女性はいつも着の身着のままで家を飛び出し公園に逃げ出す、そんな話題もあった。

乳児を抱き、真冬にセーターとサンダルという格好で向かいのベンチに座る女は、夫のDVから逃げてきたのだろうか。身を折り曲げるようにして、赤ん坊を冷たい風から守ろうとしている。

「あの温泉だけど、どうかな。もう一回いっしょに行くって、どうかな」

間違っていた、中米志津子はそう思った。一夜をともにしたあの若い男と別れた夫を比べようとしたのではなかった。気持ちを尽くしてしまおうと思ったのだ。自分では気づかなかったが、あの夜があって、一人でいることに寂しさを感じるようになった。しかしどんなに寂しくてもこの男とはもう二度と暮らせないと、確認するために会うことにしたのだ。かすかに残っている未練を吐き出してしまう、自分にとっては、それが気持ちを尽くすということだった。

夫は、向かいのベンチの女にまったく注意を払わない。小学校の横断歩道で安全員をやり、児童の登下校にも付き添っているらしい。だが、赤ん坊を抱き、寒さに震えている女にはまったく気づく様子がない。

「おれ、気づいたんだけど、やり直しがきくと思うんだよ。人生って、いくらでもやり直せるんだって、そう思わない？」

確かに、人生はやり直せるのかも知れない。とくに、絶望や失意のあとでは、やり直せるはずだと思わないと生きていけないだろう。だが、他に生き方を見つけるということで、単純に元に戻ればいいというわけではない。そして、人生はやり直しがきかないと思っている人のほうが、瞬間瞬間を大切に生きることができるような気がする。

一人で生きていこう、中米志津子はそう決めた。結婚相談所にはもう少し通ってみる。出会いの可能性は低いが、救いは相談員さんだ。あの人と知り合っただけでも、入会した価値はあった。

お金や健康など、不安はある。不安だらけと言ってもいい。だが、人生でもっとも恐ろしいのは、後悔とともに生きることだ。孤独ではない。夫と別れたあとに、向かいのベンチの女に声をかけてみよう、そして、よかったら紅茶をいっしょに飲まないかと誘ってみよう。中米志津子は、早くアールグレイの香りで胸をいっぱいにしたいと、そればかりを考えていた。

空を飛ぶ夢をもう一度

人は案外簡単にホームレスに転落する、因藤茂雄《いんどうしげお》は、そう思っている。六年前、それまで勤めていた小さな出版社をリストラされた。五十四歳だった。そのあと四年ほど経《た》ったころ、ホームレスに対して異様な反応が出るようになった。街でホームレスを見ると胸騒ぎがして、平静を保てなくなるのだ。ひょっとしたら自分も公園や路上で寝起きする人々の群れに加わるのかも知れないという不安に怯《おび》えるようになってしまった。そして今、その不安は日に日に大きくなっている。

因藤茂雄は、佐賀県の鳥栖《とす》市で生まれ育ち、東京の私大の文学部を出て、当初は作家を目指していた。小さいころから、本を読んだり文章を書いたりするのが好きで、中学二年のときには、作文で市長賞を取った。壁に歴代市長の顔写真がある威厳に充《み》ちた市長室に招待され、革張りの豪華なソファに座り、ケーキとジュースでもてなされた。他にも、図画や工作、それに習字部門の受賞者がいたが、市長は、とくに因藤茂雄を名指しで称賛した。

「因藤君の作文には独創性を感じました」

文章を書くのが天職なのだと、そのとき思った。市でもっとも偉い人に、独創性があるとほめられたのだ。だが、学生時代、大きな出版社の新人文学賞に数回応募したが、いずれも落選した。最終選考にも残ることがなかった。卒業後、おもに企業の社史や行政の広報誌などを編纂《へんさん》する社員十名程度の小さな出版社に就職した。給与は大手出版社とは比べものにならないくらい低く、福利厚生も貧弱だったが、いろいろな資料や文書を読んで文章を書き、書物を編集する仕事は苦ではなかったし、何より時間的制約が少なくて小説を書き続けられることが魅力だった。

文学賞への応募はずっと続けて、一度だけ最終選考に残ったが、三十代半ばで、小説を書く気力を失ってしまった。ただ、今でも書き続けているものがある。夢の日記だ。ちょうど作家をあきらめたころ、見た夢をノートに書くようになった。最初のころはメモ程度だったが、やがて推敲《すいこう》までするようになった。ホームレスになるかも知れないという不安が起こると、夢の日記を読み返すことにしている。気が安まるのだ。日記には、「空を飛ぶ夢をもう一度」というタイトルを付けていた。

子どものころはしょっちゅう空を飛ぶ夢を見た。生まれ育った家の上空を鳥のように舞うこともあったし、写真や映画でしか見たことがない外国の海や湖や山頂の上を滑空したり、スーパーマンのように地面を蹴って宙に飛び出したりした。だが、飛行は長くは続かない。必ず途中で失速して、どういうわけか地面に落ち、そのあとはどんなに強く地面を蹴っても、両手で必死に羽ばたいても、二度と空中に浮くことができなくなる。それでも空を飛ぶ夢を見るのは、本当に好きだった。目覚めたあと気分がよくて、心が軽くなったように感じた。

いつのころからか、空を飛ぶ夢を見ることがなくなった。皮肉なことに、夢の日記を付けはじめてからはまったく見ていない。会社の同僚に聞いてみたことがあるが、空を飛ぶ夢は子どものころだけだと言われた。

勤めていた出版社の売り上げが激減し、リストラされたわけだが、結局会社も自分も時流に遅れたのだと思う。DTP、つまりデスクトップ・パブリッシングという編集・印刷技術が主流となって、昔ながらの手作業に頼っていた会社は競争から取り残され、あっという間に業績が悪化して、最年長社員だった因藤茂雄は真っ先にリストラの対象となった。弱小出版社だから退職金もごくわずかで、結婚が三十代後半と遅かったために一人っ子の長男はまだ高校生だった。埼玉県新座《にいざ》市の古く小さな借家に住み、旅行など贅沢《ぜいたく》はいっさいしない主義でやってきたが、給与が低かったために預貯金もほとんどなかった。

社内結婚でいっしょになった四歳年下の妻は、性格も容姿も地味で、自らを世界一平凡な女と称するくらいだが、夫のリストラという非常事態に気丈なところを示し、自宅近くのスーパーでパートとして働きはじめた。職を失って、因藤茂雄は、文章を書くこと以外何一つ取り柄のない中高年には、極めて限られた再就職先しかないことをすぐに思い知らされた。だが、梱包《こんぽう》などの軽作業でも、駐車場の管理人でも、ビル清掃でも、とにかく働くしかなかった。

ホームレスへの不安が芽生えたのは、そのあとしばらくしてからだった。

ホームレスへの不安がどうして生まれたのか、自分でもわからない。東京に出て、職探しをしている最中で、最初は、新宿駅ビル地下の飲食店街だった。よく覚えている。あまりに突然で、しかも自分でも驚くほど強い不安感だった。だから鮮明に記憶に刻まれているのだろう。

中高年窓口のあるハローワークに行った帰り、ちょうど昼時だったので立ち食いそばでも食べようと、駅ビルの地下にある飲食店街に入った。東京に出るときには、コンビニのおにぎりか、立ち食いそばか牛丼以外は食べないと決めている。地下通路で飲食店のゴミ捨て場を漁《あさ》るホームレスを見て、ふいに動悸《どうき》がはじまった。

もちろん、生まれてはじめてホームレスを間近で見たというわけではない。三十年以上勤めた出版社は早稲田にあったから、駅や公園でしょっちゅう目にしていた。また、ホームレスに対して、汚いとか恐《こわ》いとか、差別的な意識を持ったこともない。父親が郵便局員で労組の幹部だったという影響もあり、大学時代からどちらかといえば左翼的な立場で政治や文化を考えていた。だから富裕層には反感があったが、ホームレスなど貧困層に対してはむしろシンパシーを抱いていたのだ。

東京を歩いていると必ずホームレスに出会う。そのたびに動悸がして、冷たい汗をかいたり、ひどいときにはその場に座り込んでしまいそうになる。コンビニでおにぎりを買って公園で食べるということもできなくなった。

因藤茂雄は、できれば地元で職を得たかった。地元にはホームレスはほとんどいないからだ。とにかく、働かなければいけない。妻のパートの収入だけではとてもやっていけない。なけなしの預貯金もすでにほとんど取り崩したし、ぎりぎりまで生活を切り詰め実家に借金をして一人息子を公立大に通わせているが、卒業まであと一年ある。息子もアルバイトをしているが、それでもお金はかかる。

だが地元では、もうすぐ還暦という人間には公園の草刈りくらいしか仕事はなかった。道路工事の交通誘導員、引っ越しや宅配便配送、ビル清掃などのアルバイトにしても、この不況時には、東京にしか仕事はなかった。ホームレスに怯えながら東京で働き続けた。

因藤茂雄には、夢の日記の他に、もう一つだけ、心安らぐものがあった。水だ。小学校の遠足でそのすばらしさに気づいた。三年生のとき近くの山に登ったのだが、靴が新しくて、ひどい靴擦れができた。水疱《すいほう》が潰《つぶ》れ、痛くて泣きながら歩いていると、担任の教師が気づいて手当てをしてくれた。礼を述べてまた歩きだそうとしたときに、因藤、ちょっと待て、と教師は呼び止めて、水を飲めと言った。因藤茂雄は、水筒に好きなカルピスを入れてきていたので、教師は、自分の水筒の水を飲ませてくれた。とても冷たく、かすかに甘い味がして、気分が落ちついた。登ってくるときに神社のあったやろ、と教師は言った。

「あそこに湧き水があるとさ。おいしかやろ。因藤、よかや。何か、辛《つら》かことや、いやなことのあったときに、まずゆっくり水ば飲め。そしたらとりあえず気持ちの落ちつくとたい。濁った水や、臭か水はだめばい。この水と同じ、きれいで澄んだ水ば飲まんば」

それ以来、水にこだわるようになった。まだミネラルウォーターのペットボトルなどない時代で、教師が教えてくれた神社の湧き水を一升瓶に詰めて、それを飲んだ。神社までは父親がときどきオートバイで連れて行ってくれたが、貴重な水なので常飲するわけではなく、疲れているときとか、勉強前に心を落ちつかせたいときに飲むようにした。

脊振山《せふりさん》の麓《ふもと》に住む友だちの家の井戸水を分けてもらったり、高校のころは自ら山々を歩き湧き水を探したこともある。大学で上京してからは、おいしい水を探すのに苦労した。山に詳しい友人に聞いて、富士の麓まで水を汲《く》みに行ったこともあったし、八王子《はちおうじ》や奥多摩《おくたま》にはお水取りのスポットがたくさんあった。だが、就職してから遠出をする時間がとれなくなった。だから、「六甲のおいしい水」が発売されたときは、小躍りしたい気持ちになった。発売当時は今のようなペットボトルではなく、内部をアルミ箔《はく》でコーティングした紙の容器で売られていた。さまざまなミネラルウォーターのペットボトルが売られるようになったのは九〇年代になってからだ。

出版社に勤めていたころは、いろいろな種類のミネラルウォーターを買うのが唯一の楽しみだった。ヨーロッパの発泡水が気に入っていて、もっとも好きだったのは、フランスのコルシカ島原産のオレッツァという水だった。

しかし、リストラされてからは、オレッツァを含め、輸入物のおいしい水はあきらめざるを得なくなった。生活を一気に縮小する必要に迫られたからだ。オレッツァという発泡水は五百ミリリットルの瓶入り一ダースで五千円もする。そんな水を買うのは無理だった。一個でいいから、バカラのグラスも欲しかったが、あきらめるしかなかった。

因藤茂雄は、自らの生活の基盤はこれほど脆弱《ぜいじゃく》なものだったのかと、リストラされてはじめて気づいた。いや、本当はうすうすわかっていたのかも知れない。はっきりと自覚することが恐かったのだ。具体的な年金の額も知らなかったし、調べようともしなかった。給与が低いのでそれほど多くはもらえないだろうなというくらいの認識しかなかった。

退職金は大手出版社とは比較できないほど安かった。三十年以上勤めたのに、早期退職手当を上乗せしても、たかだか七百万弱に過ぎなかった。こんなものなのかと切れそうになったが、すまない、これがぎりぎりなんだと入社以来何かと目をかけてもらった社長に言われたら納得するしかなかった。預貯金は二百万しかなく、しかも持ち家ではないから光熱費などを含めて月に十五万近い額が確実に出ていくことになる。今後、息子の就職や結婚などである程度まとまった出費が必要だろうし、自分も妻も年齢的にいつまでも健康でいられるとは限らない。妻のパートの仕事は月に十四万程度で、生活費や息子の学費、それにいろいろな保険料などを考えると、因藤茂雄が働き続けない限り、蓄えはあっという間にゼロになる。計算を終えたとき、目の前が真っ暗になった。

働かなければいけないというプレッシャーは苦しかった。しかも、道路工事の交通誘導員にしても、宅配便の梱包や配送にしても、ビルの清掃にしても、体力的にきつい仕事ばかりで、何度か体調を崩した。風邪を引いたり、腰や背中に痛みが出たりして仕事に行けなくなり、そのたびに新しい派遣会社を探さなければならなかった。還暦間近になってからは、実際に働けるのは月の半分という情けない状態になった。慢性的な睡眠不足のせいか、夢もほとんど見なくなった。夢の日記を半年以上書かなかったときもあった。

ホームレスに対する不安感が生まれたのは、ちょうどそのころで、心身ともに疲労が溜《た》まっていたことも大いに影響していると、自分でもそう思っている。


だが、何とかしなければいけない。

あるとき因藤茂雄は、不安の対象であるホームレスについて、調べてみようと考えた。生来の読書好きだが、最初はホームレスに関する本を読むのも恐かった。古書店で四冊ほど入手し、仕事が休みの日、それに東京までの電車の中で、不安を鎮めながら読み進めた。学者や支援NPOがホームレスの実態についてレポートしているものが二冊、そしてルポライターが実際にホームレスにインタビューしているものが二冊、いずれもよくできていて、読むうちに意外な事実がわかってきた。

ホームレスになる人の多くは怠け者ではなく、不運が重なったために、どうしようもなく路上生活を選ばざるを得なくなるのだということが、まずわかった。できれば働きたいという勤労意欲が高い人が多いこと、高齢者ではほとんどが中卒と高卒だが全体では大卒も三割以上いること、行政の自立支援センターは機能しているとは言えないこと、病気の人が多く、とくに結核などの感染症が目立つこと、アルコール依存症も多いこと、住所や親・親戚などの情報が必要なので生活保護を申請する人が少ないこと、公園ごとに出身地でまとまる傾向があること、借金取りから逃げている人も多いので福祉事務所からは遠い場所に集まりやすいこと。

ホームレスにインタビューした本には、恐ろしいことが強調されていた。人は案外簡単にホームレスに転落するということだ。中には、中堅商社の管理職や建設会社でばりばりの営業マンだった人もいた。彼らの転落の背景には、共通してバブル崩壊とその後の長い不況があった。多額の借金があった例も多く、因藤茂雄は、絶対に借金だけは作らないようにしようと決めた。

読み終わったあと、ホームレスに転落するときの共通点をノートにまとめることにした。ホームレスにならないためには、その共通点を避けるように心がければいいと思ったのだ。

彼らはまず仕事を失う。病気や事故などで健康を失う場合も多い。生活に困窮するとたいてい夫婦仲が悪くなり、やがて家族を失い、そして住居を失う。因藤茂雄は、最後に、ノートに赤い文字で書き込んだ。

「仕事、家族、健康を徹底して守ること。住居の死守。借金は絶対にしない」

笑ゥせぇるすまん

夢の日付：平成二四年二月二日（木曜）＊先週に引き続き川崎の水道工事。
夜の山道を下りている。道は非常に狭い。足元に注意して歩かなければならず、周囲の闇から、鳥なのか虫なのか、不気味な鳴き声あり。両側は林。木々の密度濃し。わたしは目的なく歩く。やがて道は右に折れ、行く手に明かりが見える。どうやら河原らしい。群衆がいるようだ。こんな夜更けに何をしているのか怪訝《けげん》に思う。わたしは何かを目撃してしまったようだ。群衆がわたしに気づき、手に手に棍棒《こんぼう》やナタを持って追いかけてくる。わたしは恐怖で動けない。（付記：これまで何度か同じ夢を見ている。不吉な夢だ。悪いことが起こらなければいいのだが。）

因藤茂雄は、川崎市内の住宅地で、フリッカーと呼ばれる誘導灯を持ち、一方通行の出入り口に立って車をさばいている。水道管の交換工事だ。昨年の大震災のあと、各地の行政がいっせいに実施している。震災時に古くなった水道管が破砕し、断水する地域が続出して苦情が殺到した。行政は対応に追われているようだ。朝の八時半、住宅街なので交通量は少ない。だが全身が冷えきって、腰と、それに左胸のあたりが痛む。心臓が悪いのではないかと不安になるが、妻からは肋間《ろっかん》神経痛だろうと言われた。

今朝は夢見が悪く、何かいやなことが起こりそうな予感とともに目覚めた。始発の東武東《とうぶとう》上《じょう》線に乗り、池袋、武蔵小杉《むさしこすぎ》と電車を乗り継ぎ派遣先の建設会社まで行って、作業員たちといっしょにワゴン車で現場に運ばれた。閑散とした住宅街での誘導は簡単だが、立っている時間が長いので冷気が身体《からだ》に染み込んでくる。

日が差してくると、少しずつ身体が暖かくなり、腰の痛みも軽くなった。因藤茂雄は、この時間が好きだった。作業そのものは辛いが、働いているという実感がある。現場主任が温かい缶コーヒーを持ってきてくれた。久保山《くぼやま》という、まだ三十代後半の主任で、とても優しくしてくれる。

「因藤さん、あの男、知ってる人ですか」

久保山がそう言った。確かに、通りに立って、こちらを見ている男がいた。

「いや、遠目でよくわかりませんけど、このあたりに知り合いはいないです」

因藤茂雄は、その男をしばらく眺めたあと、そう答えた。男は黒い帽子を被《かぶ》り、膝下《ひざした》まである黒の長い外套《がいとう》を着て、背丈は普通だがやや太り気味に見えた。久保山と因藤茂雄が自分のほうを見ていると気づいたのだろう、やがて視線を外し、ゆっくりと現場から遠ざかった。

「なるほど。因藤さんを見てたんじゃないのかな。いや最初はね、ここらの住民が騒音とか苦情を言いに来たのかなと思ったんだけどね。なんも言わないで、作業を見ているだけだし、邪魔するわけでもないんで、知らんぷりしてたんですけどね。なんか、因藤さんのほうを見ているようだって若い連中が言うものだからね」

久保山は笑いながらそういうことを言って、また現場に戻った。いいやつだな、といつも思う。有名大学の工学部出身だが、現場で経験を積みたいと、社員数十人の小さな建設会社に就職した。おもに行政からの工事を請け負う弱小会社だが、四大卒の応募は少なく、しかも有名大学だったので、早くから現場をまかされ、熱心に勉強して一級管工事施工管理技士の資格も取っている。

ほとんどの作業員は久保山より年上だ。しかし主任として信頼されているし、好感も持たれている。仕事には厳しいが、性格が穏やかで、威張ることがなく、礼儀正しい。因藤茂雄にとっていちばんいやなのは、寒さや暑さよりも、年下の人間に怒鳴られたり罵《ののし》られたりすることだった。久保山はそういったことはいっさいない。交通誘導員は肉体的に辛いことが多いが、人間関係は悪くない。

下請けの弱小会社なので、常にぎりぎりの人数で作業している。協力し合わないと仕事が進まないのだ。それに昼は必ずいっしょに弁当を食べ、会話がある。逆にやっかいなのは、発注者である行政と、それに元請けの人間たちだった。彼らは、まったく汚れていない作業服の下にネクタイを締め、ときどき現場を見回りに来る。管理者として何か指導しなければいけないと思っているようで、どうでもいいことを注意したり、強く叱責《しっせき》したりする。

因藤茂雄は誘導灯を振りながら、老婦人が乗る赤の軽自動車を停止させ、三十メートル先の同僚の合図を待って、発進させた。軽自動車が走り去って行く場所に、またさっきの黒ずくめの男が立っているのが目に入った。

黒ずくめの男は、何かに似ていた。遠目だし、ニット帽を深く被っているので顔はわからない。だから誰かに似ているというわけではなく、西洋の悪魔とか、大きな鎌《かま》を持つ死神とか、幽霊とか、そんな不吉な何かを連想させた。そもそも黒い外套に黒の帽子という格好は、閑静な住宅街にはそぐわない。交通誘導員をやるようになってわかったことだが、高層マンションや雑居ビルや店舗や工場の立地が条例で禁じられている都市部の住宅街では、よそ者は自然と目立ってしまう。

住民は基本的に車を使うから、歩いている人そのものが少ない。他には、宅配業者かピザや寿司《すし》やそばなどの出前を届ける店員、それに訪問セールスマンや宗教の勧誘員くらいで、住民はたいてい幼児か犬を連れている。

黒ずくめの男は、同じ場所に立っていると目立って怪しまれると思ったのか、作業現場の周囲をうろうろと歩き回り、並木に身を寄せたり、近くの家の門柱にもたれかかったりしている。

因藤茂雄は、男のことを気にかけるのを止《や》めた。昼時になって、やや交通量が増えたからだ。一方通行で車をさばくには、双方の停止線に立つ誘導員同士の連携が重要だ。最近は、研修をまじめに受けていない若い連中も多いが、派遣元の警備会社はそういう連中をほとんど採用しない。また、高速道路や、信号が絡むむずかしい現場にはベテランを配置し、新人はまず住宅街のような比較的誘導が簡単なところからはじめる。

ＬＥＤが内蔵されたフリッカーは、反対側の停止線に立つ同僚と車両に対し、タイミングを計って手際よく使わなければならない。一瞬の躊躇《ちゅうちょ》が混乱を招くことがある。自分のほうの車両が減速、停止したのを確認して、同僚に「通してよし」のサインを送る。単調な仕事だが、集中が途切れると事故につながることもある。研修で繰り返し教えられるのは、車両に対しては断固たる態度で減速と停止を求め、協力が得られた場合には、お辞儀をして敬意を表するという単純なことだった。

「おい、因藤だろう。因藤茂雄じゃないのか」

昼食時に、ふいに声をかけられ、振り向くと、あの黒ずくめの男がこちらを見ていた。外套のポケットに手を入れ、覗《のぞ》き込むように中腰で立っている。妙な臭《にお》いがした。女性用の香水のような甘くて刺激的な臭いだった。

「それ、コンビニ弁当か。おいしそうだな」

男は、因藤茂雄の弁当を見て、笑顔でそう言った。そうだ、笑ゥせぇるすまんだ、と思い出した。黒ずくめの男を見たとき、不吉なものを感じて、何かに似ていると思った。漫画の主人公にどこか似ていたのだ。主人公は中折れ帽を被っていて、黒ずくめの男はニット帽だったが、似ているのは姿形ではなく雰囲気だった。不運や不幸を運んでくるような、いやなムードがある。

なぜ名前を知っているのだろう。因藤茂雄は、胸のネームプレートを見た。手書きでフルネームが記されている。だが、プレートの文字が読めるような距離ではなかった。因藤茂雄は、歩道の縁に腰掛けて弁当を食べていて、男は、その後ろに立っている。黒っぽいニット帽を深く被り、同じく黒のネックウォーマーで首回りが覆われているので、顔がよく見えない。

昼食は作業員がコンビニでまとめて買ってきてくれる。因藤茂雄は警備会社から派遣されているアルバイトなので、ちゃんと代金を支払う。今日は四百九十円の牛そぼろ弁当で、自前の弁当を持参する人以外は基本的に全員同じものを食べる。飲み物は温かいお茶がワゴンに積んである。現場によっては、誘導員は作業を続けながらおにぎりで済ませることもある。工事車両を移動できなかったり、一方通行を解除できない場合は、交通誘導を止めるわけにはいかないからだ。

しかし、妙な具合だな、因藤茂雄はそう思いながら弁当を食べた。黒ずくめの男とは歩道のガードレールで隔てられている。裾《すそ》の長い外套を着ているためにガードレールをまたぐことができないのか、背後に立ったままだ。気になるが、相手をするヒマはない。誘導員はとにかく早く食事を済ませなければならない。

「因藤、おれだよ、覚えてないかな」

黒ずくめの男は、上体を近づけ、ネックウォーマーをずらしながらそう言った。

ネックウォーマーが引き下げられて、同年配の、疲れた顔が現れた。まったく見覚えがない。すみません、どちら様でしたか、因藤茂雄は、そぼろ弁当のご飯を口に入れたまま聞いた。

「覚えてないだろうな。フクダだよ。中学のとき、同じクラスだった。おれは転校生で、しかも鳥栖には半年しかいなかったから、無理ないけどな」

フクダ？　やはり記憶がない。しかし、どうしておれのことがわかったのだろうか。ヘルメットを被っているし、かなり距離があった。

「それだよ」

フクダと名乗る男は、因藤茂雄が肩から下げているサーモスのスポーツボトルを指差した。真空断熱タイプのステンレス製水筒で一リットルの容量があり、パラディーゾというイタリア産の発泡性ミネラルウォーターを入れている。パラディーゾはオレッツァなどに比べると比較的安く、炭酸もそれほど強くない。気分を落ちつけたいときに少しずつ飲むようにしている。スポーツボトルを包むポーチは派手な赤で確かに目立つが、それにしてもなぜ水筒でわかったのか。

「お前、鳥栖東中でも、いつも水筒を下げてたじゃないか」

鳥栖東中と聞いて、急に懐かしさがこみ上げてきた。この男は間違いなく中学の同級生なのだ。そうでなければそんな学校名を知っているわけがない。フクダ？　自衛隊幹部の息子で、数学が得意だった福田《ふくだ》貞夫《さだお》だろうか。

「そうだよ。お前は、サダって呼んでたよ」

父親の勤務の関係で転校を繰り返しているのだと言っていた。でも、それほど親しくはなかった気がする。

「お前はよくしてくれたんだよ。転校生で、友だちがいなかったときに」

サダという愛称の転校生がいたという記憶はある。やがて、午後の作業がはじまった。会えてよかったよ、と言って、去ろうとすると、福田は、明日もまたここにいるのかと聞いた。明日は二百メートルほど移動するけど同じ町内だと答えると、明日また来ると言って、あの裏手に家があるんだと、通りの向こう側を示し、携帯の番号を交換して別れた。

夢の日付：平成二四年二月三日（金曜）＊引き続き川崎の水道工事。現場で同級生に会う。
犬の前足に大きな棘《とげ》が刺さっているらしい。横ではなく、縦に、まるで肉の内部に骨に沿って副《そ》え木をするかのように突き刺さり、おまけに棘が下側に突き出ている。可哀相《かわいそう》だと、人々が騒いでいる。見ると棘ではなく、先端が鋭利な細い木の棒のようなものだ。わたしは、犬のからだを支えながら、そっと足に触れ、ゆっくりと木の棒を抜いてやる。意外とスムーズに抜ける。犬は、わたしを見ることなく、飼い主らしい女性のほうに駆け寄る。（付記：

犬の夢は久しぶり。現場で冷えたのか腰の痛み強し。何とかがんばらねば。）

因藤茂雄は、腰の痛みに耐えながら、始発電車に乗った。喉《のど》にも不快感があり、そばに誰もいないのを確かめて、駅のホームで痰《たん》を吐きティッシュにくるんだ。朝は必ず喉の調子が悪い。若いころはこんなに痰が気になることはなかった。子どものころ、がーっと喉を鳴らして痰を吐く大人を見て、いやな気分になった。傍若無人の象徴のように思えた。だから、痰を吐くときは周囲が気になる。

昨夜、めずらしく寝る前に酒が欲しくなった。普段はほとんど飲まない。たまに晩酌で缶ビールを一本空けるくらいだ。だが昨日はどういうわけか強い酒を飲みたくなった。埃《ほこり》を被ったサントリーの角瓶を取り出しパラディーゾで割って飲み、押し入れ内に手作りした書庫から『笑ゥせぇるすまん』を出して、数編読んだ。

酔ううちに、福田のことをいろいろと思い出した。学校で禁じられていた映画をいっしょに観《み》に行ったこともあったし、好きな女の子を告白し合ったり、肌身離さなかった水筒から脊振山の湧き水をよく飲ませたりした。どうしてすぐに思い出せなかったのだろう。ひょっとしたら、同級生だという男に、交通誘導員をやっている自分を見られたくなかったのかも知れない。

現場に着き、因藤茂雄は、誘導灯をかざして車両を整理しながら、福田の姿を探した。しかし福田はなかなか現れなかった。

福田は、十一時になっても姿を見せなかった。昨日現場に来て、昼食前だとどうせ話もできないとわかったのだろう、だから、昼時に合わせて会いに来るつもりなのかも知れない、そう思った。昨日の現場から二百メートル近く離れているが、探せないような場所ではない。しかも福田は、この近くに住んでいるのだと言った。

昼食時、他の作業員とは少し離れたところで弁当を広げた。脇道の、桜の根本に腰を下ろした。ちょうどT字路の中心で、周囲がよく見渡せる。今日はコンビニのシャケ弁当だが、作業の関係で食事時間は十五分もない。しかし十五分しかないからと焦ってご飯をかき込んではいけない。

以前、まだ慣れていないころに、何度もひどい目にあった。百人以上が作業に従事する高速道路工事などでは簡易トイレが用意されるが、水道管や通信ケーブル敷設など小規模な現場では、移動の際にあらかじめ用を足しておかなければならない。会社を出るときにはもちろんのこと、ガソリンスタンド、コンビニなどに寄ったら、とにかくトイレに行っておく。交通量が多いところで尿意や便意に襲われると地獄を見るのだ。おむつを用意した時期もあったが、後処理が面倒くさいので、今は止めている。近くに人気のない空き地があれば小便は何とかなるが、大きいほうはそうはいかない。

因藤茂雄は、まずスポーツボトルからパラディーゾを少し飲み、深呼吸をして心を落ちつけ、ゆっくりと弁当を食べた。よく噛《か》んで食べ、飲み物は極力避ける。汗をかく夏は飲み物をとらないと逆に危険で、水ではなくアクエリアスなど塩分を補給できるものを飲むようにしている。シャケ弁当を食べながら、腰の使い捨てカイロを貼《は》り替える。今日、腰は保《も》つだろうか。鎮痛消炎剤を飲んで、痛みは少し軽くなった。

昼食時間が終わっても福田は姿を見せなかった。時間が経つにつれて、因藤茂雄は、福田が現れるのを心待ちにしている自分に気づいた。お前のことはちゃんと覚えていたんだよ、そう言いたかったのだ。周囲に目を配りながら、誘導灯を振り続けた。

午後四時を回ったころ、福田がT字路の角にやっと現れた。

福田は、手を振りながらこちらに歩いてくる。だが、歩き方がおかしい。片方の足を引きずっている。怪我《けが》でもしたのだろうか。それとも、腰が悪いのだろうか。因藤茂雄も腰痛がひどいときは同じような歩き方になる。体重が垂直にかかると激痛が走るので、どうしても片方の足を引きずってしまうのだ。

福田は、黒い外套にニット帽という昨日と同じ格好だった。家はすぐ近くだと言っていたが、因藤茂雄は別に不自然だとは思わなかった。自分も一着しか外套を持っていない。

「やあ」

福田は、近くに来て、声をかけた。傾いた日差しが顔に当たっている。相変わらず顔色が悪い。肌につやがなく、不健康に色が黒い。しばらくして咳《せ》き込みはじめて、久保山をはじめ作業員がこちらを見た。だいじょうぶかと聞くと、何でもないという風に首を横に振って、かまわずに作業を続けてくれと、右の手のひらをこちらに向けた。

「因藤、水、あるかな」

足を引きずりながらすぐそばに近寄り、苦しそうな表情でそう言った。強烈な臭いが漂ってくる。昨日と同じ、女物の香水に似た臭いで、鼻がおかしくなりそうだった。

「ほら、飲めよ」

因藤茂雄は、パラディーゾが入ったスポーツボトルのキャップを開け、手渡した。だが福田は、手にとったままなかなか口をつけようとせずに、本当に飲んでいいのかと聞いた。ボトルに口をつけて飲むのをためらっているようだ。いいから飲めよ、そう言うと、悪いな、とぎこちない笑顔を見せた。笑ったときに一瞬口の中が見えた。上下一本ずつ前歯が欠けていて、因藤茂雄はびっくりした。

「こんなうまい水は飲んだことがない。あのころと同じだな」

福田は、うれしそうにまた笑った。

作業が終わったあと、福田が家を見せたいと言うので、久保山に頼んで五分だけ時間をもらった。現場から坂道を少し上がったところに煉瓦《れんが》の塀に囲まれた豪邸があり、福田はそこで立ち止まって、ここなんだけど少し寄っていくのは無理か、そう言いながら、また激しく咳き込んだ。ワゴン車に乗ってみんなといっしょに帰らないといけないんだ、そう言うと、寂しそうな顔になり、しょうがないな、とうなずいた。

福田は、門の脇にある車庫の前にたたずんでいる。大型乗用車が優に二台、軽自動車だったら三台は駐《と》められそうなほど大きな車庫だった。淡いブルーの電動シャッターが下りているが、汚れも染みもない。門扉は鈍い光沢のある鍛鉄《たんてつ》製で、高さが二メートル以上ある。煉瓦の塀に囲まれて、広いベランダがある三階建ての建物がそびえていた。すごい家だな、と見上げると、大したことないよ、と福田は言って、また咳き込んだ。因藤茂雄は、福田が家に入ってから現場に戻るつもりだったが、全身から強烈な臭いを放つ同級生はなかなか門を開けようとしない。

「おれは現場に戻るから、お前、家に入れよ」

現場では他の作業員が後片付けをしている。早く戻らなければいけない。だが福田は、いやおれが見送るよ、とまた歩きだそうとした。そのとき、門柱の脇にさりげなく留められている小さな金属製の表札が目に入った。ローマ字で「SAWA」と記してあった。「福田」ではなかった。表札を見ているのに気づいた福田が、そうなんだよ、と苦笑しながら言った。実は、家内の親戚の家なんだが亭主が海外赴任で、その間借りてるんだよ。

　そうだったのか、とうなずいて、因藤茂雄が現場に戻ろうとしたとき、犬を連れた婦人が道路をこちらに向かって歩いてきた。それに気づいた福田は、因藤茂雄の手をとって、急いで門扉から離れ、道路の反対側に移った。犬を連れた婦人は、道の向かい側にいる二人に目をやって眉《まゆ》をひそめ、そのまま門柱にセットされた電気錠のスイッチボックスの暗証番号を押し、「SAWA」という表札のかかった家の門を開け、中に入っていった。

「あの人はお手伝いさんで、どうも相性が悪いんだ。参っちゃうよ」

　福田はそう言って苦笑した。ここは福田の家ではないのだと、因藤茂雄は思った。だがそのことは口に出さずに、じゃあおれは行くよ、と現場に向かって歩きだした。

「明日もこのあたりに来るんだろう？」

　福田がそう聞いたが、明日は別の現場だった。ここには来ないんだよ、と答えると、そうか、と福田はうつむき、また咳き込んで、何かあったら電話するよ、とほとんど聞き取れない声でそう言った。

山谷へ

夢の日付：平成二四年二月六日（月曜）＊今日も腰痛で起き上がれない。
夜の山道。周囲の闇が不気味。両側は林。木々の密度濃し。やがて道は右に折れ、行く手は河原。群衆。群衆は敵か犯罪者の集団。武器を持って追われる。（付記：いつもの不吉な夢。さらに悪いことが起こるのだろうか。）

腰痛は、連日の寒さのせいもあるのか、日に日にひどくなった。一昨日は、布団から這《は》うように出て、体を起こそうとしただけで尻から腰、それに背筋にまで激痛が走って立つことができなかった。その日の現場は練馬区大泉《おおいずみ》学園の住宅地で、前日までの川崎に比べると近かったが、とても仕事に行けるような状態ではなかった。

仕事がある日は朝の四時には布団から出る。妻を起こさないようにそっと起き上がるのだが、その日は痛みが激しくて思わず声が出てしまった。背中を丸め身体を斜めに傾けるような奇妙な格好で、しばらく痛みに耐え、頼む、と声に出さずにつぶやいた。頼む、何とか治まってくれ、仕事に行かせてくれ、欠勤するとまた新しい派遣元を探さなければいけなくなるかも知れない。

「どうしたの。腰、痛いの？」

目を覚ました妻が心配そうな声で聞いた。だいじょうぶだ、そう答えようとしたが、声が出なかった。早朝の冷気が身体を包み、痛みは治まるどころかますます鋭くなる。ほら寒いから毛布掛けないと、妻がそう言いながら、背中をさすってくれた。だいじょうぶだと言おうとしたが、やはり声が出ない。気がついたら、因藤茂雄は嗚咽《おえつ》していた。情けない、これではだめだ、働きに出ないと収入が途絶える。

休まないとだめよ、そう言ってくれる妻も、地元のスーパーが春にリニューアルするらしくて、パートの口がなくなるかも知れないと、先日不安そうにこぼしていた。そうだ、あの福田と会ってからだ。あいつは、やはり笑ゥせぇるすまんのように不運と不幸を運んでくる貧乏神だったのだろうか。ホームレスにならないために死守すべき項目のうち、仕事と健康の二つがすでに失われようとしている、因藤茂雄は不安に襲われた。

腰痛がひどいので仕事を休ませて欲しいと派遣元に電話をした。週末休めば月曜からは現場に出られるはずだと訴えたが、担当者は、ゆっくりと養生してしっかり治してください、と優しい口調で言って、あっさりと電話を切った。派遣登録が消されてしまうかも知れないと恐くなった。

大震災のあと、水道管や通信ケーブルの敷設工事、それに建物や道路や橋などの補強工事が増え、誘導員が足りなくなっているが、今登録している派遣元は比較的良心的で、高齢者には交通量が少ない近場の現場を紹介してくれた。東北や北関東の現場に泊まり込みで行くことを強要する会社もある。それに、新しい派遣会社に登録するには、またホームレスがいる東京に出なければいけない。

さらに週明けに、妻が職を失うという不安が現実になった。勤めていたスーパーは、リニューアルと同時に売り場のレイアウトを大きく変え、妻が働いていた惣菜《そうざい》コーナーを閉めてサラダ専門店に模様替えするらしい。これまで、手作りのオフクロの味というキャッチフレーズで、きんぴらゴボウや肉じゃがなど庶民的な惣菜を売っていたのだが、飽きられてしまって売り上げが落ちるばかりだったと、妻は肩を落として言った。

歳《とし》を取るにしたがって睡眠時間も短くなり、あまり夢を見なくなる。とくに誘導員をやりはじめてからは、夢の日記はほとんど書いていない。せいぜい月に一度書けばいいほうだった。夢を見ても、朝が早く慌ただしく身支度をするので忘れてしまうのだ。

それが、このところ立て続けに夢を見た。しかも深夜の山道で追われるという不吉な夢を、数年ぶりに、二度も見てしまった。因藤茂雄は、夢占いのようなものを信じているわけではない。だが、久しぶりに不吉な夢を見た日に、福田という同級生に会った。確かに懐かしく感じたが、ひょっとしたら笑ゥせぇるすまんのようにあいつが不運と不幸を運んできたのではないかという思いが消えなかった。

妻の勧めもあり、近所の整体院に通い、腰痛は少し改善した。ただし、何とか歩ける程度で、痛みはかなり残っているし、もう無理はできない。誘導員が務まるかどうか、自信はなかった。腰痛の悪化も、山道の不吉な夢を見て、福田に会ってからだった。

最初に福田を見たとき、どうして笑ゥせぇるすまんに似ていると思ったのだろう。読み返した漫画では、人が変わってしまって元に戻れなくなるという恐ろしいモチーフが多く出てきた。たとえば、酒やギャンブルや女遊びなど刺激的な生活に憧れている生真面目なサラリーマンがいて、彼は、笑ゥせぇるすまんからかつらとサングラスを渡され「これで別人になれます」と言われる。彼は、連日飲み屋街で別人のように乱暴に振る舞ってカタルシスを得る。毎日刺激的な生活で楽しいという彼は、本当の別人になってみてはどうかと笑ゥせぇるすまんに勧められる。メモをもらって、ある安アパートに行ってみると、子だくさんの貧乏な家庭があり、子どもたちから「お父さん」と呼ばれる。そして彼の元の家の前で、「いったいパパどこ行ったんでしょうね」と妻子が嘆いているシーンでエピソードが終わる。

昔、人生でもっとも恐ろしいことは何だろうと、会社の社長や同僚たちと酒の席で話したことがあった。今思うと宴席には不向きな話題だが、バブル期の出版界には熱病のような活気があり、酔っ払ってシリアスな議論を交わすのが流行《はや》っていたのだ。自分が死ぬこと以上に恐ろしいことはあるだろうか、と誰かが言って、自分の死より最愛の人の死のほうが恐ろしいと因藤茂雄が反論し、最後に社長が、自分または最愛の人が死ぬのと、完全に別人になってしまうのとではどちらが恐いだろうかという疑問を投げた。

そのときは酔っ払っていたので笑いながらそういった話をしたのだが、完全に別人になるということがそのあとしばらく頭から離れなかった。完全に別人になるわけだから、愛想が尽きて態度が変わるとか、心変わりをするとか、そんなレベルではない。記憶を全部失う、精神に異常が生じて相手や自分を認識できない、エイリアンや霊に体を乗っ取られる、そんなケースで、それは死よりも恐ろしいのではないかと、因藤茂雄はそう思った。人の死は、物理的な消滅だが、完全に別人になってもその人は生きなくてはいけない。

笑ゥせぇるすまんのブラックユーモアは、そういった恐怖を下敷きにしている。それにしても、福田は、なぜあの川崎の住宅街にいたのだろうか。

あの豪邸は、福田の家ではない。あの犬を連れた女性も、お手伝いさんではない。金持ちの典型の服装と態度だった。高級住宅街で誘導員をやってわかったことだが、本当の金持ちは自分を金持ちに見せようとしないし、決して威張ったりしない。だが誰に見られても恥ずかしくない服を着ていて、挨拶《あいさつ》も欠かさない。暗そうな人や無愛想な人はいるが、態度は控え目で、それは自信に裏打ちされているからだ。福田は、どうしてあの家に連れて行こうとしたのだろうか。すぐに現場に戻らなければいけないと知っていたのだろうが、表札の名前が違う家に案内するのは理解できない。それに、あの黒い外套とニット帽も住宅街にはそぐわないものだった。何より異様だったのは臭いだ。女物の香水のような強烈な臭いだった。考えれば考えるほど、わからないことだらけだ。あの豪邸が福田のものではないとしたら、どうしてあの住宅街にいたのか。何をしていたのか。

だが、水のことを覚えていてくれたのは、うれしかった。咳き込んで具合が悪そうな福田にスポーツボトルのパラディーゾを飲ませたのも、中学のとき水筒に入れていた脊振山の湧き水がおいしかったと言ってくれたからだ。因藤茂雄は、めったなことでは大切な水を他人に飲ませたりしない。他人に飲ませるのが惜しいからではない。自分で選び、自ら容器に詰めた水は、決して譲れない何かの象徴だったからだ。

しかし、日が経つにつれて、福田という同級生のことはどうでもよくなっていった。それどころではなかったのだ。妻が仕事を失い、なかなか次のアルバイト先が決まらなくて、わずかな蓄えが底をつくのは時間の問題だった。それに、多少回復したといっても、腰はまだ終日路上に立ち続けられる状態ではなく、派遣元の警備会社からの連絡も途絶えて、東京のハローワークに出向く気力も湧いてこなかった。

因藤茂雄は、口数が少なくなり、妻との会話も減った。預貯金の残高が気になっているが、お互いに口にするのが恐いのだ。何をするのも金がかかり、腰のせいで散歩にさえ行けない。

「因藤さんですか。福田という男性をご存じですよね」

三月に入ってしばらくして、聞き覚えのない声で電話がかかってきた。

福田という名前を聞いても、誰なのかすぐにはわからなかった。川崎の住宅街で会ってから一ヶ月以上経っていたし、経済的困窮は日ましに現実味を帯びて、四月に必要になる息子の授業料をどうやって捻出《ねんしゅつ》するか、治療費もばかにならないので整体へ通うのは止めたほうがいいのではないか、そんなことばかり考えていたからだ。

「あの、因藤さん？　因藤茂雄さんですよね」

電話は中高年だと思われる女性からで、事務的で素っ気ない話し方だった。役所とか病院とか警察をイメージして警戒心が起こり、因藤茂雄は、そうですが、何か、と小声で応じた。

「こちらはですね、台東区の富士という旅館の者なんですけども、もしもし、ちゃんと聞かれてます？」

　別にかん高い声というわけではなく、喋《しゃべ》り方もゆっくりとしているのだが、どこかとげとげしさを含んでいる気がして、苛立《いらだ》ちを覚えた。台東区のそんな名前の旅館などもちろん知らないし、東京に出ても下町のほうには行ったことがない。どんなご用でしょうか、憮然《ぶぜん》とした口調でそう応じると、福田さん、福田、貞夫さん、ご存じですよね、とまた聞かれた。そうか、あの笑ゥせぇるすまんの福田か、因藤茂雄は、はい、知ってますが、と答えたが、知ってはいるがそれがどうしたんだというような言い方になった。

「福田さん、宿泊者なんですけど、事情がありまして、お部屋を出ていただくことになっているんですが、ちょっと、その、ご病気でですね、動かせない状態なんですね。通常ですと、役所で生活保護の申請をしてもらって、部屋代をいただいて、病院に行ってもらうということになってます。それが福田さんのほうで生活保護の申請がどうしてもいやだということで、わたしどもも、もうどうしようもない状態で、二ヶ月部屋代を滞納されてますから、普通、病院に運んでしまうんですけど、福田さんがですね、あなたの名前と電話番号を言って、連絡してくれと言うもので、こうやって電話差し上げてるようなわけなんです」

　話がよく呑《の》み込めなかった。福田とは、携帯の番号を交換した。用があれば、自分で電話してくるはずだ。

「福田さん携帯持ってないですよ。いや、あなたが会われたときはどうか知りませんが、とにかく今は持ってないですし、体も動かせないような状態で、わたしどもも、困っている状態なんですね」

台東区といってもどのあたりなのだろうか。とりあえず場所だけでも聞いておこうと訊《たず》ねると、南千住駅《みなみせんじゅ》から明治通りを越えて城北《じょうほく》労働・福祉センターを目指してくれと言われた。

「昔風にいうと、山谷《さんや》ですけどね」

女性は「山谷」と言った。有名なドヤ街だ。今はホームレスのたまり場になっていると雑誌で読んだことがある。福田は、どうしてそんな場所にいて、おれに何をして欲しいというのか。「南千住、明治通りを越える、城北労働・福祉センター」とメモを取り、最後に電話番号を聞いて、それも書きとめた。

「あの、ちょっと待ってください」

女性が電話を切ろうとしたので、因藤茂雄は、慌てて止めた。

「それで、あの、わたしにいったい何をしろとおっしゃってるんでしょうか」

女性は、しばらく黙ったあと、苛立ったような咳払《せきばら》いをして、あなたね、福田さんの友だちじゃないんですか、と責めるような口調で言った。

「わたしどもは困ってるわけですね。宿泊費、滞納、生活保護、拒否、歩行不能、身寄りなく、あなたに連絡してくれって言われました。で、わたし、こうやって連絡しております。おわかりですか。こちらにいらっしゃれないのでしたら、今そう言ってくださいよ。因藤さんはおいでにならないって福田さんに伝えますから」

自分が行かなかったら、福田はどうなるのだろうか。そもそも福田がなぜ山谷の旅館にいるのかもわからない。あの豪邸が自宅だというのは嘘だったが、ドヤ街の住人だったのだろうか。そういえば、現場で会ったときも始終咳をしていて顔色がひどく悪かったが病気だったのか。詳しいことは何もわからないが面倒な事態になった、そう思いながら、福田ですが、どんな状態なんでしょう、と聞くと、わたしはお医者じゃないのでわかりませんよ、と、突き放したような言葉が返ってきた。

「咳してますけどね。あと、歩けないのでね、わかりますか、垂れ流し状態になってますね。他の部屋とか宿泊者の手前いちおう掃除はしてますけどね、枕元に血の付いたティッシュとかあってですね、ちょっともう限界なんですよ。あなた、来れないんですね。それではこちらで対応させてもらいますが、本当にいいんですね」

対応って、どういう対応になるんでしょうか。質問する声が震えていた。女性の口調がしだいにきつくなり、異様な気配を感じて恐くなったのだ。

「病院に運びます。うちの車に、ビニールシート敷いて、病院に運びますから、ご心配なく」

ふいに荒々しく電話が切られた。因藤茂雄は、携帯を握ったまましばらく茫然《ぼうぜん》としていた。そして、以前読んだホームレスに関するレポートを思い出した。山谷の安宿に泊まっていて、金がなくなり、しかも病気で動けない浮浪者は、深夜に病院の玄関前に捨てられるのだという記述があった。救急車を呼ぶと面倒なので、車に積んで病院に置いてくるのだそうだ。


しばらくして、不思議なことが起こった。咳をしながら山谷の安宿に寝ている福田が頭に浮かんできて、そのあとふいに中学時代の出会いを鮮明に思い出したのだ。福田とは、入学式の日に出会った。教室に春の日差しがあふれていて、生徒たちは男女それぞれの出身小学校ごとに二つのグループに分かれて集まり、制服やクラブ活動や担任の教師について、高揚感と不安から声高に喋っていた。窓際に、一人の生徒がいた。どのグループにも属さずに、ぼんやりと外を眺めていて、誰も注意を払う者はいなかった。

なぜその生徒に近づいていったのか、よく覚えていない。因藤茂雄は、勉強も運動も中程度で、クラス委員になるようなタイプではなかったし、優しい性格でも、おせっかいでもなかった。やあ、そう声をかけ、因藤茂雄は自分の名前を言った。生徒は、福田だと名乗った。

関東のほうから春休み中に引っ越してきたらしくて、標準語だった。

「めずらしいな」

と福田は微笑《ほほえ》みながら言った。

「ほんと、めずらしい」

めずらしいって、何がね？　と因藤茂雄は聞いた。福田は、父親の仕事の関係で小学校のころから転校を繰り返してきたらしい。父親はエリート自衛官で、駐屯地がよく変わるのだそうだ。転校には、うまくやっていくコツのようなものがあって、それは新しい環境で何かいいところを見つけることなんだと福田は言った。たいてい可愛《かわい》い女子という場合が多いが、きれいな景色とか、よくしてくれる担任とか、何かしらいいところはあるものだが、積極的に見つけようとしないと、気づかないことが多い。

転校は、いじめられたり無視されたり、いやなことがほとんどで、知らない景色やはじめて聞く方言は不安を生む。だから、いいところを見つけようとするんだけど、今日みたいに初日で見つかるのはめずらしい、照れたような笑顔を見せながら、福田はそんなことを言った。

窓際で他の生徒たちから離れ、ぼんやりと外の景色を眺めていた福田の姿が脳裏から消えない。窓からは池がある中庭が見えて、柔らかな日差しが福田を包んでいた。だがその日差しが、転校生の孤独を際立たせている気がした。

「すみません、因藤といいますが、さっき電話をされた方ですか」

富士という旅館に電話をした。明日、山谷に行ってみることにした。会いに行く義理などない。こちらも生活が困窮していて、何か福田のためにできることがあるのかどうかもわからない。電車での移動や歩行に、腰が耐えられるかも不安だった。

「どうかしたの？」

買い物から帰ってきた妻にそう聞かれた。因藤茂雄は携帯をつかんで茶の間に突っ立ったままだったのだ。顔色が悪い、と言われた。妻には、福田のことは話していない。川崎の住宅街の作業現場で中学の同級生と偶然会って、豪邸に案内されたが実は彼の家ではなく、今山谷の安宿で血を吐いて倒れているらしいから明日会いに行くことにした、そんな話をしても理解してもらえるとは思えない。何をしに行くのかと聞かれるだろうが答えられない。何をしに行くのか、自分でもわからないのだ。

翌朝、確認のために富士という旅館の女性に電話をした。今から行くと伝えると、どこから来るのかと聞かれた。埼玉の新座だと答えると、うんざりしたようにため息をついて、旅館の玄関脇に受付があるから声をかけるように言われた。福田の様子を聞くと、来ればわかると素っ気なくつぶやいて、それでは、と電話を切った。

スポーツボトルにパラディーゾを入れ、バックパックに予備のペットボトルを二本詰めて、痛み止めのボルタレンを嚙み砕いて飲み、電車に乗った。昼前だが、まだ空気は冷たくて、使い捨てカイロを三枚腰に貼った。寒さと湿気は腰痛を再発させる。

妻には新しい派遣会社に面接に行くと言った。二人とも収入が途絶え、目に見えて蓄えが乏しくなっていたので、腰を心配しながらも、納得してくれた。しかも、万が一のためにと三万円を財布に入れてくれた。こんなに要らないと返そうとしたが、歩けなくなったらこれでタクシーで帰ってきてと言われ、仕方なく受けとった。

武蔵野線で南浦和まで行き、京浜《けいひん》東北線に乗り換え上野に出て、常磐《じょうばん》線に乗り換えると、数分で南千住に着いた。腰はどうにか電車の振動に耐えられた。

山谷一帯を歩きながら、どこか他の街並みと違うと、因藤茂雄は思った。明治通りからはスカイツリーが見え、車の往来も、行き交う人の服装や表情もごく普通だった。外国のスラムのように掘っ立て小屋が並び、ゴミが散乱して、埃が舞い上がる中を裸足《はだし》の子どもたちが走り回る、そんな風景ではない。ホームレスらしい男たちをたまに見かけるが、道端や軒下に何百人と集まっているというわけではない。

狭い路地に入ると、軒を連ねるように旅館やホテルが並んでいた。ほとんどすべての宿泊施設が一泊二千二百円だ。アーケードがあり、「あしたのジョーのふるさと」という垂れ幕がいくつも下がっている。昼食前で、おにぎりかサンドイッチを買おうかと思ったとき、他の街並みとどこが違うのかわかった。コンビニがないのだ。

　出店が規制されている住宅街などを除けば、百メートルも歩くとたいていコンビニがある。だが、明治通りを渡って狭い路地に入ると目につくのは旅館とホテルばかりで、コンビニは一軒もない。アーケードの商店街をしばらく歩いた。入り口付近に肉屋や薬局があり、食堂、酒屋や金物店などが並んでいる。シャッターが下りている店の前に段ボールや毛布などが目につくが、ホームレスの姿は見えない。鳥栖の故郷にもあった昔懐かしい商店街という雰囲気で、ひどく寂れているという印象はない。

　しかし、「マ」「ツ」「モ」「ト」と、文字を一つ一つ正方形の看板に分けて記した洋品店の前まで来て、因藤茂雄は動悸を感じた。店舗用テントはあちこちが裂けていて、ガムテープで補修したり、色が微妙に違う布が重ねられたりしていた。テントの中央に「メンズウエアー」と大きな文字があり、その左右に、洋品、スラックス、ジャンパー、作業服、と小さく書かれている。因藤茂雄が動悸を感じたのは、剝《む》き出しの蛍光管が並ぶ店頭に所狭しと吊《つ》り下げられているジャンパーとジャージを目にしたときだった。それらは独特の色合いと素材で、まるでホームレスの脱《ぬ》け殻《がら》が展示してあるように見えたのだ。

だいじょうぶだ、と言い聞かせて、スポーツボトルからパラディーゾを一口飲み、垂れ幕の「あしたのジョー」をしばらく眺めた。『あしたのジョー』は、高校時代夢中で読んだ漫画だ。孤児でケンカに明け暮れ泪橋《なみだばし》を渡って山谷のドヤ街に流れてきた矢吹丈《やぶきじょう》が、恩師となるアル中の元ボクサー丹下段平《たんげだんぺい》と出会ってボクシングに目覚める。そして「泪橋を逆に渡る」という合い言葉を交わしチャンピオンを目指すというストーリーで、「あしたのために・その一」という言葉は流行語になり、当時起こったハイジャック事件で犯人たちが「われわれは明日のジョーである」という声明を残したりした。垂れ幕には、ジョーと丹下段平が描かれて、「俺はこの街に帰ってきたぜ」という台詞《せりふ》が書いてあり、懐かしい思いが湧いて、しだいに動悸が治まった。

アーケードを出て、旅館街を歩いていると、路上に座って酒を飲んでいるホームレスらしい男たちがいた。

ホームレスらしい男たちは数人いて、コンクリートの地面に足を投げ出すようにして座り、何か大声で怒鳴り合っている。酔ってろれつが回らないので、何を言っているのかはよく聞き取れない。目を合わせないようにして通り過ぎる。不思議なことに、動悸はそれほど激しくなく、不安もなかった。因縁をふっかけられて襲われたらどうしようと恐かったが、他の街でホームレスを見るときのような落ちつかない気分に陥ることはなかった。風景に溶け込んでいるせいかも知れない。他の街では、ホームレスは異物として街並みから際立っている。風景との落差が不安を生むのだろうか、そんなことを考えたあと、どうしてコンビニがないのかがわかった気がした。

去年の冬、新宿の都庁付近でおにぎりを買うためにコンビニに入ったのだが、店内に人だかりができていた。集まった人の肩越しに覗き込むと、ホームレスが通路に座り込んで震えていて、二人の若い店員が不安げな表情で横に立ち、その様子を他の客たちが少し離れて眺めていた。やがて三人の警察官が現れ、何か声をかけたあと、引きずるようにして店から出した。ひどく寒い日で、廃棄された弁当を拾いに来て、具合が悪くなり暖房が効いた店内にふらふらと入ってきてそのまま座り込んだのだと店員たちが話しているのが耳に入った。ホームレスだらけの場所にはコンビニは出店しないのかも知れない。

通りを歩いている初老の男に、城北労働・福祉センターがどこか訊ねた。男は、因藤茂雄を頭からつま先までじろじろと見たあと、すぐ近くの古い建物を無言で指差した。因藤茂雄は、ジーンズとダウンジャケットを着て、スニーカーを履き、バックパックを背負っている。自分たちの仲間かどうか確かめたのかも知れない、ホームレスに見られたのだろうかと憂うつになり、ダウンジャケットの袖《そで》をめくって、自分の腕の臭いを確かめた。路上で酒を飲んでいたホームレスらしい男たちも、さっきの初老の男も、独特の臭いを発していた。何かを煮詰めたときのような、発酵するような臭いだ。何度か手首のあたりを鼻に近づけて臭いを嗅《か》いだが、同じような臭いがするのか、自分ではわからなかった。

センターのはす向かいに「旅館富士」という看板がある。玄関前に、大小さまざまな植木鉢が置かれていた。

植木鉢は奥行き数十センチの棚にびっしりと並べられ、玄関は木枠と磨《す》りガラスを組み合わせた引き戸で、旅館というより昔風の下町の民家のようだった。「暖房中」という紙の札がガムテープで留められ、その横に「ご宿泊料金」というA3ほどの厚紙が貼ってあって、「一名様一泊2200円（前払い制）」「完備設備　冷暖房・テレビ・冷蔵庫・無料湯沸かし器・お茶機・電子レンジ・洗濯乾燥機・清潔浴槽」と記されていた。

城北労働・福祉センターのすぐ近くの「旅館富士」、間違いなくこの中に福田がいる。引き戸に触れると簡単に開いて、慌ててまた閉めた。

おれはいったい何をしに来たのだろうか。中に入る勇気が湧いてこない。スポーツボトルからまたパラディーゾを一口飲んで、深呼吸をする。

いつまでも玄関前に突っ立っているわけにもいかないと、引き戸の凹《へこ》んだ取っ手に指を入れたとき、ふいに勢いよく戸が開いて、人が出てきた。びっくりして思わず後ずさりすると、出てきた中年男が、受付は四時からでまだ入れないよ、とこちらを見ることなく地面に視線をやったまま、つぶやいた。やはり、臭いには関係なく、年齢と服装で、おれもこういう安宿の住人に見られてしまうのだ、そう思った。

「ごめんください」

中に入ると、また同じ臭いが漂っていた。スチール製の靴箱があり、隙間《すきま》からボロボロのスニーカーやすり切れた革靴がのぞいている。玄関脇に受付らしい小部屋があり、ガラスの引き戸の向こう側に、まるでショーウインドウのように招き猫やだるまやタヌキ、それに七福神の置物が棚に飾られていた。「門限11時を厳守してください」「節電の為《ため》、外出する際は部屋の電気とエアコンのスイッチを必ず切ってください」「宿泊者以外の入室は固くお断りします」という貼り紙、薄暗い廊下が奥に向かって延び、恐ろしく狭い間隔で部屋の扉が並んでいる。

「ごめんください」

もう一度言うと、受付は四時からですから帰ってください、とインターホンからあの女性の素っ気ない声が聞こえてきた。

「あの、さきほど電話をした因藤といいますが」

インターホンに顔を近づけて名乗ったが、はあ？　という間延びした声がしただけだった。

「福田貞夫に会いに来た者です」

そう言うと、ああ、あっちか、ちょっと待ってください、とインターホンが切れる音がして、やがて廊下の向こうから人影が現れ、髪をかき上げるような動作をしながら近づいてきた。五十代半ばだと思われる大柄な女性だ。赤いフリースのジャージを着て、花柄のスリッパを履いていて、髪にピンクのカーラーを付けたままだった。

「どうぞ、上がって。こっちです」

靴箱には余分のスペースがないから、スニーカーは玄関に置いていくことになる。盗まれるのではないかと心配になった。だが、女性は先導してさっさと廊下を歩く。しょうがないので、因藤茂雄はそのままついていった。

昼間なのに、暗くて足元がよく見えない。十メートル以上ある長い廊下だが、どこにも窓がなく、照明といえば、天井から剝き出しの蛍光灯が二本、針金で吊り下げられているだけだった。突き当たりに階段があり、手すりがないので、因藤茂雄は腰をかばいながら一段ずつゆっくりと上がった。二階にはT字形の廊下があり、二〇一、二〇二という風に番号のプレートが付いたドアが並んでいるが、その間隔がひどく狭い。

「ここですけど」

女性は、二〇八という部屋の前で、福田さん、開けますよ、とドアを軽く叩《たた》いた。返事はなかった。女性はポケットから合い鍵を取り出し、プライバシーへの気づかいもなく、無造作にドアを開けた。発酵食品が詰まった樽《たる》の蓋《ふた》が開いたかのように、部屋の異臭が漏れ出てくる。ホームレス独特のすえた臭いに加えて、例の女物の香水とアルコール、それに排泄物《はいせつぶつ》の臭いも混じっていた。

「福田さん、お友だち、来ましたけど」

女性に促されて部屋の入り口に立った。三畳間で、布団以外はほとんど何もない。福田は、窓際の壁に寄りかかり、灰色のジャージ姿で布団の上に座っていた。だが、ぼんやりとした目をこちらに向けるだけで、反応がなかった。

じゃあ、お願いしますね、と女性が言ってドアを閉めようとする。どうすればいいんですかと言葉を発する前に、役所か病院ですね、表まではお手伝いしますから、よろしくお願いしますね、と軽く会釈《えしやく》して、背後で勢いよくドアを閉めた。

布団の枕元にティッシュが散乱して、一部は赤黒く汚れていた。逆光のせいもあるが、福田は、一ヶ月前よりさらに顔色が悪く、頬《ほお》がげっそりとこけていた。体からは相変わらず香水の強い臭いがする。因藤茂雄だとやっと気づいたのか、座ったまま軽く右手を上げて挨拶したが、呼吸が荒く辛そうだった。

部屋の隅に、三十センチ四方のごく小さな折りたたみ式のテーブルがあり、その上に、埃を被って空になったサントリーの角瓶が二本と、吸い殻が山のように積もったガラス製の灰皿があった。その横にテレビと室内アンテナが転がっている。テレビは横向きになったままで、コンセントもアンテナのケーブルも引き抜かれたままだ。出窓にビニールバッグが置いてあり、壁に吊るした針金のハンガーにあの黒い外套が掛けられている。他には家具も荷物もない。

福田が、こっちに来てくれというように、右手を上げ、自分のほうに振った。布団を踏みたくなかったが、無理だった。暖房を最大にしているのだろうか、むっとするような熱気がこもっていて、おまけに異臭が漂って息が詰まりそうだ。

福田の足先に触れるように、布団に腰を下ろした。あぐらは腰に悪いので、正座をしたのだが、それを見て福田が首を振りながら笑おうとして、激しく咳き込んだ。背中をさすってやろうとするが、だいじょうぶだというように手を振って拒んだあと、因藤茂雄を、じっと見つめた。

「因藤」

福田の声は小さく、妙にかすれていて、エアコンの振動音にかき消され、ひどく聞き取りにくい。

「どこから来たんだ」

埼玉の新座だと答えると、遠いな、とつぶやいて、出窓に置いたビニールバッグを引き寄せ、中を探って封筒を取り出した。

「悪いが、頼みが二つある」

最後の旅

頼みがあると聞いて、金の無心だったらどうしようと不安になった。部屋代を二ヶ月滞納していると女性は言っていた。一泊が二千二百円だから二ヶ月分だと軽く十万を超えるが、そんな金はない。預貯金はすでに残額が数十万に減っていて、息子の学費を払えばさらにその半分になる。金なら無理だと前もって言うべきだろうか。

「これを、届けて欲しいんだ」

福田は、そう言って封筒を差し出した。届けるって、どこの誰に届けるんだ、そう聞くと、表に住所と名前があると、指で示しながら手渡す。福田の手と指はむくんでいて、爪が紫色だった。よく見ると、唇も紫がかっている。

「川崎市宮前区」からはじまるその住所は、驚いたことに、福田と出会った住宅街だった。宛名は、福田ではなく、またあの豪邸にあった表札の「SAWA」でもなかった。吉沢明子《よしざわあきこ》様、とひどく読みづらい文字で書いてある。まるで、利き手ではないほうの指でボールペンを握って書いたような字で、しかもところどころインクがにじんでいた。

「お前を案内したあの家じゃないが、すぐ近くだ。それ、実はおれのオフクロで、離婚したから旧姓に戻ってる」

封筒は、ハガキが収まるほどの大きさで、長い間バッグに入れっぱなしだったのか、全体が黄ばんでいて、染みがあり、折れ目がついていた。手紙が入れてあるようだが、隅がふくらんでいて、確かめると、ちょうど一円玉くらいの、何か小さくて固いものの感触があった。何が入っているんだろうと怪訝に思っていると、指輪だ、と福田が言った。ゼーゼーと呼吸が苦しそうで、聞き取りにくいかすれ声だった。

「オフクロに指輪を返す。おれは会えないから、届けてくれ」

福田の母親は、あの住宅街に住んでいるのだろうか。だったら、どうしてあのとき別の家に案内したのだろう。

「本当に悪いんだが、もう一つは、おれをここから出して欲しいんだ」

この旅館の代金を払ってくれという頼みではなかった。因藤茂雄は、ほっとした。しかし、ここを出て、いったいどこに行くというのだろう。

「行き先か？　それは、聞くな。幸い、今日は少し加減がいい。波があるんだ。今日はたぶん歩ける」

とにかくここを出ないといけないんだ、福田はそう言って、出窓の縁をつかみ、立ち上がろうとした。やはり両手の爪が紫色で、指もむくんでいる。身体をずらすようにしていったん後ろ向きになり、出窓に両手をつき、まず膝をついて、腰を浮かそうとしたが、体重を支えきれなかったのか、尻餅《しりもち》をついて、また激しく咳き込んだ。

近寄って抱き起こそうとすると、病気、うつるぞ、と言って、顔をそむけた。ひどい咳だな、因藤茂雄はそうつぶやきながら、福田の背後から両脇に腕を差し入れ、背筋を曲げないように注意して、いっしょに立ち上がろうとした。重いものを持ち上げるときには、腰を落とし、垂直に足を伸ばして立ち上がるようにしなければいけない。背中を折ったまま体を起こすと腰がやられる。

「本当に歩けるのか」

だいじょうぶだと福田は答えたが、足元がふらついているので、肩を貸した。預かった封筒はバックパックに仕舞った。空いているほうの手で、福田のビニールバッグと黒い外套を持ち、ゆっくりと部屋を出た。

「お世話になりました」

福田は、ほとんど聞き取れないようなかすれ声を出し、玄関で見送る女性に深々と頭を下げた。玄関のたたきで、帽子を被り、黒い外套を羽織ろうとするが、咳き込むたびによろけて倒れそうになり、なかなか着ることができない。

「病院に行くんでしょう？」

女性は、滞納した宿泊代については何も言わず、二人に向かってそう声をかけた。福田は、それには答えず、ありがとうございました、とまたお礼を言った。

「身体治してね、それでまたうちに来てね」

微笑みながら女性はそう言い残して、廊下の奥に消えた。意外な一面があるんだなと、因藤茂雄は思った。

「宿泊費は払わなくていいのか」

玄関を出ながらそう聞くと、二ヶ月滞納したら出て行くという約束になってる、と激しい咳の合間に福田は言った。あの女性、電話とか素っ気ないので冷たい人かと思ってたんだけど意外と優しいんだな、そんなことをつぶやくと、福田は、紫色の唇を震わせて、ふん、と鼻で笑った。

優しい？　そんなわけないじゃないか、福田は、黒の外套に袖を通し、苦しそうな呼吸の合間に、とぎれとぎれに話してくれた。このあたりの旅館やホテルの料金が一律二千二百円なのは、生活保護の住居費が月額六万六千円以下と決まっているからだ。宿泊者の大半は生活保護受給者で、旅館側も安定して宿泊費が入るので歓迎する。外国人のバックパッカーが安い宿を求めて山谷に集まるようになったなどというのは嘘っぱちで、言葉がわからないし、どんなやばい連中かもわからないので、満室だと言って断ることが多い。山谷に集まる人たちは、たいていうつ状態で、本物のうつ病患者も多く、反発する力さえ失っているので、また来てねという風に、優しい言葉をかけられると、夜逃げとかできなくなってしまう。昔は、滞納した宿泊者は怒鳴りつけて荷物といっしょに放り出していたが、それが逆効果だと知っただけだ、福田はそんなことを言った。

「これからどこに行くんだ」

肩を貸して歩くのは腰の負担が大きかった。福田は、強烈な臭いを発しているが、それでも近距離だったらタクシーに乗せたほうがいい。タクシーを使おうか、と聞くと、すぐそこだ、と首を振った。

福田が向かったのは、旅館富士のはす向かいにある労働・福祉センターだった。地下に娯楽室があり、暖房が効いていて、テレビも見られるし、雑誌なども置いてあるという。だが、宿泊施設はなく、夜八時半には閉まる。

「夜はどこに泊まるんだ」

福田は答えなかった。

センターの中に入ると、「娯楽室利用者はつぎのことを守ってください」という大きな注意書きが目についた。室内では係員の指示に従うこと、所持品は各自が注意して管理し紛失には責任は負わない、利用時間の厳守、故意または重大な過失で器物破損した場合は損害賠償を要求することがある、飲酒・賭博《とばく》行為、刃物凶器類の持ち込み、けんかや大声など迷惑行為、泥酔、喫煙コーナー以外での喫煙などは禁止で、遵守《じゅんしゅ》しない場合はただちに退出させる、と記されている。だが、地下に下りていく階段の踊り場には、泥酔したホームレスがいて、やくざなんかおれは恐くねえって言ってんだよ、と怒鳴っていた。

踊り場に座り込み、酔っ払って怒鳴っているホームレスは異様だったが、奇妙なことに恐怖も不安もなかった。さっき旅館富士に入る前に、路上で数人の酔っ払いのホームレスを見かけたときと同じだ。労働・福祉センターの階段踊り場という場所に溶け込んでいるからだろう。普通の街並みで出会うホームレスは、風景から浮き上がり、風景に亀裂《きれつ》が入ったような居心地の悪さがある。

それに、実際に至近距離で遭遇してみて、ホームレスは攻撃性が希薄だとわかった。異形《いぎょう》で、大声で怒鳴り合ったりするが、どこかびくびくしているような印象があった。居場所がなく、社会から拒絶され排斥されているわけで、恐がっているのはむしろ彼らのほうなのかも知れないと思った。

福田に肩を貸し、足を踏み外さないように、コンクリートの階段を一段ずつ下り、娯楽室に向かう。腰にも注意を払う。因藤茂雄は、痛みに悩まされるようになって、あらゆる動作に腰が関わっていることに気づいた。単に立ったり座ったりしているだけでも、腰は上体全体を支え、体勢をコントロールしている。顔を洗うときの、折り曲げるように上体をかがめる動作は腰への負担が大きく危険だった。上体をかがめるのではなく、膝を曲げて姿勢を低くし、水をすくって顔に当てる。布団から起き上がるときは、両足を折り曲げて横向きになり、手で上体を支えながら体を起こす。階段は体重の移動が複雑で、とくに下りるときが危ない。しかも、今は福田の体を支えながらの移動で、前後左右への急激な動きに細心の注意が必要だった。地下一階の娯楽室まで行くのに、十分近くかかった。

しかし、福田は、本当にホームレスなのだろうか。強烈な女物の香水に混じってホームレス特有のすえたような臭いがして、山谷の一泊二千二百円の安宿を追い出された。どう考えてもホームレス以外の何者でもない。だが、なぜホームレスになったのか。なぜ生活保護を拒んでいるのか。あの高級住宅街に母親がいるのなら、どうして自分で訪ねないのか。しかし、因藤茂雄は聞かなかったし、また聞きたいとも思わなかった。もし自分が福田だったら、聞かれたくないだろうと思ったからだ。

福田とともに娯楽室に入り、中を見回したとき、因藤茂雄は思わず息を呑み、まるで硬直したように体が動かなくなった。

娯楽室は、かなり広いが、天井が低くて窓がないために圧迫感があり、すえた臭いが充満していた。臭いに押しつぶされそうだ、と因藤茂雄は思った。正面の棚にテレビが置いてある。三十インチほどの大きさだが、液晶や薄型ではなく、かなり古いタイプで、再放送らしい民放の時代劇が映っていた。人々は、整然と並べられたパイプ椅子と長椅子に座り、ぼんやりとテレビの画面を眺めている。椅子はほぼ埋まっている。大型のバッグを脇に抱えるホームレスらしい人も目立つ。部屋の右端に、図書・遊戯室という張り紙のある小さなコーナーがあって、壁際の本棚に週刊誌や単行本が置いてあり、数組が将棋を指していた。

異様なのは、百人以上の人々が集まっているのに、人の気配が希薄なことだった。パイプ椅子と長椅子に座ってテレビを眺めている人も、将棋を指している人も、まったく言葉を発しない。会話もざわめきもない。聞こえてくるのは、テレビの音だけだ。福田とともに部屋に入っていっても、誰も注意を払わなかった。左手に職員の控え室があり、彼らはこちらを一瞥《いちべつ》したが、変化はそれだけで、まるで時間が止まり、空間が凍りついているかのようだった。

パイプ椅子と長椅子に座っている人たちも、本当にテレビの時代劇を見ているのかどうかわからない。表情がなく、目がうつろで、単に視線をテレビに向けているだけなのかも知れない。気を取り直して、福田を入り口付近の長椅子に座らせようとしながら、どこかで似たような光景を見たと、因藤茂雄はそう思った。福田は、座るのが辛そうだ。体を支えきれなくて、ずり落ちそうになる。長椅子に横になるのは禁止されているようで、係員がこちらを見ている。

どこからかいびきが聞こえてきて、またすぐに止んだ。そのとき、因藤茂雄は、じいさんの病室を思い出した。母方の祖父は、肺癌《はいがん》で長く入院していた。見舞いに行った病室に十人ほど終末期の患者がベッドに寝ていて、体中にさまざまなチューブが差し込まれ、そよ風のような呼吸音だけがかすかに聞こえた。この娯楽室は、あの病室とそっくりだった。生命の兆候がない。

「ここでいい。もう行ってくれ」

椅子に手をつき、体を支えるようにして、咳き込みながら福田はそう言った。どこかが明らかに病んでいると思わせる、いやな感じの咳だが、他にもあちこちから聞こえてくるのでとくに目立つことはない。ここに自分を置いて、手紙を届けてくれと福田は訴えた。因藤茂雄は、一刻も早くここから出たかった。だが、こんなところに福田を一人残していくわけにはいかないと思った。暖房が入っているだけ外よりはマシだが、長椅子に横になることもできない。しかも、夜の八時半には出なければいけないのだ。そのあとは、どこに行くつもりなのだろうか。

「アーケードに行くからだいじょうぶなんだよ。あそこ、夜は、段ボールと毛布が用意されてるんだ」

福田はそう答えた。「あしたのジョー」の垂れ幕があったアーケード街のことだ。夜になるとホームレスが集まってきて、店の軒下に原色の毛布がずらりと並ぶらしい。どうして母親に指輪を届けなければいけないのか、聞いた。事情がまったくわからないまま封筒を差し出したら、先方も困惑するはずだ。

「もう四十年近く前だ」

福田は、喉をゼーゼーと鳴らしながら、苦しそうに、小さい声で、話しだした。聞き取りにくく、呼吸を整えるために、何度も話が途切れた。

父親から自衛隊に入れと言われて、大げんかになり、二十代で家を出た。不動産関係のかなりやばい会社に入り、バブルのころは羽振りがよかったが、そのあと億を超える借金ができて、身を隠した。当時しばらくは母親と連絡を取っていて、生活の足しにと宝石類をくれた。一つずつ売っぱらったが、祖母の形見の品だというあの指輪だけは、売ることができなかった。父親の葬式にも出ていない。母親は心配してくれているがホームレスになっているとは知らない。母親に連絡が行くので生活保護は申請できない。結核で、心臓や腸もやられている。自分でわかるが、もう長くない。指輪だけでも返したくて何度か家の近くまで行ったが、会う勇気がなかった。ホームレスの臭いを消すために安物の女物の香水をつけた息子に会いたいと思う母親はいないだろう。因藤、オフクロだが、お前のことは覚えているはずだ。手紙と指輪だけ渡してくれ。最後の頼みだ。

「いやだ」

因藤茂雄は、福田の耳元に口を寄せて、はっきりとそう言った。

「おれは、行かない、いやだ」

福田は、顔を離し、悲しそうな目でじっとこちらを見て、そうだよな、とほとんど聞き取れない声でつぶやき、首を振った。テレビの時代劇が終わり、何本かコマーシャルが流れ、次の番組のワイドショーがはじまっているが、娯楽室にいる人々は、姿勢も表情も変わらない。中には口を開け、寝ている人もいる。おそらく全員が眠っていれば、この異様な雰囲気は薄れるのだろうと思う。大勢の人が目を開けたまま、ほとんど身動きをせず、声を出さず、表情も変えずにテレビの画面をただ眺めているのが異様なのだ。

「福田、おれは、いやなんだ、一人で行くのはごめんだ。お前を連れて行く」

どうして自分はこんなことを喋っているのだろう、そう思いながら、因藤茂雄は、また福田の耳元でささやいた。

「お母さんに会うんだ。おれが連れて行くから、自分で指輪を返せ。わかったか」

因藤茂雄は、ぐったりと長椅子に座っている福田の両脇に手を差し込み、立たせようとした。待てよ、因藤、ちょっと待てよ、福田は戸惑い、立ち上がるのを拒もうとするが、抵抗する力がなかった。福田の右手を持ち上げ、脇の下に、左の肩を差し入れて、体を起こし、立たせる。

「ここを出るぞ」

ゆっくりと歩きだした。おい、因藤、止めてくれ、止めろ、福田は喘《あえ》ぐようなかすれ声を出しているが、かまわず階段に向かった。体を垂直に保っていないと、福田の体重が腰にかかってしまう。いったいおれは何をしようとしているんだ、自分がやろうとしていることが自分でもよくわからないまま、一段ずつ階段を上がる。生ぬるい暖房がダウンジャケットの内側に染み込んでくる感じで、汗が噴き出てくる。

「おい、どけ」

因藤茂雄は、酒を飲みながら踊り場にあぐらをかいている二人のホームレスに、怒鳴った。

二人はびっくりして、後ずさりし、場所を空けた。

悪戦苦闘の末に、表の道路に出た。因藤、ちょっと待ってくれ、福田は、足を引きずるようにして、立ち止まろうとする。咳が止まらず、鼻水が顎《あご》のあたりまで垂れている。

「お前、どうやって宮前平《みやまえだいら》まで行ったんだ。電車か」

因藤茂雄は、荒い息を吐きながら、そう聞いた。自分で自分のことがさっぱりわからない。おれは、いったい何をしようとしているのだろう、動悸がして、いつになく興奮している。福田の体を支えながら前に進むのは重労働で、冷静さが消えてしまった。さっき踊り場のホームレスに怒鳴ったとき、自分でも驚いた。腰をかばいながら階段を上がっていて、ホームレス二人に前をふさがれ、怒りがこみ上げ、恐怖も嫌悪感も忘れて大声が出た。

「頼む、因藤、話を聞いてくれ、止めてくれ、おれはオフクロに会えないよ」

福田は、激しい咳の合間にそんなことをつぶやき続ける。因藤茂雄は、息が上がってきて、いったん立ち止まった。快晴で、彼方《かなた》にスカイツリーが見えている。

どこからか、鳥の鳴き声がした。向かいの安宿の玄関脇に小ぶりの樹木があり、鳴き声はそこから聞こえている。目を凝らすと、枝葉の隙間に、茶色の小鳥が見えた。大きさはちょうどスズメくらいだが、羽の模様が違う。

「福田、おい、福田」

声をかけると、福田は喘ぎながら顔を上げた。

「あの小鳥、見えるか」

福田のバッグを持った手を掲げて、木を指差す。小鳥？　何だそれ、福田は、怪訝そうな顔で木を見たが、涙でぐしゃぐしゃで、視界が定まらないようだ。

「あれ、ジョウビタキじゃないか」

小鳥の名前に、福田は反応した。もう一度木を見たが、やはり目も弱っていて、何も見えないようだ。

「覚えてるか。中学の中庭だよ。小鳥を見て、おれがメジロだと言ったら、違う、あれはジョウビタキだと、お前が教えてくれただろう。覚えてるか」

福田は、一瞬遠くを見つめるような表情になり、力なくうなずいた。

「渡り鳥で、冬に中国や韓国から渡ってくるんだって、そんなことも知らないのかって、お前、おれを笑っただろう」

そう言うと、ああ、覚えてるよ、と福田は力なくうなずいた。

水飲むか、因藤茂雄は、バックパックからパラディーゾのペットボトルを取り出し、福田に手渡した。だが、福田は、口をつけてもいいものかと躊躇している。病気があるので悪いと思っているのだろう。いいから、飲め、おれのは別にある、そう言って、肩にかけていたスポーツボトルを示す。福田は、咳き込まないように注意してゆっくりと水を飲んだ。ボトルを返そうとしたので、それはお前のだと、外套のポケットに入れてやった。因藤、聞いてくれないかな、こんな状態でオフクロに会えると思うか、福田がそんなことを話しはじめたので、止めろ、と手を振って制した。

茶色の小鳥は、まだ木の茂みの中にいて、実を突《つつ》いている。

「ジョウビタキ、小さいのにすごいやつなんだ、お前、そう言ったろ」

福田は、目を細めてじっと樹木を見つめ、小鳥がいるのを確かめたのか、あれか、と言って、苦笑しながらうなずいた。よく覚えてるな。

「あんな小さなからだで、朝鮮半島と、それに海を越えて、途中、流木とか、漁船のマストとか、留まって、休みながら、一千キロ以上旅してくるんだ、すごいやつだ、そう言ったんだよ」

そう言うと、福田は下を向いた。因藤茂雄が何を言いたいのか、理解したようだった。

「宮前平まで、電車で行ってたのか」

そう聞くと、福田は首を振った。電車だと最低二回は乗り換えが必要で、いくつかルートがあるが、上野とか秋葉原、新橋や表参道を経由しなければいけない。地下通路などで駅員や乗客から目の敵にされることがあるらしい。バスだ、福田は、ほとんど聞き取れないような小さな声でそう答えた。だが、ここから川崎までのバスがあるのだろうか。

「東京駅まで行って、高速バスで、東名向ヶ丘《とうめいむかいがおか》で降りると、近くに、宮前平行きの路線バスがあるんだ」

そうか、わかった、そう言って、肩を貸し、また歩きだそうとする。以前は、東京駅まで歩いたらしい。今は無理だ。タクシーで宮前平まで行ければいいのだが、そんな余裕はない。妻がくれた三万円を使い果たすわけにはいかない。東京駅まではタクシーに乗ろうと思った。歩きながら、因藤、お前わかってるのか、と福田が言った。

「わかってるのか、大変な旅になるぞ」

タクシーを拾うために明治通りに出た。すれ違う人が、二人を露骨に避ける。振り返って、じっと見つめる人もいる。無理もない、と因藤茂雄は思う。福田からは体臭と香水が混じった強烈な臭いがする。一目で病気だとわかるホームレスが体を支えられてよろけながら歩行する姿は異様だ。本当は、すぐにでも病院に連れて行って入院させるほうがいいのかも知れないが、福田は健康保険証を持っていないし、生活保護も受けていない。病院が受け入れてくれるかどうかわからない。因藤茂雄も、診察費や入院費を肩代わりする余裕はない。

何台か空車が走ってきて、手を上げたが、素通りされた。因藤茂雄は、金もなく、腰も悪いのに、どうして福田を母親の元に連れて行こうとしているのか、やっとわかった。それは、怒りだった。通り過ぎる人の嫌悪に充ちた視線にさらされ、タクシーに無視されて、労働・福祉センターの踊り場で自覚した怒りが、さらに輪郭を露《あら》わにして再燃した。

ただし、政府や社会への怒りではない。通行人やタクシーへの怒りでも、ホームレスへの怒りでもなかった。何か具体的なものへの怒りではない。怒りは、あの娯楽室で生まれ、階段の踊り場で酔っ払ったホームレスに行く手を遮られて、まるで点火されたかのように、体の奥からあふれ出て、外に噴き出した。

それは、無力感に押しつぶされて何か大切なものを放棄しないための、最後の手段としての怒りだった。怒りで自分を奮い立たせなければ立ち上がることもできない、因藤茂雄は無意識のうちにそう思ったのだ。バカにするな、そう叫ぶ代わりに、福田の体を支え、歩きだした。福田のためではなかった。何かしなければ、もう一生立ち上がれない気がしたのだ。

「バスだけど、たくさん出てるのか」

そう聞くと、福田は、バッグのサイドポケットからくしゃくしゃになった紙切れを取り出した。名古屋方面への高速バスの時刻表だった。急行と特急と超特急、三つの種類がある。「超特急」と表示されている便は「東名向ヶ丘」には停車しないらしい。日が暮れないうちに宮前平に着きたい。だが、タクシーはなかなか止まってくれなかった。

十数分待って、やっと止まってくれたタクシーは、女性の運転手だった。まず、福田のバッグを後部座席に放り込み、両手をシートについて体を支えさせて、這うようにして乗り込ませ、奥のほうに押し込んで、空いたスペースに自分の体を入れた。タクシーに乗っただけで、福田は呼吸が荒くなり、体を折り曲げるようにしてゼーゼーと苦しそうに喘いだ。東京駅の八重洲口《やえすぐち》までお願いします、女性運転手にそう告げると、だいじょうぶですかね、と不安そうな声が返ってきた。

「おせっかいかも知れませんが、介護タクシーを呼ばれたほうがいいかもしれません」

女性運転手は、福田の様子をルームミラーで見ている。

「会社に聞いてみましょうか。介護タクシーは数が少ないので、今、残っているかどうかわからないんですけど」

窓を閉め切った車内に、福田の強烈な臭いがこもっている。因藤茂雄は、両側の窓を半分ほど開け、いや、ご迷惑でしょうが、このまま八重洲口までお願いします、と何度も頭を下げた。八台のタクシーが乗車拒否をして素通りしたあと、やっと乗車させてくれて、しかもものすごい臭いの福田に対しても嫌悪感を表に出さなかった。こんないい人もいるんだなと、山谷に来てはじめて、心が温かくなった。

だが、川沿いの道路に出て、浅草、蔵前《くらまえ》、と過ぎていくうちに、因藤茂雄は、料金メーターに目が釘《くぎ》付けになった。東京下町の地理には詳しくない。タクシーもほとんど使ったことがない。空《す》いている道路を走るときはあっという間に料金が加算されていき、混んで渋滞気味だと時間経過とともにまた金額が増える。ちょっと走っただけで千円を超え、日本橋の手前で二千円をオーバーした。以前は東京駅まで歩いていたと福田が言ったので、タクシーだと数分だろうと思っていたのだが、もう二十分が過ぎていた。

「八重洲口まで、まだ遠いでしょうか」

恐る恐るそう聞くと、いえ、もう着きます、と女性運転手は前方を示す。だが、まるで巨大な軍艦のような東京駅が見えてきたとき、福田が突然苦しがり、咳き込んで、嘔吐《おうと》をはじめた。

福田は、まともに呼吸できていないようで、咳き込んだかと思うと、苦しそうに喉を鳴らし、黄色の流動物を口から垂らした。幸い、量はそれほど多くなく、外套の裾にこぼれたので、タクシーを汚さずにすんだ。酸っぱい臭いが漂い、女性運転手は眉をひそめてこちらを振り向き、汚れ具合を確かめようとした。

「すみません、申し訳ないです、座席、汚れていませんから」

因藤茂雄は何度も謝り、拭《ふ》くものを探していると、はい、これ、と女性運転手がティッシユペーパーを箱ごと渡してくれた。

「どこ行かれるんですか。新幹線？　中央口ですか」

東京駅八重洲口が正面に見えて、そう聞かれた。

「バスは南口だ」

口のまわりを黄色い汁で汚したままの福田が、弱々しい声で言った。南口にお願いします、福田の口元をティッシュで拭いてやりながら、そう答える。黒の外套は汚れてしまっていて、捨てるしかないと思った。外套の下はジャージだが、バスの中はそれほど寒くはないだろう。本当にありがとうございました、ていねいにお礼を言って、タクシーを降りた。福田をドアまで引き寄せて、横向きにさせ、脇に自分の肩を入れて支えながら外に出した。料金は二千六百円で、妻に何と言えばいいのだろうと暗い気持ちになったが、お気をつけて、という女性運転手の一言が心にしみた。

「高速バスのりば」という大きな看板が見える。付近のゴミ箱に、福田の黒い外套を捨てた。ごわごわした生地の外套は意外にかさばり、小さく丸めることができなかった。どうやってもゴミ箱に収まりきれなくて、垂れて外側にはみ出た。寒くないか、と聞くと、ううう、という変な声を出して、福田はうなずく。女物の安い香水はおもに外套に染み込んでいたようで、強烈な臭いが、少しだけだが薄らいだ気がした。

福田を、ガードレールに寄りかかるように座らせて、「JR高速バスきっぷうりば」と記された表示に従い、一人で切符を買いに行った。福田の姿を見たら、切符は売ってもらえないかも知れないと思ったのだ。

三時二十分発の静岡行き急行に間に合いそうだった。切符売り場のラインに並び、「東名向ヶ丘」まで、片道一人四百五十円の切符を二枚買った。さっきのタクシー代と合わせて四千円近い出費だ。だが、待合室で確認した地図によると、東名向ヶ丘停留所から一般道に降りたところは、すでに川崎市宮前区だった。路線バスは確か大人一人二百円だし、タクシーを使ったとしてもおそらくワンメーターだろう。高速バスに乗りさえすれば、あとは大きな出費はない。切符売り場の係員に聞くと、所要時間は三十分だった。

福田の元に戻り、肩を貸しながら、バス乗り場に向かって歩きはじめた。タクシーの中で吐いてから、福田は喋らなくなった。顔が真っ青で、足どりもさらに重くなっていて、呼吸が苦しそうだ。静岡行きのバス乗り場は一番で、切符売り場からもっとも遠い。

発車まで数分しかなく、今にも倒れそうな感じの福田を支えながら歩いているが、間に合うだろうかと不安になった。数台の大型バスが並び、筑波《つくば》やディズニーランドなど、それぞれの行き先が表示されている。

一番乗り場から静岡行き急行が発車いたします、というアナウンスが聞こえている。発車時間に間に合わなかったら、乗車券は払い戻してもらえないだろう。

福田は労働・福祉センターの娯楽室に入ったころから、容体が悪化したように見える。

一番乗り場に向かって進んでいるのだが、ときおり体が急に重くなる。全体重が肩にのしかかるのだ。真横からやや後方で肩を貸しているために、表情はよくわからない。もしかしたら意識がときどき遠のくのかも知れない。

「おい、福田、福田、おい」

名前を呼んで体を揺すると、ああ、ああ、と頼りない声が聞こえて、負荷が軽くなる。バスの乗車口のステップを上がることができるだろうか。一番乗り場から静岡行き急行が、というアナウンスが止み、静岡という表示のあるバスが小刻みに揺れ、ドアが閉まるのが見えた。エンジンがかかったのだ。バスの乗車口まであと数メートル、因藤茂雄は、車体を平手で叩きながら、叫んだ。

「乗ります、乗ります」

何とかたどり着くと、いったん閉まったドアが開いた。だが、福田に肩を貸したまま乗り込むには、乗降口は狭すぎた。腰に注意して、福田を抱え上げるようにステップに乗せ、お願いします、と大声を上げた。ステップに立たせ、自分も乗り込もうとする。だが福田は、立つ力がなく、そのまま前のめりにぐらりと倒れた。運転手が慌てて立ち上がり、その体を受け止めてくれた。

福田を支え、ずらりと並ぶ座席の背につかまりながら、進んだ。窓際に座らせるか、トイレに行きやすい通路側にするかしばらく迷ったが、福田は立っているのが辛そうで、転がるように窓際の座席に座り込んだ。付き添うように運転手が付いてきて、だいじょうぶですか、と声をかけた。こいつ、ちょっと弱ってるんです、と因藤茂雄は言って、乗車券を渡した。

「あ、向ヶ丘。だったら、三十分ほどですからね」

運転手は前方に戻り、ドアを閉めて、発車いたしますと車内にアナウンスした。

日比谷《ひびや》を抜け、霞が関《かすみがせき》のインターから首都高速に乗る。思ったより車内は空いていて、助かった。前列の中年の女性二人が、何度かこちらを振り向いたあと、福田から離れようと前方の席に移った。後列の若い男も二列後方に移った。本当は勝手に座席を移ってはいけないのだろうが、福田の臭いが強烈なので、運転手は黙認することにしたようだ。すみません、すぐに降りますから、因藤茂雄は、右横の学生らしい女に声をかけた。女は、顔をそむけて無視し、脇に置いていたカバンを膝に載せ、窓に寄りかかってこちらに背を向けた。

汐留《しおどめ》の高層ビルが彼方に見えてきたころ、福田のうめき声が大きくなった。何か言おうとするが言葉にならない。両手を胸の前で合わせるようにして、やがて細かく震えだした。右斜め後ろに座っていた革ジャンパーの中年の男が、じっとこちらを見て、おい、毛布か何かないのか、と大声で運転手に聞いた。積んでおりません、という返事で、男は、しょうがねえなあ、とつぶやきながら近づいてきて、お前さんのダウンをかけてやれよ、彼、寒いんだよ、そう言った。

ダウンジャケットを脱いで、福田にかけてやった。革ジャンパーの男は、じっと福田の様子を見ている。因藤茂雄とほぼ同年配で、医師には見えないが、医学の心得があるのだろうか。あの、失礼ですが、お医者さんですか、そう聞くと、首を振って、おれのオヤジが同じような感じだったんでね、と顎で福田を示した。

「彼、心臓だよ。ポンプがいかれてるから、身体の水をうまく抜けなくて、肺に溜まるんだよ。肺が水浸しみたいな感じになって、呼吸ができないわけさ。だから、水飲ましたらだめだよ。話しかけてやるといいよ。意識がなくなったらやばいんだ。とにかく病院に早く入れて、ここを切って管を通さないと」

男は、ここと言ったとき、自分の喉を指差した。ありがとうございますと礼を言うと、いいんだよ、と何度かうなずいて、死なせたらだめだ、ぼそっとそうつぶやき、自分の座席に戻っていった。あの男の言うとおり病院に連れて行かないといけないのだろうか、そう思いながら顔を眺めていると、福田が、目を開けて、唇を動かそうとした。何だ？　と耳を口元に寄せる。

「だいじょうぶだ、くたばってたまるか」

福田は、荒い呼吸の合間に、弱々しくささやいた。話しかけてやるといい、男はそう言った。

「おい、福田、覚えてるか、一年生の夏休みだよ。博多まで行って、成人映画、観ただろう。でも映画がはじまってすぐに、女の裸を見て、お前がびっくりして立ち上がって、ああ、とか、何か大声で口走ったんだ。すぐ未成年だとばれて逃げ出しただろう。おれは、今でもあれだけは許せないんだよ」

バスは首都高速を走っている。首都高速は常に混んでいるという印象があったが、時間帯もあるのかスムーズに流れている。この分だと時刻表通り四時前に着ける。福田は、成人映画の話のあと、そうだな、何度か、いっしょに旅行したな、と唇を動かして微笑みを作った。

「でも、これが最後の旅だな」

バカなことを言うな、と福田の肩を軽く突いたとき、バスがゆっくりと止まった。池尻《いけじり》の手前で、渋滞ができていた。

またかよ、環状線ができてからいつもだな、背後で男の声がする。中央環状線から合流する車両が多くて、大橋ジャンクションは常に混むようになったらしい。バスはのろのろ運転になり、周囲の景色が動かなくなったのを見て、福田が顔を曇らせた。何か低い声でささやいたが、声が出ていない。耳を、唇に触れるほど近づけると、どうして止まるんだ、かすかに、そう聞こえた。

「渋滞だよ。でも、もうすぐだ」

そう言って落ちつかせようとしたが、呼吸がまた荒くなった。唇が薄い紫色になっている。意識を失いそうになるたびに、抵抗するかのように強く首を振り、口を開けたり閉じたりして、必死に空気を吸おうとする。だが喉がヒーヒーと鳴るだけで、見る間に顔が青ざめていき、口を開けたまま白目を剝き、頭が横に傾いた。

「落ちつけ、福田。もうすぐなんだ」

因藤茂雄は、福田の頰を軽く叩きながら、何度も呼びかけた。ヒューッという妙な音が喉から出て、いったん福田は意識を取り戻したが、顔が恐怖に怯え、やがて何かよくわからないうめき声を上げはじめた。手足をばたつかせようとするので、押さえなければならなかった。周囲の乗客が異変に気づき、首を伸ばしてこちらを見ている。どうしたんだ、福田、どうしたんだ、耳元でそう言うと、便所、と喉を鳴らすように訴えた。

立ち上がらせようとするが、完全に脱力して窓に寄りかかっているので、体を起こせない。ぴったりと体を寄せて座り、肩を差し入れ、何とか立たせて、最後尾にあるトイレに向かおうとしたが、生ぬるい液体がジャージの下から大量に漏れ出るのがわかった。福田は、けいれんするように上半身を動かして、泣きだした。やがて、異様な臭いが周りに漂いはじめて、乗客の何人かが騒ぎだした。

「え？　漏らしたの？」

「おーい、ちょっと止めて、こいつら、降ろしてください」

するとと、革ジャンパーの男が立ち上がり、文句を言う乗客に向かって、一喝した。

「バカ野郎、病気なんだ。死にそうなんだ。小便の臭いくらい我慢しろ。小便の臭いで、お前ら、死ぬのか」

革ジャンパーの男が大声を上げて、車内は静まったが、周囲の乗客は不快な態度を隠そうとはしなかった。運転手が、ルームミラーで心配そうにこちらを窺《うかが》っている。革ジャンパーの男は、座席で体を丸め顔を両手で覆って泣く福田をじっと見つめている。因藤茂雄が、ありがとうございます、というように会釈すると、いいんだ、と小さくうなずいた。

また嘔吐したりしたときのためにと思って、タクシーから拝借してきたティッシュで、因藤茂雄は福田が汚した床を拭きはじめた。とにかく早く到着してくれ、一秒でも早くこのバスを降りたい、そう思った。

「お客さん、あとでわたしが拭きますから座っていてください、カーブで揺れますから、座席に座ってください」

運転手がマイクを使ってそう言って、そのあとすぐに、まもなく東名向ヶ丘です、お降りの方はお知らせください、というアナウンスが聞こえた。因藤茂雄は、降車を知らせるためのボタンを押し、着いた、降りるぞ、と泣き続ける福田の体を揺すった。

バスは、東名川崎の料金所を少し過ぎたところにある停留所に止まった。福田を降ろすのを、運転手が手伝ってくれた。因藤茂雄は、乗降口に向かうときに、革ジャンパーの男に、ありがとうございましたと、もう一度礼を言った。父親が今の福田と同じような症状を示したのだと男は言ったが、結局助かったのだろうか。気になったが、聞くわけにもいかない。「東名向ヶ丘バス停周辺案内図」という看板を眺めながら、ふとバスを振り返ると、運転手がバケツと雑巾《ぞうきん》を持って、福田が汚した場所に歩いて行くところだった。窓から、数人の乗客がこちらを見ていたが、目が合うと、視線をそらした。

周辺の案内図はわかりづらかった。宮前平駅方面行きのバス停は、東名高速をはさんで反対側にあるようだ。掃除が終わったのか、バスはゆっくりと走り去った。福田は、濡《ぬ》れた目と頬を手の甲で拭《ぬぐ》おうとしているが、その途中で脱力してしまい、手がだらんと垂れた。因藤茂雄は、肩を貸し、もう少しだ、と耳元で言って、水を一口飲み、「出口」という表示のほうに歩きだした。

　これが高速バスの停留所なのか、出口の向こう側の風景は呆気《あっけ》にとられるほど寂しいものだった。「出口」という表示の先に、大人がやっと二人並んで通れるほどのスチール製の柵《さく》があって、まるで山中の吊り橋のような細い通路が下に向かって延びている。傾斜がきつく、ほとんど立っていられないほど弱っている福田を支えながら進むには細心の注意が必要だった。高速道路のサービスエリアは、広大で、トイレやガソリンスタンドはもちろん、レストランや土産物屋が並んでいて大勢の人で賑《にぎ》わっている。高速道路を運営している連中は、バスを利用したあと一般道に出る人のことはきっとどうでもいいのだろう。

　急傾斜の通路を降りたところは、おそらく一方通行だと思われる狭い道路で、その背後には殺風景な団地が並び、レストランや土産物屋はおろか、自販機さえなかった。停留所の案内図によると、宮前平駅行きのバス乗り場まで三百五十メートルもあり、トンネルを通って高速道路の向こう側に出なければならない。福田は、歩きながら、何度か意識を失って、そのたびに道路に座り込んだ。

　耳元で語りかけ、体を揺すって、目覚めさせて、再び歩きだす。団地に沿った狭い道路は、他には誰も歩いていない。一台の車も通らない。タクシーなど拾えるわけがない。福田は、素人《しろうと》が見ても危険な状態で、そして何より、自分も限界だった。何度目かに福田が意識を失ったとき、体を支えて立ち上がらせる体力も、話しかける気力も、すでにもう失われていた。福田とともに、地面に座り込んで、団地をぼんやりと眺め、おれももう歩けない、そう思った。因藤茂雄は、携帯電話を取り出し、救急車を呼んだ。症状を聞かれ、意識がない状態です、と答えた。

二十分後、団地の陰からサイレンが聞こえてきた。救急車に向かって、ここだというように、立ち上がって両手を振った。救急隊員は、最後に意識を失ってからどのくらい時間が経つのかを聞いた。二十分ですと因藤茂雄は答え、福田をストレッチャーに乗せ車内に運び入れる隊員に、お願いです、と言った。

「すぐ近くに、彼の家があるんです。母親に知らせたいのです。家に、寄ってもらえないでしょうか」

終章

夢の日付：平成二四年五月八日（火曜）＊横浜市青葉区の水道工事。

大きな湖を渡らなければならない。中央部に石の橋がある。だが、異様に高い橋だ。どうして、これほど高い橋を造ったのか、まったく不明。それを渡る。目が眩《くら》みそうな高さで、湖をゆく観光船がまるでボールペンのように小さく見える。橋は今にも崩れそうだが、何としても渡らなければ。石がゆっくりと、少しずつ崩れ落ちる。長い時間をかけて落下していき、はるか下の湖面で水しぶきが上がる。（付記：腰は何とか保《も》っている。だが気をつけねば。）

因藤茂雄は、誘導員の仕事に戻った。腰は相変わらず不安定だが、五月の陽光が幸いしているのか、朝起き上がれないような痛みは出ていない。息子の授業料は何とか払うことができたが、妻はまだパートの口が見つかっていない。因藤茂雄の収入だけでは、今年中に預貯金は底をついてしまう。息子の就職も心配だ。文学部なので、専門的な技術があるわけでもない。就職難だと身にしみて知っている息子は、弁理士の資格が欲しいらしいが、講座は受講料が三十万以上かかり、そんな余裕はなかった。資格はできれば取らせてやりたいし、昔から教育には金を惜しまない主義だったが、今のままでは生活そのものが困窮し、家賃さえ払えなくなるかも知れないのだ。

現場は、横浜市青葉区の住宅街で、交通量は非常に少なく、仕事としては楽だった。昼休みに、因藤茂雄は、いつものようにスポーツボトルからパラディーゾを一口飲み、おにぎりを頰ばりながら、その手紙を、広げた。因藤茂雄様、透かし模様のある高級な封筒に、達筆でそう書かれている。

「その後、お元気でいらっしゃいますでしょうか。連絡が遅れましたこと、深くお詫《わ》びいたします。

昨夜、午前一時十二分、貞夫が、息を引き取りました。本人の希望で、わたくしどもだけで葬儀を済ますつもりでおります。

感染症で高熱が続き、抗生物質が効かなくなり、衰弱死でした。苦しんではいないとお医者様から聞き、それが救いでございます。

この数日は筆談もできない状態でした」

因藤茂雄は、いったん手紙をしまった。これまでに何十回読み返したかわからない。ほとんど暗記している。救急車で、家に寄ったとき、福田の母親はちょうど外出先から戻ってきたところだった。中学の同級生の因藤です、と自己紹介し、福田が中にいますと救急車を示すと、母親は、最初茫然として、事情を呑み込めない様子だった。だが、車内に乗り込み、福田を見ると、貞夫、と小さくつぶやいて、ゆっくりと息子に近づいた。福田は意識を失い、同乗していた救急救命士に、気管挿管を受けているところだった。母親は、福田の服装と様子を見て、おおよそ事情を察したらしく、やがて涙を流しながら、貞夫、貞夫、と名前を何度も呼んだ。

福田は、聖マリアンナ医科大学病院に搬送され、集中治療室に運ばれた。意識がなく、もちろん話もできなかった。因藤茂雄は、外の廊下の脇にある休憩室で待っていたが、しばらくして母親が入ってきた。医師によると、福田は、呼吸不全の状態で予断を許さないが、当面、死は免れたらしい。母親は、動揺していて、ほとんど何も話せなかった。因藤茂雄は、預かった封筒を渡した。手紙と指輪が入っている封筒だ。手紙はおそろしく短いものだったようで、母親は、すぐに目を離し、同封された指輪をじっと見つめて、何度もため息をついた。

後日聞いたところでは、「指輪を返します。ぼくは病気で死ぬはずですが、オヤジの墓には入れないでください」とだけ書いてあったらしい。母親は茫然自失で、因藤茂雄が病院から帰るときも、まともに話ができなかった。息子と会ったのは三十数年ぶりだそうで、無理もなかった。連絡先を渡して病院をあとにしたが、自宅に戻ったときには、夜の九時を過ぎていた。疲れていたが、待っていた妻に、実際に起こったことをそのまま話した。仕事を探すどころか五千円近くつかってしまった、そう言うと、妻は遅い夕飯を作りながら、いいことをしたね、と微笑んだ。

翌日、疲れが出たのか、腰に激痛があり、布団から起き上がれなかった。結局、三日間寝たきりになり、このまま回復できないのかと不安になったが、四日目に、嘘のように痛みが軽くなった。そして不思議なことに、そのあと腰は徐々に改善していった。

因藤茂雄は、一度だけ、福田を見舞った。

見舞いに行ったとき、福田は意識があった。何本もチューブが入った顔で、うれしそうな表情を作った。気管挿管のために麻酔をしているので、意識は、なくなったり戻ったりという状態らしい。だが、いずれにしろ気管内チューブ先端にあるバルーンで喉をふさがれているので、話すことはできない。耳元で、がんばれよ、と言うと、母親に筆談用の画用紙とペンを用意してもらって、震える手で「ありがとう」と、かろうじて読める文字を書いた。水を飲ませたかったが、水分は厳禁ということで、脱脂綿をパラディーゾで少しだけ濡らして、口に含ませた。ほんの数滴だったが、福田は、何度もうなずいたあと、また画用紙を取り「うまい」と書いた。

「あの、ちょっとよろしいでしょうか」

帰り際、集中治療室を出たところで、福田の母親に呼び止められた。看護師や医師が周囲にいて話しづらいのか、病院内のレストランまで行くことになった。昼食時で、多少混んでいたが、窓際のテーブルが空いていて、因藤茂雄は月見うどんを、母親はカレーライスを頼んだ。カレーを食べ終わった母親が、グラスの水を飲もうとした。もしよろしかったら、と因藤茂雄は、バックパックからパラディーゾのボトルを取り出した。

母親がガス入りの水が苦手ではないことを確かめてから、食べ終わったうどんのどんぶりにグラスの水を空け、パラディーゾを注いだ。ああ、おいしいですね、一口飲んで、母親はそう言って微笑んだ。そして、そういえば、と昔のことを少し話した。

「貞夫から、聞いていました。いつも水筒を持っていて、おいしい水が好きなんだって。因藤さんのことを話すときはいつもうれしそうでしたね」

中学のころの息子を思い出したのか、母親はしばらく黙って窓の外を眺め、そのあと、福田がどんな暮らしをしていたのかを知りたがった。因藤茂雄は、ホームレスという言葉を使わずに、宮前平での再会から、山谷の宿舎に行き、高速バスに乗せたことを、かいつまんで話した。福田は何度もお宅の前まで行って指輪を返そうとしたらしいんですが、恐くなって家に入れなかったそうです、そんなことを話すと、母親は、下を向いて、声を殺しながら涙を流し続けた。

「因藤さん、ラブレターですか」

若い作業員に冷やかされた。昼休みにいつも手紙読んでるじゃないですか、現場主任もそんなことを言って笑う。おれにラブレターなんか来るわけないじゃないか、因藤茂雄は苦笑し、母親からの手紙をもう一度だけ読んで、誘導員の仕事に戻ることにした。その前に、バックパックからもう一つ別のスポーツボトルを取り出し、少しだけ飲んだ。福田の母親から、お礼にと送られてきた「ボルジョミ」というミネラルウォーターだ。グルジア産で、ミネラル分が多く、炭酸の量は少なめで喉ごしが柔らかい。心ばかりの品を、と書き添えてあった。

「心ばかりの品を送らせていただきます。先日、お見舞いに来ていただいたあと、貞夫は、とてもうれしそうでした。因藤様、改めまして、お礼を申し上げます。

中学時代、転校して寂しかったときに友人になっていただいた。同じように、わたくしのところまで連れてきていただいた。

本当にうれしかったのだと思います。貞夫は、弱い人間でした。父親とも最後まで和解できませんでした。入院中も、いっさい父親のことには触れませんでした。

でも、おれは素晴らしい友人に恵まれた、それだけで生きた甲斐《かい》があった。あなた様のことを筆談でわたくしにそのように伝え、喜んでおりました。葬儀は、来週の土曜日に行う予定でおります。お時間が許せば、来ていただけると、貞夫も喜びます」

母親と、その親族数人だけの葬儀だった。祭壇の、花に埋もれた福田の遺影は、二十代のものだった。納骨が終わり、花を手向けるときに、因藤茂雄は、ボルジョミの水を墓にかけながら、福田、と心の中で呼びかけた。

本当に最後の旅になってしまったな。これは、お前のお母さんからいただいた水だよ。これからも、ときどき、こうやって水を飲ませに来るからな。今回の旅で、おれは、いろいろとわかったよ。実は、おれのほうも、不安だらけで、正直、生きるのが苦しい。しかし、少なくとも家族がいて、まだ生きている。おいしい水も飲める。そして、生きてさえいれば、またいつか、空を飛ぶ夢を見られるかも知れない。福田、救われたのは、おれのほうだよ。

キャンピングカー

定年後の夢

初夏の朝の日差しが眩《まぶ》しい。富裕太郎《とみひろたろう》は目を細めながら、埃《ほこり》を被《かぶ》ったままのマグカップを眺めている。もう二ヶ月近くコーヒーを淹《い》れていない。知人を通してハワイから直接取り寄せた豆も冷凍庫に入ったままだ。

かつてはドイツ製のミルで自ら豆を挽《ひ》き、ていねいにパーコレーターで淹れたものだった。独特の香りと味わいがあった。この世のものとは思われないような高貴なものが焦げるときの香り、富裕は、他人に説明するときにいつもそう形容した。

昔からコーヒーが好きで、学生時代、直輸入のブルーマウンテンが飲めるという理由で、クラシック喫茶に通ったりしていた。クラシック音楽が好きだったわけではなくて、コーヒーが好きだったのだ。生まれてはじめてコーヒーを飲んだときのこともよく覚えている。おいしいとは思わなかった。しかし未知なるものの象徴のような、軽い衝撃を感じた。遠くに運ばれていくような陶酔感があったのだ。

中堅の家具メーカーに入社してからは、ゆっくりとコーヒーを味わう時間が減ってしまった。だから富裕は、定年退職をしたらコーヒーを好きなだけ味わうのだと決めていた。それは大きな楽しみの一つだった。

朝のコーヒーをより特権的に味わうために、数年前に家を改築するとき広めのベランダを作った。スウェーデン製の白木のデッキチェアに座り、朝日を浴びながら自分で淹れたコーヒーを飲み、朝刊に目を通す、それが富裕にとっての、定年後の幸福なイメージだった。

今、富裕は、横浜市港北区の高台にある自宅二階のベランダから、駅に向かう人の波を見つめている。目の前には、テーブルに置かれたままになったマグカップがある。ピンクの時代のピカソの絵が描かれた大きめのマグカップで、去年の誕生日に息子がプレゼントしてくれたものだ。富裕は、黒や灰色の点に見える人の群れが、吸い込まれるように駅に消えていくのを茫然《ぼうぜん》と眺めている。そして、いつものことながら、なぜあの中におれがいないのだろうと、世界から締め出されたような感覚を味わっていた。いったいおれはどうしてしまったんだろう、何が変わってしまったんだろう。

会社の早期退職に応じる形で、定年を迎えることになったのは半年前の秋だった。

早期退職に応じたおもな理由は会社の営業方針が変わったことだ。入社以来、富裕が先輩たちから学び実践してきたのは足で稼ぐ営業だった。つまり得意先を訪ね、接待を重ねることで顧客を獲得するやり方だ。だが、業績の悪化にともない、筆頭株主である主力銀行が送り込んできた新しい経営陣は、コンサルティング・セールス、つまり提案型の営業という方針を掲げ、まず接待費が大幅に削られ、いつの間にか富裕は窓際に追いやられた。

早期退職には、もう一つ、大きな理由があった。ある計画があって、そのためには早期退職優遇制度による特別加算金が魅力だったのだ。早期退職そのものについては妻も賛成してくれた。家のローンも完済しているし、退職金と預貯金、それに数年後には支給がはじまる年金で、経済的に不安はないはずだった。息子は製薬会社に勤めているし、娘もすでに銀行で働いている。高校教師だった富裕の父親も、栄養士だった母親も、ともに元気で杉並のマンションで暮らしていて介護などの必要はない。

富裕の計画とは、中型のキャンピングカーで、妻と日本全国を旅することだった。夢といってもよかった。アメリカの映画などを観《み》ると、退職したあと、キャンピングカーを走らせ、大自然の中を旅する夫婦がよく登場する。単なる観光旅行ではない。思うままに好きなところを訪ね、美しい山や海や湖を眺めながら時を過ごすのだ。計画は、妻には内緒にしていた。びっくりさせようと思ったのだ。国産の良質な中古のキャンピングカーはだいたい一千万前後で、偶然にも早期退職の特別加算金とほとんど同額だった。かなり車高があるが、富裕家の車庫には屋根がなく、乗用車二台分のスペースがあり改築の必要はない。インターネットで、全国のキャンプ地を調べるのは楽しかった。アウトドアブームを反映して、どの地方にもオートキャンプが可能なキャンプ地があり、近くに温泉があるところも多かった。妻はもともと温泉好きだったし、喜ぶに違いなかった。絵が趣味で、何度も美術団体展で入賞し、友人が経営する喫茶店などを借りて個展を開くほどの腕前だった。子どもたちが働きはじめてからは、近所の文化センターで水彩画と油絵を教えている。北海道ニセコや九州阿蘇《あそ》の雄大な風景を前にして、スケッチしている妻と、その様子を微笑《ほほえ》みながら見守りコーヒーを沸かす自分の姿を、富裕は何度となく思い描いた。

退職して一ヶ月近く経《た》ち、身辺の整理がだいたい終わった。とっておきのワインを開け、肉を焼いて、簡単なパーティを自宅で開いた。「ご苦労様でした」「お疲れさま」と家族に感謝され、乾杯して、そのあとで、はじめて計画を明かした。

「今まで秘密にしてたんだけど、キャンピングカーでお母さんと全国を回ろうと思ってるんだよ」

へえ、オヤジもやるじゃないの、と息子は感心したが、娘は複雑な表情になった。妻は、びっくりした顔をして、戸惑っているように見えた。

「びっくりしたか、実は車は手配済みなんだ、中古だけどな、前のオーナーが、昔はかなり売れてたアウトドア好きのお笑い芸人で、内装に天然の木をふんだんに使ってあってすごく感じがいいんだよ」

富裕は笑顔でそういうことを言って、息子はうなずいて聞いていたが、妻と娘は、ただ黙って顔を見合わせるだけだった。変だなと思ったが、何となくいやな予感がして、それ以上キャンピングカーのことを話すのを止《や》めた。


「昨夜《ゆうべ》あなたが話したことだけど」

翌朝、コーヒーを淹れているとき、妻が話しかけてきた。まだこのころは毎日コーヒーを淹れていたのだ。妻は、真剣な表情をしている。午前中に油絵の教室があるらしくて、きちんと化粧を済ませ薄緑色のコートに身を包んでいた。目覚めたばかりの富裕はジャージ姿で、髪にはまだ寝癖がついていて、自分が無防備に感じられた。

「車だけど、もう買ってしまったの？」

そう聞かれて、妻がキャンピングカーの旅を喜んでいないことが伝わってきた。そんな事態は予想していなかったので、富裕はうろたえ、苛立《いらだ》ってしまった。まだ買ってないよ、と言って、どうしたんだ、キャンピングカーで旅をするのは、いやなのか、と思わず声が大きくなった。

そうじゃないのよ、と妻は冷静だった。子ども二人の結婚資金もとっておかなければいけないし、蓄えはあるけど収入は年金だけになるわけだから、キャンピングカーへの出費は控えたい、絵の教室と、それに絵の仲間とのスケッチ旅行や美術館巡りの旅も年に数回あるので長い休みは取りづらいのだと、妻は申し訳なさそうな表情でそんなことを言った。

富裕は混乱して、妻が何を言っているのか、一瞬わからなくなった。顔色が変わるのが自分でわかった。何か大切なものが打ち砕かれるような気がしたが、大きく深呼吸をして気持ちを落ちつけようとした。理不尽なことを平気で言ってくる取引先との交渉で身につけた我慢の術だった。

それに不思議なことに、妻が言うことには説得力があると思う自分がどこかにいた。だが、キャンピングカーでの旅行を簡単にあきらめるわけにはいかなかった。車の販売会社には退職金が出たらすぐに代金を振り込むと言ってあるし、何よりも富裕の中ではすでに決まったことだった。何か言わなければと思ったが、言葉が出てこない。妻は、申し訳なさそうな表情で、ダイニングの椅子の脇に突っ立ったままだ。

それでさ、またあとで話そうか、小さな声でそう言って、淹れたばかりなんだ、飲んでいかないか、とパーコレーターのほうを示した。妻はうなずいて、コーヒーを半分だけ飲み、行ってきます、と会釈《えしゃく》して去った。気まずい雰囲気を感じた。富裕は、コーヒーが半分残ったカップをただ黙って眺めていた。

平日は妻と二人きりの夕食が多い。子ども二人は同居しているが、息子は営業職なので得意先や上司・同僚と食事をしてから帰宅するし、娘は税理士試験のための予備校に通っているのでいつも帰りは遅い。キャンピングカーでの旅行についてちゃんと話し合っていないために、夕食の際の妻との会話がぎこちないものになった。

妻が話しかけてきた朝に、お互い率直に意見を言うべきだったのだ。面倒なことほど早く対処しなければいけない。それは営業の常識だ。クレームには発生した瞬間に対応しろと、毎日のように部下たちに訓示してきた。そんなおれが妻に遠慮したりしていったいどうしたんだろうという焦りが生まれて、さらに話しづらくなった。

そして、結論を曖昧《あいまい》にしたまま、時間だけが経過していった。反対する妻にも一理ある、富裕はどこかでそう思っていて、それが率直な話ができない理由の一つだった。

家の経済状態はだいたい把握している。六十歳以降、生活費を年金でまかなえば、退職金を加えた四千万近い預金には手をつけずに済むはずだった。だが、妻の言い分ももっともで、子ども二人はやがて結婚するだろうし、式費用に加えて独立して新居を構えるとなるとそれなりの資金が必要になる。

それに近い将来、収入が年金だけだと、予想外の出費がある場合には、当然預金を取り崩すことになる。幸いなことに妻も自分も、今のところ健康には恵まれているが、この先には何があるかわからない。

妻の母親は数年前に癌《がん》で他界した。父親は気丈な人だが、心臓に持病を抱えている。富裕の両親にしても、すでに八十代なので、将来的に介護が不要とは言い切れない。そういったことを考えると、一千万近いキャンピングカーへの出費を控えるのは当たり前のことのように思える。だが、妻とのキャンピングカーの旅は、定年という人生の節目を肯定的にとらえるためにどうしても必要なものだった。

富裕は、営業という仕事柄、他の業種・業態のことが知りたいと思い、大学のゼミの仲間を中心に「二七会」という集まりを作って食事会を開いてきた。当初集まった連中が偶然にも昭和二十七年生まればかりだったので「二七会」としたのだが、ここ数年、必ず定年が話題になった。

弁護士や会計士や税理士、そして一流企業に勤め自他ともに成功したと認める者ばかりだったが、誰もが引退後には不安を覚えていた。先行き不透明だとみんな知っていたからだ。年金、それに医療費などの社会保障、破綻《はたん》寸前の財政を考えると、公務員でさえ安泰とは言えず、日本は間違いなくゆっくりと衰退に向かっているというのが全員の一致した意見だった。

「問題はだな、先例がないってことだよ」

そんなことを言うのは、二七会のリーダー的存在で、大学の柔道部でいっしょだった駒野《こまの》だった。大学リーグ戦では駒野が先鋒《せんぽう》、富裕が次鋒《じほう》で、息の合ったコンビだった。駒野は大手自動車メーカーの販売会社に入り、若くして東京西地区の旗艦店の店長になったという伝説の営業マンだ。

「定年なんて前もって経験するってわけにはいかないだろ。人生の折り返し点をとっくに過ぎたころに、みんながはじめて定年ってやつを迎えるわけだよ。しかもだ、こんなしょぼくれた時代はかつてなかったんだ。昔は確かに貧乏で、金もものもなかったが、右肩上がりが当たり前で、衰退していくイメージはなかったからな」

駒野は、感嘆すべき営業力の持ち主だった。八〇年代終わりに達成した月間の新車売り上げの記録はいまだに破られていないらしい。豪胆で、頭脳明晰《めいせき》でありながら、周囲を気づかう繊細さも持ち合わせていて、同僚や部下から絶対の信頼を得ていた。

だが、家庭人としては恵まれなかった。三十半ばを過ぎてからの、当時としては遅い結婚で、数年で離婚した。駒野は、結婚生活、それに離婚の原因について語ろうとしない。二人の子どもは駒野が引き取った。男手ひとつで娘二人を育てたが、豪胆さを受け継いだ長女は国際結婚でカナダに行ってしまい、繊細さを受け継いだ次女は不登校になり、拒食症と過食症を繰り返したあげく、引きこもりとなって自宅から出ようとしなくなったらしい。

「定年後のことだけどな、おれは、娘たちのことだけを考えているんだよ」

二七会の集まりのあと、赤坂のホテルのバーで二人だけでウイスキーを飲みながら、駒野が言ったことが富裕に強い印象を残した。

「とりあえず、何とかして、下の子を連れて、カナダに行きたいんだよ。下の子は家を出ようとしないし、実現できるかどうか怪しいのは怪しいんだけどな。上の子は、バンクーバーから三時間くらいの、あまり有名じゃない保養地に住んでいて、働いてるんだよ。ダンナが経営する観光案内の会社で、小さいころから山が好きだったから、トレッキングのガイドをやってるらしい。それで、定年後だが、おれがまずやることは決まってて、とにかく英会話なんだ。向こうの家族と話せなかったらシャレにならないだろうが。上の子は小さいころから勉強も運動もよくできたから、何となく、放っておく形になってしまって、下の子にはたぶん必要以上にかまっちゃったんじゃないかと思うんだよ。おれは、一人っ子で、周囲に女がまったくいなくてさ、ずっと仕事が趣味みたいな生き方してきたから、二人の間の微妙な関係が全然わからなかったんだな。

ただ、不思議なんだけど、定年後にこれをやろうと決めて、いや、英会話とか、カナダ行きとか、決めて、最初は面倒だったんだけど、だんだん、何て言うか、楽しみっていうか、今は、それが生き甲斐《がい》みたいになってきたんだ。二七会でも話題になるけど、引退したあって誰でも不安でいっぱいなわけだろ。でも、カナダの山々が見える街で、下の子を連れて、上の子の家族と英語で喋《しゃべ》っている自分を、こう、想像すると、いい気分になるんだよ。何とか定年後を乗り切れるかも知れないなって、そう思えるんだ」

キャンピングカーで全国を回るというアイデアは、駒野に影響されたものだった。不安定さを増す社会で、経験したことのない定年という事態に対処するためには、そのことを考えるとわくわくするようなポジティブなイメージを持つことが大切だと教わったのだ。要は希望だよ、と駒野は言った。

「体力は落ちていく一方だし、いい再就職口でもあれば別だが、貯金だって減る一方だ。中高年の自殺が多いのは当たり前だよ。みんなこの先何もいいことなんかないって思ってるんじゃないのか。だからさ、でもおれにはこんないいことも待っているって、それって希望だろ、何か希望が必要なんだ」

確かに、キャンピングカーでの旅を想像すると心が躍った。定年も悪くないかも知れない、そう思うことができた。

富裕は、とりあえず販売店に、購入を延期したい旨を伝えた。

「手付け金いただいていますしキープしておきますが、人気の車なので、いずれお約束できなくなりますね」

担当者は、すまなそうにそう言って、念のためにお聞きしますが、ひょっとして他にいい物件があったんでしょうか、と聞いた。いや、そうじゃないんですが、と富裕は言葉を濁した。妻から反対されたからだと、言えなかった。自分でものごとを決めることができない情けない男だと思われるのが恥ずかしかったのだ。

契約によると手付け金の有効期限はあと五十日ほどだった。だが、妻を説得する自信はなかったし、だいいちどういう風に話し合えばいいのかもわからなかった。

迷ったあげく、息子に相談してみた。ゴルフの練習場に行こうと誘って、そのあと近くの喫茶店に入り、コーヒーを飲みながら話した。

息子はゴルフをはじめて三年ほどだが、かなり上達した。富裕のゴルフ歴は長いが、結局あまり向いていなかったのだろう、ハンディが20を切ることはなかった。相手と対し接触して勝負する柔道のほうが性《しょう》に合っていると思う。五十代になって怪我《けが》が心配になり日常的な稽古《けいこ》は止めにしたが、今でも柔道に飽きることはない。息子は逆に柔道になじまなかった。

小学校のころ、近くの柔道場に何度か連れて行ったが、まったく興味を示さなかった。

息子は、穏やかで誰に対しても優しく接する。何事にもアグレッシブな富裕とはまったく違った。妻の性格を受け継いでいるようだった。

「おまえに相談があるんだが」

そう切り出すと、キャンピングカーのこと？　と息子は最初からわかっているようだった。

「あのときも言ったけど、おれはなかなかすてきなプランだと思うよ」

息子はそういうことを言った。コーヒーを半分残したままだ。オヤジが淹れるコーヒーのほうがうまいよ、とカップを指差して、うれしくなることを言った。おそらく気をつかって言ってくれたのだろうが、穏やかな表情から自然に言葉が出てくるので、聞いているほうはいい気分になる。おれとは別のタイプだがこいつも優秀な営業になるな、富裕はそんなことを思った。

「だけど、とにかくオフクロがどう思うかだからね。キャンピングカーに賛成していないんだよね。理由は聞いたの？」

経済的なことと、旅行に行く時間がないらしいと説明した。

「おれや美貴《みき》の結婚費用とか、そんなことを心配するのは止めて欲しいけどね。美貴は、あの性格だから、自分で何とかするって考えてると思うよ。おれだって、自分の結婚式とか、そのあとの生活だって、自分で何とかするつもりだけど」

親としたらそういうわけにもいかないんだ、と富裕は首を振った。

「お前も、美貴も、独立心旺盛《おうせい》なのは知ってるし、それはうれしい。でも、子どもの結婚って、何て言えばいいのかな、当たり前のことっていうか、そのために働いてるっていうか、親の、義務とかじゃなくてさ、権利だとおれもお母さんもそう思っているんだよ。子どもの喜ぶ顔を見たいと思って、おれたちはやってきたわけだから、お母さんが言うことも一理ある」

そんなことを言うと、息子は複雑な表情になり、しばらく黙ってから、何かオヤジらしくないな、と苦笑しながら言った。どういうことだ、と聞くと、いや、らしくないよ、と繰り返した。

「他が何と言おうと自分で決めたことはやる、みたいな感じでこれまでやってきただろ。まあ、お母さんやおれたちはその分、納得できなかったこともあるし、逆にさすが親父だなと思ってきたところもある。ほら、腰悪くしてるのに柔道の大会に出たときとかね。あと、最近で言うと、おれたちが反対したのに、業務用の通信カラオケを買っただろう。今回のことだけど、お母さんの気持ちを尊重するのは正しいよ。おれとしては、うれしくもあり、少し寂しくもありって感じかな。それでも、もっと強気に出てもいいんじゃないのか。金なんか何とかなるって、これまでいつも言ってきたじゃないか」

弱気になっているんじゃないのか。息子は最後にそう言った。そのとおりかも知れないと思った。

会社の経営方針が変わる前、富裕は三十数名を率いて常に強気の営業を展開した。「食い下がれ」というのが、富裕チームの合い言葉だった。本当の営業というのは断られてからはじまるんだ、そう言って部下たちを鼓舞した。

経営陣が替わってから提案型営業というやり方が導入され、富裕のやり方は古くさいノルマ達成型だと決めつけられた。だが、古くさいという批判を、どこかで受け入れたのも事実だった。営業マンとしての、本能でそう感じた。アプローチが間違っているわけではないのにどうしても成立しない契約が増えつつあった。取引先の経営方針や時代そのものが、大きく変化していたからだ。

接待費をふんだんに使い、酒を酌み交わして、気持ちさえ通じればいずれ契約できると信じてやってきた。しかし女性バイヤーが増え、また酒席を嫌がる若手の仕入担当も多くなった。言葉で相手を説得するというより、相手の懐《ふところ》に入るのを優先させてきたのだが、もうそんな時代ではないのかも知れない。

確かに、おれは弱気になっている、富裕はそう思った。だが、強気に出ることで問題が解決するとも思えなかった。たとえば事後承諾でキャンピングカーを買って、妻が納得するとは考えられない。

息子と話した翌週、娘の美貴に相談してみることにした。妻は絵画教室に行っていて、息子も用事で家にいなかった。娘も、短大時代の友人に会う用事があるらしくて、コーヒーを飲むかと聞くと、要らないと断られた。急いで出かけるから、手短に話しましょうと言われた。キャンピングカーのことでしょ、とわかっていた。どうしたらいいだろうかと、妻からも相談があったらしい。

息子も娘も、相談がキャンピングカーに関するものだとはじめからわかっていた。家族間の争点となっているようだ。家族会議など開いたことはないが、いずれ必要になるのかも知れないな、そんなことを考えていると、美貴が、いきなりびっくりするようなことを言った。

「お父さん、再就職したらいいんじゃないのかな」

呆気《あっけ》にとられるくらい、淡々とした口調だった。

「だって、お金が足りないわけでしょ。その分稼いだらいいんじゃないの。お母さんに聞いたんだけど、やっぱり家計が大きいみたいよ。あとはお母さんのね、自分の時間っていうか、あの人も自分でいろいろやってるわけだから。お父さんは、定年後の夢みたいな感じでキャンピングカーの旅行を考えてたんだろうけど、お母さんの人生もあるわけだし」

もう一度働けばいい、と聞いて、富裕はびっくりした。触れられたくないところにふいに針を刺されたような感じで、動悸《どうき》がした。

「再就職しちゃったら、旅行する時間が取れないじゃないか」

冷静を装ってそんなことを言ったが、顔色が変わるのが自分でわかった。しかし、美貴はかまわず話し続けた。

「有給休暇だってあるでしょ。だいたい、そんな一年中旅行するなんて、できるわけないじゃないの。お母さんの都合だってあるわけだし」

「でも、好きなときに、自由にふらりとキャンピングカーでいろいろ回るのがいいんだよ」

「違うと思う。旅行なんてたまに行くからいいんだよ。旅行だけって飽きるよ、きっと」

どうしてこいつは面と向かって言いにくいことをずけずけ言えるのだろうと、思わず苦笑した。確かに昔からそういう性格だったなと思った。

以前、まだ高校生のころだ。親子と夫婦は決定的に違う、美貴からそんなことを聞いたことがあった。親子は単に親と子の関係だが、夫婦は、子どもから見たら父母で、外から見たら夫と妻で、本人たちにしてみると男と女という部分があって、必ずしもいい父やいい夫がいい男であるとは限らないのだと、高校生の娘がそういうことを言ったのだった。本で読んだのかと聞くと、自分で考えたのだと、当然のことのように答えた。そのときも苦笑せざるを得なかった。

　何となく美貴に対するのは苦手だった。どこか、自分に似ているからだ。高校時代はほとんど勉強しなかった。部活のテニスにのめり込んでいた。シングルスで神奈川県のベスト8に入ったことがある。さほど偏差値が高くない私立の短大を出たが、銀行に入ってから、急に目が覚めたかのように税理士を目指して猛勉強をはじめた。

　再就職か、富裕がそうつぶやくと、まだまだ若いんだし、だいじょうぶだよ、と美貴が笑った。

　娘の笑顔を間近で見るのは久しぶりだと思った。娘は容姿が妻に似ていて、顔の造作が小さく、これといって目立つところはないが、口元などに芯《しん》の強さが表れていると思う。服装にしてもピンクとか赤とか派手な色も似合うはずだが、グレーや黒のごく普通のデザインのスーツやワンピースしか着ない。

　性格が自分にそっくりだと気づいたころから、会話が少なくなった。しかし二七会の会員の一人は、高校生の娘とメールでやりとりするだけでまったく話をしなくなったと嘆いていた。家の中にいてもできるだけ顔を合わさないようにして、食事も別々にとるのだそうだ。

　その友人と娘だが、憎み合っているとか、お互いに嫌っているというわけではないらしい。

誕生日にプレゼントをくれたりはするのだそうだ。だが、とにかく会話がないということだった。いずれにしろ、程度は違っても、年頃になると娘は父親と疎遠になるのが自然なのだろう。

「お母さんだけど、どうなのかな、おれとの旅行がいやなのかな」

玄関で娘を見送りながら聞くと、たぶん違う、と靴を履きながら美貴は答えた。

「いやってわけじゃなくて時間とか縛られるのが困るんだと思うな。誰だって自分の時間って大事だもん。ある意味、わたしなんかそれだけでやってるとこもあるし」

税理士の勉強もそのためなのか、と聞こうと思ったが、止めた。片方だけ履いた黒のパンプスを乱暴に脱いで、灰色のブーツに履き替える美貴の後ろ姿からは、もうこれ以上話すことはないという冷めた気持ちが伝わってくるような気がしたからだ。脱いだパンプスを、カタンと音を立てて靴棚に置き、行ってきまーすと妙に明るい声で言って、美貴は早足に玄関を出て行った。

見送ったあと、やりとりがよみがえり、複雑な感情にとらわれて、動悸がなかなか治まらなかった。娘の声が耳の奥でこだましていた。お父さん、再就職したらいいんじゃないのかな。あっさりとそう言われ、針で皮膚を突かれたようだと思った。ちくりと痛いのだが、感じたのは痛みだけではなかった。

　最初にこみ上げてきたのは怒りに近い感情だった。退職後の状態を、怠けているかのように批判された気がしたのだ。顔が紅潮するのがわかった。しかし、時間が経つにつれて、しだいに怒りが薄れ、別の思いが芽生えてきた。信じがたいことに、それは心地よさだった。娘が激励してくれているように思えてきたのだ。

「まだまだ若いんだし、だいじょうぶだよ」

　美貴は、笑顔でそう言った。他の、たとえば会社の同僚や二七会の仲間から同じことを言われても、相手にしなかっただろう。何度も迷ったあげくにようやく決心して早期退職したばかりだというのにふざけるなと、一笑に付したはずだ。退職してまだ二ヶ月も経っていない。だが、娘が、眠りかけていた富裕の闘争心に火をつけたのだった。

定年後の現実

　再就職か、富裕は何度もつぶやいた。会社を当たるとしても、大手企業というわけにはいかないだろうな。

だが、確かに家計の不安は解消する。妻は、反対する根拠の大半を失うことになる。それでも再就職には欠点があった。好きなときに好きなところへ旅するというわけにはいかなくなる。四季折々、気が向いたときにいつでも出発できるのがキャンピングカーの旅の最大の魅力だった。次はどこに行くかなとネットや情報誌で桜の開花や紅葉を調べ、近くに温泉があるかどうかを確かめて、食料などを買い込んで、助手席に妻を乗せエンジンをかけ出発する、そういったイメージをふくらませていた。

しかし、美貴が言ったように、年中旅をしているわけにもいかない。お盆や正月休み、それに有給休暇を利用して、あまり有名ではない知る人ぞ知るキャンプ地を訪れるのも悪くはないかも知れない。

気持ちは、しだいに再就職に傾いていった。何よりも、再就職することによって、キャンピングカーの旅にかける思いがどれほど強いか、妻に伝えることができるのではないかと思ったのだ。

再就職に関しては、具体的な会社や役職が決まるまで、妻には言わないでおくことにした。

何なんだよ、結局こうなる運命だったのかと、富裕は、新しく淹れたコーヒーを味わいながら、苦笑した。五十八歳という年齢でリタイアすることに対して、どこか後ろめたさがあったのも事実だ。会社の経営陣が替わってから三年あまり、ほとんど窓際で過ごした。力が出せなかった。心身ともに空洞ができてしまったような、虚《むな》しさと寂しさを感じ続けた三年間だった。

もう一度営業の現場に出てがんばれということかも知れない、そんなことを思うと、腹の底から力が湧いてくるような気がした。自信を取り戻せるかも知れない、そう思った。それに、活力を取り戻した自分を見せることができれば、美貴はもちろんのこと、弱気な感じがしてオヤジらしくないと言った息子も、きっと喜んでくれるはずだ。富裕は、前の会社で培った人間関係を生かし、大手や一部上場などにこだわらなければ、営業マンとしての再就職はそれほどむずかしくないだろうと、勝手にそう考えていた。

だがそれは、大いなる誤算だった。

週明けから、さっそく就職活動をはじめた。湯気の立つマグカップを片手に、ベランダのデッキチェアに座り、手帳をめくりながら、まず懇意にしていた内装会社の社長に、電話をしてみた。「シノハラ」というオフィスビルの内装を請け負う中堅の会社で、社長とは二十年来の付き合いがある。特注の応接セットや収納庫などを、他社よりもかなり安く納めてやった。

とにかく若い営業がダメなんですよ、すぐにあきらめちゃう、トミヒロさんみたいな営業マンは、もう今の時代、いませんよ、すぐにでもうちに来て欲しいくらいですよ。社長は、酒の席でいつもそんなことを言っていて、それが耳に残っていた。もちろんお世辞だとわかっていたが、悪い気はしなかった。

営業に必要なのは、体力と商品知識とコミュニケーションスキルで、業種には関係がないというのが富裕の持論だ。オフィス家具の知識と、顧客の信頼を得る会話術には絶対の自信がある。だからシノハラの社長が、富裕のような人材を欲しいと言ったのは、半分は本音だと思っていた。

シノハラの社長の、個人の携帯に電話した。

「いやあトミヒロさんですか、確か退職されたんですよね」

社長は明るい声で応じてくれて、今現場にいてどたばたしているので、すぐ折り返しかけ直すと言った。

四十分後に、電話がかかってきた。

「トミヒロさん、さっきは失礼しました。シノハラです」

「たまには飲みましょうよ」

社長はいつもの調子で、二人のなじみの店にはまだ富裕のシーバスリーガルのボトルが残っているというような話をした。折り入って相談があるんだが、と富裕が言うと、はいはい、他ならぬトミヒロさんのことですので何でもうかがわせていただきますから、と明るい口調で応じた。

「唐突な話で悪いんだけどさ、おれ、実は再就職を考えていて、社長のところで面倒見てもらえないかな」

照れがあったので、くだけた言い方になってしまったが、しばらくして、は？　という間の抜けたかん高い声が聞こえ、電話の向こうで社長が何か言おうとして、そのあと言葉を呑《の》み込むのがわかった。

しばらく気まずい感じの沈黙が続いて、失敗したかなと富裕は反省した。もっと謙虚に頼むべきだったかも知れないと思い、軽い口調を改めて、もう一度頼んだ。

「お忙しいところ、突然の話で申し訳ない。それで、おれとしてはかなり真剣に考えてるんだよ。役職とかこだわってないから、顧問みたいな形でもいいし、可能性みたいなものがあるのかどうか、お聞きしようかなと思って、ええと、明日にでも会社に出向いてお話しさせてもらえるとありがたいんだけど、どうだろうか」

あのう、とシノハラの社長は、言いにくそうに口ごもったあと、やがて意を決したかのように、これってマジなお話ですよね、と聞いて、もちろんだよ、と富裕が答えると、咳払《せきばら》いをしたあと、申し上げにくいんですが、現状をおわかりいただけていないんじゃないかと、はっきりした口調で言った。非常に言いにくいが今この機会にちゃんと言っておかないといけないという、経営者の覚悟のようなものが感じられた。

「うちはですね、この数年新卒の採用もないんですね。このご時世、建築市場は冷え切っているのはご存じですよね。デベロッパーも建築屋も、内装屋も全部ですが、現実的にも会社も人も余ってるんです。大げさでも何でもなく、沈む船からネズミが逃げるみたいな感じなんですよ。外資のデベロッパーだってどんどん引き上げはじめてますからね。当然ながら、仕事は減りはしても増えることはないっていうのがほぼ共通した見方なんです。うちもできれば人員を整理したいくらいなんですが、親父の代からの人も多くて路頭に迷わすことだけはしたくないですからね。もう鼻血も出ないって、そんな感じでやっているわけなんです。トミヒロさんにはお世話になりっぱなしだったんで、何とかご恩返しはしたいと思うんですが、勤め口となるとどうにもこうにもならないんです。ほんと、こんなこと言えた義理じゃないですが、何とかご理解いただければと。こんな返事で本当にすみません」

まるで頭から冷や水を浴びせられたようだった。シノハラの社長は電話口で恐縮しながら、本当に申し訳ありませんと繰り返した。それでさらに富裕は恥ずかしさを覚え、参ったなと思った。しかし、中高年の営業職の再就職がいかに厳しいものか、まだ富裕は気づいていなかった。

おれはいったい何を考えていたんだ、富裕はつぶやいた。不動産開発も売買も、商業ビルや住宅の建設も、この数年市場が冷え切っていると知っていたくせに、自分だけは違う世界にいると傲慢《ごうまん》に構えていた。

シノハラの社長に断られたあと、富裕は、やはり取引が多かったオフィス家具のリース会社、大手の家具チェーン店、それに百貨店の知り合いに、まるで何かに追い立てられているかのように、続けざまに電話をかけた。懇意にしていたシノハラの社長からあっさりと拒まれたのはショックだったし、甘さを思い知らされたが、心のどこかに、そんなはずがないという思いがあったのだ。

五十八歳の元営業職に再就職口など簡単に見つかるわけがないという現実と向かい合うのが恐《こわ》かったし、受け入れることができなかった。現状だけではなく、営業のプロとしての実績や信頼関係も否定されてしまった気がしたからだ。とにかく、かつての取引先の誰かから、まかせてください、富裕さんならだいじょうぶですよ、という台詞《せりふ》を聞きたかった。

電話をかけるうちに、焦りは逆に大きくなっていった。おお、トミヒロさんですか、お久しぶりですね、退職されたと聞きましたが、お元気そうじゃないですか、というような型通りの挨拶《あいさつ》があって、富裕が再就職の話を切り出すと急に態度が変わった。電話口で相手の表情が硬くなるのが見えるようだった。

中堅のオフィス家具リース会社の営業部長は、話を聞いたあと、シノハラの社長と同じようにしばらく黙り、うちはトミヒロさんみたいな人を抱えられるような会社じゃないですよ、と自嘲《じちょう》気味に言った。大手家具チェーンの取締役は、深いため息をつき、激安店に押されて赤字寸前で来年は新卒の採用を見送るつもりなのだと苛立った声を出した。もっとも露骨だったのは百貨店の家具担当だった。

「ご存じだと思いますけど、うちの家具売り場ですが、もうないんです。手芸用品の大規模店がテナントで入りました。もう一年も前ですけどね。百貨店で家具なんかもう誰も買わないんです。失礼な話だと百も承知で言うんですが、こういったことは、電話とかではなく、まず履歴書をお送りいただいてですね、人事のほうにおいでいただくとか、筋としては、普通そういった形ではないんですかね」

さんざんいっしょに飲み食いして、ハワイとグアムにゴルフ旅行に行ったこともある百貨店のバイヤーから、まず履歴書を送るのが筋だろうと言われ、身体《からだ》が震えるのがわかった。富裕は、やっと現実を把握した。

何もわかっていなかったと思った。いい関係を築いていたつもりの取引先の知り合いたちは、縮小し続ける市場に対し、みな一様に苛立ち、弱り切っていた。こんな時代に何を寝言のようなことを言ってるんだという感じだった。

ベテランの営業として手厚く迎えられ、他の社員たちに紹介され、ひょっとしたら個室が与えられるかも知れないなどと、バカなことを思い描いていた。どうして、そんな勘違いをしてしまったのだろう。

「それはお前が、上から目線だったからだ」

駒野にそう言われた。かつての取引先に再就職を断られただけではなく、軽くあしらわれたようないやな気分が続いた。誰かに相談したかったが、会社に残っている同僚なんかに話せるわけがない。すぐに駒野の顔が浮かんだが、最初のうちは電話をするのがためらわれた。恥をさらすような気がしたのだ。

だが、自分でも驚くほど気分がひどく落ち込んでいて、気がつくと携帯を取り出し、耳に当てていた。娘に言われて再就職のことを考え、会社時代の取引先数社に問い合わせたのだが、あっさりと断られたのだと率直に言った。キャンピングカーのことは話さなかった。隠すつもりはなかったのだが、再就職のやりとりがショックで、単に忘れていたのだ。

「信じられるか。履歴書を送れって言われたんだぞ」

履歴書という言葉は富裕を傷つけた。再就職の依頼だったらまず履歴書を書いて送るのが筋ではないかと百貨店のバイヤーに言われ、頭に血が上った。

「就職を頼むときに、履歴書を送るって、当たり前じゃないか」

駒野は、富裕の怒りが収まるのを待つように、一呼吸置いて、静かにそう言った。確かに言われてみれば、新しい職場に就職しようとするのだから履歴書を送るのは当然のことだ。だったら、どうしてあれほどの怒りがこみ上げてきたのだろう、そう聞いたときに、駒野は、

「上から目線だったからだ」と指摘したのだった。

「お前には、会社時代の力関係が染みついてるんだよ。しかもお前は、辞めたんだから、ただの人なんだよ。ただ、あまりにも長い時間かかって染みついた感覚だからなあ、すぐに上から目線を変えるったって、無理なんだろうな」

再就職自体は悪いことじゃない、人材紹介の会社に連絡してみたらどうだ、駒野はそう言って、近いうちにメシでもということで電話を切った。

駒野と話して少し落ちついたが、単に再就職を断られたというだけではなくて、人格や能力を否定されたかのような、いやな気分は消えていなかった。このままじゃ終われないぞ、そうつぶやき、怒りを闘争心に変えようとした。食い下がれ、それが富裕の営業チームの合い言葉だった。本当の営業というのは断られてからはじまるんだ、部下には常にそう言い聞

かせた。なめられてたまるか、おれのことを何だと思ってるんだ、再就職依頼をあっさりと断ったかつての取引相手の顔を一人ずつ思い浮かべながら、富裕は、そんなことをつぶやき続け、意地でも再就職してやると心に決めた。

早期退職に応じる際、会社は再就職・転職セミナーへの参加を勧めたが、面倒くさい気がして辞退した。まず、富裕は、そのセミナーで講師を務めたキャリア・カウンセラーの連絡先を、会社の総務に聞いた。有楽町に本社のある有名な人材紹介会社で、さっそく電話をしてみたが、会社ごとの契約になっていて個人の相談には応じられないとあっさりと断られた。会社を離れ一個人になるとこんなにも人は無力になるのか、そんなことを思いながら、インターネットで他の人材紹介会社を調べた。ていねいな言葉づかいを心がけ、いくつかに電話をして、そのうちの一社に出向くことになった。

朝、久しぶりにスーツに袖《そで》を通していると、どこに行くんですか、と妻に聞かれた。まだ家族には再就職のことは話していなかった。二七会主催の昼食会があるのだと嘘をついた。ネクタイは去年の誕生日に娘からプレゼントしてもらったブランドものの赤にした。久しぶりにネクタイを締め、初冬の柔らかな日差しを浴びながら駅に続く坂道を下っていくと、爽《そう》快《かい》な気分になった。

コートは紺色のカシミアで、鹿革のバックスキンの鞄《かばん》には、三日間かけて書いた職務経歴書が入っている。職務経歴書の書き方をていねいにアドバイスするインターネットのサイトがあり、参考になった。

職務内容については、会社名だけではなく、会社概要として資本金、年間売上高、従業員数などを記し、業務内容や規模を示すこと、またおもだった取引先の属性を絞り込み、営業管理の具体的方法についても記すこと。さらに営業実績を示す場合にはその数字に客観性が必要で、社内における成績順位や目標達成率などもできれば併記することなど、具体的なアドバイスが載っていた。

富裕は、職務経歴書の自己PR欄の最後を、次のように締めくくった。

「私は何よりも、材料選びから塗装にいたる家具および製造技術の豊富な知識を得るとともに、それを正確に伝えるコミュニケーション能力を磨くことで、取引先との円滑な関係を目指してきたつもりです。

だがしかし、私がもっともPRさせていただきたいことは、三十五年間に築き上げてきた『信頼』です。信頼、つまり取引先・顧客に好かれることで、私は成果を上げることができたのだと思います。営業職であるまえに、一人の人間として、取引先およびお客様に接することを心がけたおかげで、自分でも誇るに足る業績ならびに結果を積み重ねることができたのだと考えます。信頼こそが財産であり、私の座右の銘でもあります」

人材紹介会社は、都庁近くの超高層ビルの一室にあった。吹き抜けになったロビーは広く、床はぴかぴかに磨かれ、エレベーターホールにはIDカードを首から下げた若い社員たちが大勢いて、富裕は自分をよそ者のように感じた。

まだ退職して間がないのに、長く現場から遠ざかってしまったような気がした。気後れして、緊張しているのがわかった。エレベーターの中で、目を閉じて、何度か深呼吸をした。目を開けたときに、ぴったりと身体のラインに貼《は》りつくような今風のスーツに身を包んだ長身の若い男と目が合った。睨《にら》み返すように顔を見据えると相手はすぐに目をそらして、負けてたまるかと富裕は気合いを入れ直した。

「失礼ですが」

隣に座る同年配の男が話しかけてきた。受付を済ませたあと、入り口の脇にある長椅子で一時間以上待たされ、富裕は苛立っていた。しきりに時計を見て、無意識のうちに何度も咳払いが出た。長椅子は入り口の扉のすぐ脇に三列並んでいて、十数人の中高年の男たちが所在なさそうに腰をかけている。

「我慢強さを見られてますから、平気な表情でお待ちになるほうがいいです」

隣の男は、小声でそんなことを耳打ちした。少々くたびれた茶系のスーツを着て、ペラペラに薄い黄色のネクタイを締め、かなり薄くなった髪をぴったりと後ろに撫《な》でつけている。え？　あ、どうも、と富裕は曖昧な返事をしたが、お前といっしょにするな、おれはお前とは違うんだ、と声に出さずにつぶやいた。

「ええと、トミヒロさんですね。営業職ということですが、コンサルタント的な指導とかですね、セミナーの講師をされたことがおありですかね」

キャリア・カウンセラーだと名乗った男は、アクリルのパーティションのある相談室で、一時間半も待たせたことについては何も言わず、職務経歴書にざっと目を通したあと、いきなりそんな質問をした。整髪料で髪を尖《とが》らせ、細い薄緑色のフレームの眼鏡をかけて、銀色のノートPCを慣れた手つきで扱い、血色のいい顔色をして口ひげをたくわえている。おそらく三十代後半だろう。

富裕は、そのキャリア・カウンセラーの容姿や態度が気に入らなかった。わたしは一時間半も待ったんですよ、と思わず口から出そうになったが、我慢強さを見られているという男の言葉を思い出して我慢した。

「ずっと現場にいたものですから、セミナーの講師とかはやったことはございません」

そう答えると、口ひげの男は、なるほど、とうなずいてPCのキーボードを叩《たた》き、傍らに置いたメモに何か書き込んだ。

「PCはお使いですよね」

素っ気ない口調でそう聞かれ、もちろんですと答えると、タッチタイピングができるかとまた質問された。タッチ、タイピング、と口ごもると、あ、ブラインドタッチのことですけど、と指で眼鏡を押し上げながら、じっとこちらを見た。

パソコンのキーボードを打つのは苦手だった。両手の人差し指だけを使うので、文章を作るのは遅い。インターネットにも興味はないし、ほとんど利用していないから、そもそもパソコンに触れる機会そのものが少ない。どうしても必要なメールなどは、会社では部下に代筆させることが多かった。しかしこいつはどうして些細《ささい》などうでもいいことばかり聞くんだろう、そう思っていると、口ひげの男は見透かすように、細かいことばかり聞いてすみませんね、と言って薄笑いを浮かべた。

「ですが、どれだけ大きな会社にいらっしゃったかよりも重要なことが多々あるんです」

「部下として、女性社員の割合は多かったか」

「英語や中国語はできるか」

「海外赴任の経験はあるか」

そんなことを聞かれ、最後に座右の銘を問われて、「信頼と努力」と答えると、カウンセリングが終了したことを告げられた。

　企業から求人があったらメールで連絡するということで、次回までに、「何がしたいのか」「何ができるのか」「どんな夢を持っているか」を柱とする「自分史」を書いてくるように指示された。どのくらいの文字数で書けばいいのかと尋ねると、口ひげの男は、自分で決めてくださいと、無表情でそう答えた。

　カウンセラーと話したのは二十分ほどだが、相談室を出ると身体がひどく重く感じられた。どこかで横になりたいと思うくらい、疲れていた。緊張もしていたし、一時間半も待たされて苛立っていたので余計に疲れたのだろう。

「ひどいもんだな」

「ああ、ひどい」

　エレベーターを待っているとき、二人連れの男の会話が耳に入ってきた。長椅子で待っているときに前列にいた二人だった。二人とも同じようなクリーム色のバーバリーのコートを着ていて、年齢は六十代前半というところだろうか。ともにA４判の茶封筒を脇に抱えていて、背格好も似ている。

「人材紹介も、これで四社目だよ」

「ぼくも何の連絡もない」

「たらい回しされてる感じだな」

「要は、ぼくたちから金を取るんではなく、紹介先企業からピンハネするわけだから」

「そうだよ、要はぼくたちは商品なんだ」

「売れ筋から売れていくわけだな」

「百貨店の統括マネージャーは人気らしいね」

「女性社員を使うのがうまい人だ」

「今、パートの女性を使う職場が多いからね」

「コールセンターとか、保険の販売とか」

「清掃会社と給食会社とかね」

「ところで、寄っていくか」

「ああ、ここまで来たんだから、ハローワーク行ってみよう」

富裕は、エレベーターから降りたあとも、会話に引き寄せられるように二人のあとを歩いた。疲れていたが家に戻る気になれなかった。絵画教室がない日なので、妻は家にいるはずだ。二七会はどうだったのか、何を食べたのかなどと聞かれるのが面倒だった。二七会に行くというのは口実で、実は再就職のためのカウンセリングを受けに行って、一時間半も待たされたあげく、生意気な若いカウンセラーにブラインドタッチでパソコンのキーボードを打てるかと聞かれ、返答に窮したんだ、などと言う気力はなかった。

妻と顔を合わせるのがおっくうになるなんて、はじめてだと思った。前を歩く二人の会話がとぎれとぎれに聞こえてくる。二人は、話し方や風体から判断して間違いなく富裕と同類の人種だった。つまり元それなりの上場会社にいて、管理職の経験がある。営業かエンジニアで、東京の大学を出て首都圏に住居がある。身なりがきちんとしていて、二七会の連中とも共通している。こなれた標準語を使う。風貌《ふうぼう》には現役時代の自信の残滓《ざんし》のようなものが刻まれている。ただ、肩を落として歩くその姿を見ると、周囲にはただの疲れた老人に映っているだろう。

「自分史を書き直せと言われたときは悔しくて涙がにじんだよ」

一人が自嘲気味に言って苦笑した。もう一人が何度もうなずきながら、この歳《とし》で夢を語れって言われてもな、と力なく相づちを打った。富裕は、前を歩く二人から今すぐに遠ざかりたいという思いと、近づいていって話しかけたいという矛盾した思いを、同時に抱いていた。

「時間かけてさ、自分にできること、やりたいことを必死でまとめたあげくにだな、差し出される仕事がビルの守衛や清掃というのは悲しくないか」

一人がそう言うのを聞いて、富裕はやっと現実を把握した。中高年が再就職先を見つけるのは絶望的にむずかしいのだ。

「そのあとどうしたんだ」

しばらくして、二七会の集まりではなく、個人的に駒野と会った。いつも二七会のあとに立ち寄る赤坂のホテルのバーで夕方の早い時間に待ち合わせ、ちょっとしたつまみを頼み、ウイスキーを飲んだ。

「いや、その二人もおれに気づいていて、ハローワークに寄った帰りに話しかけられ、喫茶店でコーヒーを飲んだ」

富裕は、苦笑しながら言った。二人を尾行するように南新宿のハローワークに行き、そのあといっしょに喫茶店に入って二時間も話し込んだ。二人は、富裕の想像通り、大手食品会社の元営業職だった。ともに定年退職したが、一人は両親の介護で、もう一人は子どもの学費で、再就職を迫られていた。しかし二時間も再就職について話し込み、携帯の番号も教え合ったのだが、その後連絡をする気になれなかった。一度、人材紹介会社で顔を合わせたが、会釈を交わしただけで話もしなかった。情報を交換したり、相談したり、なぜできなかったのだろうか。ただ愚痴を言い合うだけのような気がしたし、彼らの中に自分を見るようで、辛《つら》かったのかも知れない。結局、妻には、再就職についていっさい話していない。

駒野には、キャンピングカーの一件から順を追って話した。妻が同意しなかったこと、娘に言われて再就職を決意したこと、駒野は、途中で口をはさんだりせずに、黙ってうなずきながら話を聞いた。

「話には聞いていたが、再就職ってむずかしいんだな」

駒野は、天井から下がる黒い鉄製の重厚なシャンデリアを仰ぎ見るようにしながら、小タマネギのピクルスを口に放り込み、また水割りをなめる。

夕食は自宅で娘と約束しているらしくて、夕方早い時間に、水割りを一杯だけという約束で会うことにしたのだった。

そうなんだ、と富裕は曖昧にうなずいたが、実際に再就職のために動いたことのない駒野には本当のところはわかってもらえないだろうと思った。一週間かけて自分史を書いたのだが、例の口ひげのカウンセラーに簡単にダメ出しされた。何がしたいのか、何ができるのか、という問いは辛かった。これまで、そんなことは考えたこともなかったからだ。

やむにやまれずインターネットを見ると、同じような悩みの相談と回答例がいくつも載っていた。

「『したいことが何もないっていったいどういうことですか』とカウンセラーから何度も質問されて、不覚にも涙が出てきました。失業中の五十男が、今さら何をしたくて何ができるかなんてわかるわけもない。これまで、さんざんがんばってきましたが、自分史を十数回書き直したあげく、やっと受けとってもらい、そのあと可能性として示されたのはビルや駐車場の管理人や守衛などの雑務です。駐車場の管理人になるのに自分史が必要なんでしょうか。夢を語れる人間になりたいわけじゃありません。今までの経験が生かせるような仕事がしたいだけなのです。私は甘えているのでしょうか。何がしたいのか？　世の中の役に立ちたい、ではダメなんでしょうか」

相談の大半は、そんな感じで、回答はだいたい次のようなものだった。

「中高年の自己分析がむずかしいのは当たり前で、悩むことはありません。もっと素直になればいいだけの話です。世の中の役に立ちたい……、決して悪くない答えですが、曖昧でわかりづらいのです。カウンセラーにどう思われるかなどと気にしないで正直になりましょう。何がしたいのか？　ですが、旅行でも、散歩でもいいのです。何ができるのか？　だと、月に最低二十五万必要なのでどんな仕事でも文句を言わず働けます、そんな答えでもいいわけです。もっと自分に素直になって、自分を客観的に見つめてみませんか。きっと新しい自分がそこにいますよ」

そういった相談と回答は、確かに参考にはなった。富裕は、「何がしたいのか」には「営業職としてもう一度現場に立ちたい、どんな現場でもいい」と書き、「何ができるのか」には「他の人があきらめたときから自分は挑戦をはじめることができる」と書いた。「夢は何か」という質問には、「キャンピングカーで妻と旅行」と書こうとしたが、どうしても書けなくて、単に「いろいろなところへ旅行したい」と記した。そして、それらを考えているうちに、もっと重大な問いが意識の底から浮かんでくるようになった。「いったいこれまでの自分の人生って何だったのか」という問いだ。その答えが見つからない限り、「自分史」は書けない気がした。だが、そのことは、駒野には言えなかった。

「それで、再就職先の紹介は、まだ一件もないわけか」

駒野は、眉間《みけん》に皺《しわ》を寄せて富裕の話を聞き、そう質問した。求人は二つあった。群馬の印刷会社と栃木の手作り家具の店だ。印刷会社は従業員五人で、社屋はプレハブだった。手作り家具の店は、町興しの一環として行政の支援でできたNPO法人で、町外れの公民館を作業場と展示・販売所に改装したのだそうだ。そして提示された給与は、二社とも月額手取りで十五万円に届かなかった。

「群馬？　お前、職場が群馬でもいいって言ったのか」

横浜市内や東京都内にこだわると求人はないとカウンセラーに言われ、希望勤務地を首都圏とした。だが、現実問題として館林《たてばやし》や宇都宮《うつのみや》に勤務できるわけがない。通うのはとても無理だし、ネットで調べたところ印刷会社には寮があったが、二段ベッドが並んだ雑居房のような部屋だった。

「ハローワークでわかったんだけど、おれの単純な属性で判断されると、そんなものなんだよ」

ハローワークではタッチパネルのパソコン画面で求人情報を検索することができる。年齢、職種、希望勤務地、希望月収などの項目を選択して求人を見るのだ。最初希望月収を三十万円としたが、関東全域まで勤務地を広げても求人は一件もなかった。二十万に落としてもゼロで、十二万まで落とすと、数十件ヒットしたが、それらはビルの管理人、夜間の道路工事、冷凍倉庫での食品の仕分けと梱包《こんぽう》、それにビルや公園の清掃などだった。

「営業って資格もないし、客観的というか、数値で評価されないだろう。これが、フォークリフトや大型二種の免許があればちょっと違うんだ。税理士や薬剤師なんかは当然求人は多い。でも営業っていうのは、何の取り柄もありませんという代名詞みたいなものなんだよ。愕然《がくぜん》としたよ」

ハローワークで、ふいに裸にされたような気がした。誂《あつら》えたスーツを脱がされブランドもののネクタイをはずされて、ひんやりした空気に素肌をさらすような感覚にとらわれた。これまで、名の知れた中堅家具メーカーという目に見えない組織に、ちょうど鎧《よろい》や衣服をまとうように守られていたのだと思った。会社名を剝《は》がされたら、そこら中にうようよしているただの「五十八歳の元営業職」になってしまうのだ。

「彼らと、喫茶店で何を話したんだ」

駒野にそう聞かれて、シルバー人材センターという非営利組織の話をした。喫茶店で二人連れの男は、自嘲気味に、最後の最後はシルバー人材センターしかないんですよ、と教えてくれた。会員制で、会費は六百円から三千円程度で、センターごとに違う。会員に広く仕事を斡旋《あっせん》するためにローテーションが組まれて、だいたい月に数日間働き収入は数万円というところだ。

「シルバー人材センター？　何か聞いたことあるな、それにしてもベタな名前だな。どんな仕事があるんだよ」

シルバー人材センターが提供するおもな仕事は、信じがたいことに個人宅や公有地の草刈りの類《たぐい》だった。会員になると、特典として全国の旅館や「いこいの村」と呼ばれる宿泊施設に割引料金で泊まれるらしい。噂《うわさ》だが、各センターの理事長は大半が天下りで、百万近い月収を取っているのだそうだ。昔は高齢者事業団という名称で、定年後の雇用を確保するために全国に作られた社団法人だが、その実態が草むしりや草刈りの斡旋所だというのは笑えない冗談だと、二人は怒りを露《あら》わにしていた。


「富裕、お前、だいじょうぶだよな」

二人とも水割りを一杯飲み終わり、コートに袖を通しているとき、心配そうな表情で駒野がそう聞いた。どうしてそんなことを聞かれるのかわからなくて、え？　どういうことだ、と富裕は聞き返した。

「いや、別に大したことじゃないんだが」

コートを着終わった駒野は、カウンターを離れて出口に向かいながら、あまり気にしないほうがいいと思うんだ、とうつむいたままの富裕の顔を覗《のぞ》き込むように見た。おれは何も気にしてないぞ、そう言いながら富裕は、笑顔を作ろうとしたが、どういうわけか顔がこわばるような違和感があって、うまくいかなかった。

「おれたちって、多かれ少なかれ、会社人間だったんだよ。それで、会社から離れたときに何が起こるのかってことだけど、いや、お前はだいじょうぶだと思うよ。ただ、お前も言ってただろう。裸になった気がしたって。おれの周囲を見て感じるんだけどな。あまり甘く見ないほうがいいと思うんだ。うまく言えないけど」

駒野が言うことは、何となく理解できる気がした。しかも頭でロジックを理解するのではなく、皮膚や内臓に染み込むような感じで言葉が入ってきた。腑《ふ》に落ちるというやつかな、そう思った。

「おせっかいかも知れないが」

別れるとき駒野は、そう前置きして、まずキャンピングカーのことを家族で話し合って決めるほうが先なんじゃないかな、とアドバイスしてくれた。

「もともと再就職だって、動機はそれだろ。おれもそういうときがあったんだけど、おれたちって、基本的に話し合うのが苦手というのがあって、決定すべきことから逃げる傾向があるからな」

気が重かったが、家族が全員そろった夜に、話を切り出した。正直に答えてくれと前置きして、おれが計画しているキャンピングカーでの旅行だけど、みんなはどう思っているのかな、と聞いた。

「わたしは気が進みません」

妻がきっぱりと言って、それでだいたい話は終わった。そのあとのことはよく覚えていない。ただ、妻と娘が何度か「自分の時間」ということを繰り返した。旅行がいやだっていうわけじゃなくて自分の時間がなくなるのが困るんです、と申し訳なさそうに妻が言って、お父さんもわかってくれるよ、誰だって自分の時間というのは大切だから、と娘が重い空気をほぐすように、そう付け加えた。

富裕は、妻の回答は予想していたので、それ以上の話し合いはしなかった。何か言いたいことが残っている気もしたが、妻の回答はあまりに率直で、言葉を探す気力のようなものが失われていた。それに、確かに残念ではあったが、どこかすっきりとした思いもあった。駒野の言うとおり、まず最初に妻の意向をはっきりと確かめるべきだったのだ。妻も返事ができてほっとしたのだろう、顔が和やかになった。その夜は、久しぶりに家族四人ですき焼きを食べたのだが、和気あいあいとして、話が弾んだ。息子と娘も、懸案の問題が解決したということで、いつになくよく喋った。これでよかったんだ、富裕は、寂しさと解放感を同時に味わったが、自分では妻の意向に納得できたつもりだった。

身体的な違和感が最初に現れたのは、その翌々日だ。

朝起きて、コーヒーを淹れようとしたときに、喉《のど》に、妙な圧迫感を覚えた。風邪の痛みとは違っていて、はじめは痰《たん》がからんでいるのかと思い何度も咳払いをしたが、効果はなかった。圧迫感は微妙で、きつめのタートルネックのセーターを着た感じに似ていた。気にしなければいつか忘れるような、その程度だった。

しかし、その翌日、コーヒーを淹れて、飲もうとしたときにまた同じ圧迫感が現れ、一瞬呼吸が苦しくなるようないやな感覚にとらわれた。ハワイのコナのコーヒーだったが、うまく喉を滑り落ちていかないような予感がして、口に含んだものを思わず吐き出してしまった。

それが、はじまりだった。

まず地元の耳鼻咽喉《いんこう》科を訪ねたが、喉には異常がなく、都内の大学病院でも診断は同じだった。念のためにと、食道と胃の内視鏡検査を受け、肺のCTも撮ったが、どこにも病変はなかった。

妻が、知り合いの漢方薬局に連れて行ってくれたが、更年期などによく見られる咽喉頭《いんこうとう》異常感という症状で、一般的な不定愁訴《ふていしゅうそ》だということだった。加味逍遥散《かみしょうようさん》という薬を処方されたのだが、症状は改善せず、そのうち不快感が焦りと苛立ちに変わり、不眠が加わって、やがて正体がはっきりしない不安に襲われるようになった。

何か具体的な心配事があるとか、不安感の対象があるわけではなかった。逆に言えば、ありとあらゆるものに苛立ちや不安を感じるようになった。動悸がすれば心臓疾患を疑い、軽いめまいがしただけで脳の病気ではないのかと不安になり、下痢《げり》が二、三日続くと癌ではないかと怯《おび》え、息子や娘の態度が気になるようになり、朝挨拶しないで出勤した娘に対して、尊敬されていないのだと確信して、気持ちが沈んだりした。

とくに気になったのが、向かいの家の犬だ。黒のラブラドルで、よく吠《ほ》える犬だった。朝方、中途覚醒《かくせい》して、その吠え声で眠れなくなったとき、突然、あの犬を殺さなければという異様な考えが浮かんで、恐ろしくなった。以来、たびたび犬を殺すという強迫観念に悩まされるようになり、自分は精神に異変が起こっているのではないかという恐怖にもとらわれるようになった。

富裕は、そのうち治まるだろうと、一ヶ月ほどただ耐えていたが、朝コーヒーを淹れるのもおっくうに思えてきて、うつ病ではないかと疑うようになった。家族の前では、努めて普通に振る舞ったが、妻は異変に気づいて、何かあったのかと聞いてきた。実は再就職をしようとして、うまくいかないので落ち込んでいるだけだと説明した。まだそのころは、再就職の失敗が原因なのだと本当にそう思っていた。

不安感が強いときは、家族の前で平静を保つのが辛いこともあった。だが息子と娘には知られたくなくて、妻にもそのことは念を押した。家族全員から心配されると、さらに自信を失ってしまうような気がしたからだ。

医師に診てもらったほうがいいと妻は言った。絵画教室の仲間の紹介だという精神科のカウンセラーを薦められたが、妻と関わりのある医師にはかかりたくなかった。精神的に弱っていることを妻のネットワークに知られたくなかったのだ。

ためらった末に、駒野に相談してみた。駒野は、都内の大森にあるクリニックの心療内科医を紹介してくれた。だが、心療内科には抵抗があった。単に安定剤と睡眠薬と抗うつ剤を処方するだけの医師が多いという記事を新聞で読んだことがあったし、自分が心の病気だと診断されてしまうのも恐かった。

しかし、駒野も以前カウンセリングに通っていたと聞いて、考えが変わった。上の娘がカナダに行くと言いだして精神的に参っているころに、駒野も、本社の信頼する上司に相談して、その医師に引き合わせてもらったのだそうだ。

「よく勉強しているし、本当によく話を聞いてくれて、若いけど、いいドクターなんだ。だまされたと思って行ってみたらどうだ」

京急線の大森海岸駅から歩いて数分の、比較的新しいビルの中にクリニックはあった。常勤の看護師は一人だけというこぢんまりとしたクリニックだが、室内は清潔で、受付の対応もよく、富裕は好感を持った。装飾の少ない、ベッドと机と椅子だけのシンプルな作りのカウンセリングルームで、医師は待っていた。

心療内科医は、三十代半ばということだが、もっと若く見えた。中肉中背で、ひげをきれいに剃《そ》っていて、顔の色つやがよかった。愛想がいいというわけではないが、対面して椅子に座ると気分が落ち着いた。あとでわかったのだが、不必要なことは聞かないし言わない、というポリシーが安心感を与えるのだそうだ。いつもは大学病院の研究室にいるのだが、週に二日だけ、医大の先輩である院長に請われてクリニックに来ているのだという。

「うつ病などではありません」

数分間の会話のあと、医師はそう言った。

「その方の目を見れば、わかります。トミヒロさんは、ちゃんと目に力があるんです」

うつ病の人は、朝起き上がることができないときもあるし、顔を洗おうとして水道の蛇口を回せなかったり、何か書こうとしてもペンさえ持てないこともあるらしい。確かに富裕にはそんな症状はない。安心したが、じゃあこの状態はいったい何なんだと、納得できない思いも湧いてきた。

「病名を告げられると、納得する人もいます」

若い医師は、富裕の気持ちを見透かすように、微《かす》かな笑みを浮かべた。

「病名というのは一種のカテゴライズですからね。ただしですね、完全に健康な人というのが非常に少ないわけで、程度の差はありますが、誰でも何かしらの不調を抱えているんですよ。トミヒロさんは、娘さんから尊敬されていないとか、犬の吠える声がいやで、悩まれてるようですが、そういったことはこれまで一切なかったですか。本当にはじめて経験する思いですか」

そういえば、と富裕は思い当たることがあった。娘が高校生になったころからだが、関係が疎遠になって、ひょっとしたら軽蔑《けいべつ》されているのではないかという不安を覚えたことがあった。ただ、しばらくすると忘れてしまうので、気にしなかっただけだ。

それに、犬は、昔から苦手だった。小学生のころ、近所の秋田犬に尻を嚙《か》まれたのがおもな原因だと思う。友だちと道路でサッカーをしていて、その家の庭にボールが転がり、取りに入ったところをいきなりやられた。放し飼いにしていて、飼い主はメロンを持って謝罪に来たが、以来、犬を飼おうなどと思ったことはないし、たとえ子犬だろうが可愛《かわい》いと思ったこともない。犬の吠え声を聞くと、無性に苛立ったことは何度もある。

小さな旅立ち

やはり、そうですか、若い心療内科医は、納得するように何度かうなずいた。

「それで、その犬を殺してしまうのではないかという不安や恐れと、実際に殺すことは、まったく違います。人間は想像しますから、ときどき気持ちが弱くなったときなどに、想像に苦しめられることがあります。想像に苦しめられている人は、不安や恐れを、そのことで消費しているという考え方もあるんです」

「わたしが実際に犬を殺す可能性はまったくないのでしょうか」

「それは、トミヒロさんのほうが、よくご存じなんだと思いますよ。逆に言えば、自分は実際には犬を殺したりしないってことをどこかではっきりとわかっておられるので、想像力による不安や恐怖が起こることもあるんです」

富裕は、原因が知りたかった。こんな不安状態に陥ったのは、やはり再就職で挫折《ざせつ》し自信を失ったからなのだろうか。

「わたしの考えでは、違います」

若い医師は、妻との関係性の変化が原因だと言って、富裕を驚かせた。夢だったキャンピングカーでの旅を妻が拒んだからだろうか。

「きっかけは、そこですが、正確には、トミヒロさんが、奥様には奥様の時間があるということを、受け入れたからなんです」

キャンピングカーでの旅行がいやなわけではなく、自分の時間がなくなるのが困るのだと妻は言った。何度か「自分の時間」という言葉を使った。

「たとえ夫婦や親子でも、その人固有の時間というものがあって、それは他の人間には勝手にいじれないものなんです。会社ひとすじに生きてこられた中高年の男性に多いのですが、そのことに気づいていないケースが案外多く見られます。日本の会社にありがちな、従属と庇護《ひご》という関係性の中では、他人を、対等な別個の人格として受け入れる訓練ができていないことが多いんですね。誰でも自分の時間を持っているという、気づきですが、それは、人間にとって本質的で、一種の事件なので、人によっては、一時的にですが、精神が不安定になることがあるんです。そして、これはわたしの個人的な意見に過ぎないのですが、不安定になる人ほど、誠実な場合が多いです。

まず確認していただきたいのは、トミヒロさんにとって、奥様は大切な存在だということなんですね。大切ではなかったら、心が揺れるということはないんです。大きな気づきがあって、それを受け入れたことで不安になるわけですが、これからは、新しい関係を築いていくという段階になりますね。ある程度、時間がかかりますが、事実を受け入れるのは、とても勇気が要るんです。

トミヒロさんは、勇気があったのです。多くの人は、気づくのが恐いので、気づかないふりをして逃げますから、不安になることもないですが、いつまで経っても新しい人間関係が築けなくて、結局はさらに大きな問題を抱えることになるわけです」

新しい人間関係ということだが、妻や子どもたちとこれからどう付き合えばいいのかがわからない。そのことを聞くと、これまでどおりでいいんです、若い医師はそう言って、微笑んだ。

「別に、これまでと違うことをする必要はないんです。関係は自然に築かれて、しだいに不安感は薄くなっていきます」

誰にでも自分の時間があるという事実に気づき、受け入れるのは、これほど苦しいものなのだろうか。富裕は、眼下に駅周辺の景色が広がるベランダで、空のマグカップを両手で包み込むようにしながら、若い医師の言葉を反芻《はんすう》し、またその後会った駒野が言ったことを思い返した。

「キャンピングカーのアイデアは悪くなかったんだよ」

駒野はそう言った。

「おれは、上の娘がカナダに行ってしまったことを受け入れるのが、簡単じゃなかった。つい恨みがましくなるんだ。あいつが悪いんだと決めつけるほうが楽なんだよ。でも、悪いのは他人だと決めつけても、何も新しいことは起こらないとあるときに気づいて、それから二年くらいしてからかな、カナダ行きを考えるようになったんだ。悪いのは周囲だと決めつけると、気持ちが内向きになるだろ。気持ちが内向きになると、これが恐ろしいことに、心身とも、内に籠《こ》もりがちになる。半年くらい、二七会に参加しなかった時期があったけど、あの時期がそうだった。外に出たくないし、人に会いたくなくなるんだよ。

カナダのことを考えるのも、最初は死ぬほどおっくうだった」

駒野はそんなことを話し続けた。

「少しずつなんだよ。大切な誰かを、心から受け入れるというのは、大変な作業なんだって、まずわかる。そして、少しずつ、本当に少しずつだよ、何か、自分を守る膜のようなものができていくんだ。そして、その膜の原材料みたいなやつだけど、これは、面倒なことに、自分の外側にしかない。別に、外国とかじゃない。どこでもいいんだよ。家の中にずっといるとわからないが、外出して、寒い中、家に戻ると、家が暖かく感じられるだろう。そんな感じかな」

確かにおれは籠もりがちになっている、初夏の日差しを浴びながら、富裕はそう思う。若い医師が弱い安定剤を処方してくれた。だが常用はせず、頓服《とんぷく》として不安感が強くなると飲み、何とか一日を過ごす、この三ヶ月ほどはその繰り返しだ。

駒野とは会っているが、二七会には行っていない。積極的に外に出ようという気持ちにはまだなれない。犬の吠え声にはいまだ慣れることができなくて、殺意のようなものも完全に消えたわけではない。しかし、あいつはきっと吠えるのが仕事なんだ、と思うようにすると、苛立ちは薄くなった。

確かに焦りはある。無為な日々を過ごしていることには変わりはない。だが、今は日々を過ごすだけで充分で、焦るのがもっともよくないと若い医師は言った。損傷した臓器がゆっくりと復元されていくように、時間の経過によって、新しい関係が作り上げられるのだそうだ。

おれにとっての「外」とはいったいどこにあるのだろうか。三日ほど前に妻が言ったことが妙に心に残っている。町内の自治会で、子どもの柔道と剣道の教室を開くことになって、講師を募集しているらしい。子どもに柔道を教える、そんなことでもいいのだろうか。「外に出る」ことになるのだろうか。

富裕は、半世紀前の自分と同じように、大勢の子どもたちが受け身の練習をしているところをイメージしてみた。悪い感じではなかった。ふと、久しぶりにコーヒーを淹れてみようか、と思った。しばらく迷った末に、富裕は、お湯を沸かすために、立ち上がった。

ペットロス

ボビーとの出会い

高巻淑子《たかまきよしこ》は、イシグロさんの家に招待されるのが好きではなかった。イシグロさんは、夫の元取引先の会社の専務取締役で、偶然家が近い。夫は、中堅の広告代理店で三十八年働き、六年前に定年退職した。イシグロさんは二代目だが、かなりのやり手で、昔ながらの洋服屋を、若い女性に人気があるアパレルメーカーに変えた。複数のファッションブランドを抱え、都心を中心に三十店舗以上ある直営店をまとめる事実上の経営者だった。この数年、女性用の小物や日用品を扱う店もオープンさせて大成功しているらしい。雑誌で取り上げられるほどの有名経営者だが、夫より、実際には十二歳若く、見た目だと二十歳近く若く見える。

高巻淑子のマンションは川崎市で、イシグロさんの豪邸は横浜市だが、広い公園が横たわる形のそれぞれの市の境界線をはさんで、歩いても十数分の距離だった。イシグロさんは、長身でハンサムで、元女優を妻にしているし、一見派手に見えるが、仕事ひとすじの人で、人間的にも文句のつけようがない。元女優の奥さんも、優しい人柄だし、招待客への気のつかい方もほとんど完璧だといつも思う。

イシグロさんは、律儀な人で、まだ会社が軌道に乗っていなかったころ、夫が勤めていた代理店からの支援がありがたかったのだと、今でも感謝しているらしい。だから、ホームパーティなどには、夫とともに必ず招待された。高巻淑子はホームパーティが嫌いなわけではなかった。元女優の奥さんは、中国語が堪能《たんのう》で、太極拳が趣味で、パーティはたいてい中華料理で、信じられないほど複雑な味の皇帝プーアル茶を飲むことができた。おかげで、高巻淑子もプーアル茶が大好きになった。

いやなのは、パーティのときの、夫の態度だった。夫は、イシグロさんに招待されるのがうれしくて、また経営者として心から尊敬しているようで、常に異様に謙虚な態度で、しかも元女優の奥さんのことをほめまくるのだった。イシグロさんの家には、地下に広いカラオケルームがあり、奥さんは、いつも中国語でテレサ・テンの歌をうたった。

夫は、イシグロさんの家から戻ると、奥さんがいかに美しいかを、バカみたいにえんえんと、独り言のようにつぶやき続ける。自分の妻のことは一言もほめない。そんなとき、高巻淑子は、必ず夫から離れ、愛犬のボビーと近くの公園に散歩に行くことにしていた。

夫が五十八歳、高巻淑子が五十三歳のとき、電子部品メーカーに勤めていた息子が結婚し、ほぼ同時にベトナムの現地工場に転勤になった。無口で大人しい性格の息子は、小さいときから機械いじりが好きで、就職後も同居していたので、急に寂しくなり、犬を飼うことを、苦労の果てに、夫に認めさせた。夫は、猫を飼いたがったが、高巻淑子は、絶対に犬を飼うと主張した。猫が嫌いというわけではなかったが、どうしても犬を、それも柴犬を飼いたかった。

高巻淑子は、四国の松山で六十年ほどの歴史を持つ古い旅館の長女だが、兄が跡を継ぐことになって、東京の私大に入ることを許された。卒業後は、東京に住む親戚が経営する乗用車の販売店で事務をしていた。二十三歳のとき、その親戚の紹介で、半ば見合いのような形で夫に会い、二ヶ月ほど付き合ったあと、結婚を決めた。とくに心惹《ひ》かれるというわけではなかったが、会話が楽しく、いやなタイプでもなかったし、広告代理店勤務という響きはどこか都会的だったし、何より二十代前半で結婚するのが当たり前だという時代だった。

夫も、似たような気持ちだったのだと思う。夫は、やはり地方出身者で、あまり裕福ではない家の生まれで、アルバイトをしながら有名私大を卒業していたが、家族や友人など周囲から勧められるままに、高巻淑子といっしょになった。夫は、俗に言う「面食い」で美人と結婚するのが夢だったのだそうだ。「でもまあ結婚って、きっとこんなものなんだろうなという感じでお前といっしょになった」と、息子が生まれたころに、そんなことを言われた。高巻淑子は、決して醜い容姿ではないと自分でも思っていたし、学生時代には複数の男からラブレターをもらったこともある。だが、男が振り返る、誰もが認めるような美人でもなかった。

柴犬は、子どものころから好きで、飼いたかった。祖父が柴犬を飼っていて、よくいっしょに散歩に行った。だが母親が大の犬嫌いで、絶対に飼うことを許してくれなかった。いつか、結婚して家庭を持ったら必ず柴犬を飼うと心に決めていたのだ。

結婚した当初は今よりもはるかに狭いアパートに住んでいて、犬を飼えるような環境ではなかった。しかもすぐに息子が生まれ、育児に追われるようになって、いつの間にか柴犬を飼うという願望を忘れていた。

今のマンションに越してきたのは、二十年ほど前で、ちょうどバブルが終わって、住宅価格が暴落しはじめたころだった。夫は仕事熱心な人だったが、広告代理店という一見派手な職種のわりには、酒や外食を好むわけでもなく、また趣味と言えるものもほとんどなく、たまに囲碁を打つくらいで、生活はつつましかったから、川崎と横浜の境の新築の４ＬＤＫのマンションを手に入れることができた。かなりの額の頭金を積めたので、ローン返済も比較的楽だった。

夫は典型的な「外型人間」で、外では快活に話し話題も豊富らしいが、家では読書をしたりテレビを見たり、あまり会話がない。結婚前や新婚時代は、映画を観《み》に行ったり、外食をして、楽しい話を聞かせてくれたが、息子が生まれたころから、会社で複数の有力なクライアントをまかせられ、忙しくなったこともあって、夫婦の会話が少なくなった。定年退職してからは、インターネットでブログをはじめ、ほとんど一日中書斎のパソコンに向かっている。息子は、容貌《ようぼう》が母親に似て地味で、性格は父親に似て無口なために、かなり高度な電子機械部品のエンジニアで高給取りだったが、三十近くまで女性に縁がなかった。文化センターでバイオリンを教えていた三歳年上の女性を知人に紹介され、あっという間に話がまとまり、結婚して二ヶ月後には二人してハノイに旅立っていった。

そして、その二ヶ月後、高巻淑子はついにボビーと巡り会ったのだった。インターネットで「柴犬」と検索して、すぐ近くの獣医のホームページを見つけ、メールを出して、ブリーダーを教えてもらった。ペットショップよりも、信頼できる個人のブリーダーから買うほうがいいのだと獣医は言っていた。ペットショップでは健康状態が正確にはわからないし、だいいち割高らしい。静岡の御殿場《ごてんば》に住むブリーダーの家に出向き、その庭で、ため息が出るほど可愛《かわい》い柴犬の子犬たちが遊んでいるのを見た。

ブリーダーは農家で、広々とした庭には生後三ヶ月だという四匹の子犬がいて、母犬の周囲を走り回り、じゃれ合っていた。高巻淑子は、四匹のうちでもっとも活発で可愛い顔をしているオスの子犬を買った。柴犬の顔の基準というのはよくわからないから、単に自分の好みの顔つきの子犬を選んだのだが、ブリーダーの女性から、見る目がおありです、と言われた。

「眼が輝いている感じでしょう。その子がいちばん元気なんです」

名前はすでに決めてあった。ボビーだ。たとえメスでもボビーにしようと思っていた。とくにこれと言った理由はなく、呼びやすいし、お茶目で、いたずら好きの印象がある名前だと思った。

ボビーを入れたペット用バスケットを助手席に乗せて、車で自宅に戻るときの幸福感は今でも忘れられない。

ボビーによってもたらされた幸せはとても言葉では表せないものだった。ボビーのおかげでいろいろな人と出会った。マンションから歩いて十分ほどのところに、非常に広い公園があり、愛犬家のたまり場になっていた。みなさまざまな種類の犬を連れ、午前中の遅い時間に三々五々集まってきて、たわいのない世間話をするだけなのだが、それが楽しかった。

最初のうちは、集まっている人々の輪に入っていくのがためらわれたが、ヨシダという男性のおかげでスムーズに仲間になることができた。ヨシダさんは、五十代後半で、かなり有名なデザイナーらしかった。ポスターとか、シンボルマークとか、そういったものをデザインしていて、いくつも賞を取っているのだそうだ。家は川崎側ではなく横浜側にあり、乗用車が四台入る広い駐車場があって、ドイツ製のスポーツカーを二台も持っているらしい。

ヨシダさんとの出会いも、ボビーが演出してくれたものだった。ボビーがやってきた年の冬、めずらしく雪が積もった朝のことだ。こんな日にも散歩に行くのか、ご苦労なことだな、という夫の嫌みな言葉を無視して、高巻淑子は、長靴を履き、ダウンジャケットを着て、ボビーにも赤のレインウエアを着せて、公園に出かけた。

ボビーとの日々

川崎と横浜の境界にあるその公園は、高低差のある二つのスペースに大きく分かれていて、林の中のボードウォークと木の階段を使って行き来する。

上部のスペースには簡素な展望台のようなテラスと細長い草原と林があり、下部のスペースは、木々に囲まれ、野球場がいくつもできそうなくらい広かった。

その朝、高巻淑子は、新雪が積もった木の階段を、ボビーを連れて下り、下部のスペースに出ようとした。だが途中で、滑りそうになって思わず悲鳴を上げた。雪で見えなかったが、階段が凍っていたのだ。恐《こわ》くなって、立ちすくんだ。階段には手すりがなく、進むことも戻ることもできなくなった。ボビーは、十センチ以上積もった雪に細い足先を埋めたまま、不安げな表情で、高巻淑子を見上げるだけだった。何か困ったことが起こっていると、ボビーにはちゃんとわかる。いつだったか、イシグロさんの家から帰ってきて、夫があまりに奥さんの歌と美貌《びぼう》をほめるので、部屋で一人で泣いたことがあった。ボビーはまだ子犬だったが、近づいてきて、「元気を出して」と言っているかのように、涙で濡《ぬ》れた頰《ほお》をぺろぺろとなめてくれた。

「どうぞ」

階段で立ち往生しているとき、背後から、その声が聞こえて、黒いダウンコートに包まれた腕が目の前に差し出された。もっと、しっかりつかまないと危ないです、そう言われて、その腕を力いっぱいつかみ、その声の主の顔を見る余裕もなく、一段ずつ、ゆっくりと階段を下りた。地面に下り立ったとき、高巻淑子は、やっと助けてくれた男性の顔を見ることができた。五十前後の、精悍《せいかん》な顔つきの男性で、それがヨシダさんだった。ヨシダさんは、階段のほうを振り向き、おいで、と言って、指笛を吹いた。階段のいちばん上に、ドーベルマンが座っていて、指笛を聞くと、ヨシダさんの脇まで駆け下りてきた。ボビーが、ドーベルマンを恐がって吠《ほ》えたが、だいじょうぶだよ、とヨシダさんはそう声をかけた。

「こいつは、優しすぎるくらい優しい性格だから、だいじょうぶ」

ボビーは、他の犬に対して、人間で言えば人見知りだったので、ヨシダさんのドーベルマンを恐がり続け、かん高く吠え続けた。すみません、この子、恐がりなんです、高巻淑子が謝ると、ヨシダさんは、苦笑して、雪が積もった草原を歩きだした。見渡す限りの雪野原で、雪合戦をしたり、雪だるまを作る子どもたちが何人かいるだけで、さすがに他には誰も犬を連れた人はいなかった。

「ドーベルマンがお好きなんですね」

ボビーが恐がらないように、少し距離を取って歩きながら、そう聞いた。ヨシダさんは首を振って、犬なら何でも好きですよ、と白い息を吐きながら笑った。

「実は、妻が、数年前に乳癌《にゅうがん》で亡くなりまして、子どもたちが、わたしのことを心配して、こいつをプレゼントしてくれたんです」

ヨシダさんは子どものころからやはり大の犬好きだったそうだ。だが出張が多く、デザインの仕事を手伝ってもらっていた奥さんも必ず同伴させていたので、なかなか飼う機会がなかったのだと、寂しそうな表情になって、そういうことを言った。奥さんのことを思い出しているんだろうなと、高巻淑子は、それ以上その話題に触れるのを止《や》めた。

雪遊びをしている子どもたちから離れると、ヨシダさんは、ドーベルマンをリードから放した。サリー、ほら、遊んでこい、ヨシダさんがそう言うと、ドーベルマンは、雪の中で餌《えさ》を探していた野鳩の群れのほうに全力で走っていった。驚いた野鳩が飛び立ち、空を舞ったが、ドーベルマンはしばらくその群れを追って、雪の草原を駆けた。真っ白な雪の中を走る黒いドーベルマンは、とてもきれいで、生命力の象徴のように思えた。

「サリーっていう名前なんですね」

高巻淑子が、ボビーの頭を撫《な》でながら、そう言うと、魔法使いサリーですよ、ご存じですか、とヨシダさんは、子どものような笑顔を見せた。『魔法使いサリー』は、高巻淑子も好きだったアニメで、ヨシダさんは、妹さんといっしょに見ていたらしい。

その雪の日の出会い以来、公園でヨシダさんと出会うのが楽しみになった。凍った階段で体を支えてくれたヨシダさんの力強い腕の感触を思い出すと、胸がときめいた。

ヨシダさんは、公園の愛犬家たちに人気があった。誰からも好かれていて、必ずグループの中心にいた。公園は、休日には、近隣の家族連れが大勢ピクニックに訪れる。だから愛犬家たちはみな、人が少ない平日の午前中が気に入っていて、そのほとんどは女性だった。男性は、リタイアした年配の人や近所の商店主などに限られているのだが、自由業のヨシダさんはその中でも特別な存在で、女性たちは、いつもドーベルマンのサリーを囲むように集まってきた。

公園は、正式には菅生《すがお》緑地という場所で、入り口が三つもあり、遊歩道と小さなフィールドアスレチックと子どもたちがそりで滑り降りる傾斜地などがあるだけで、あとは広大な草原と雑木林、それに銀杏《いちょう》並木、群生する桜など、自然がそのまま残されている。春は桜、夏はセミの声、秋は紅葉、冬はシルエットになった木々、どの季節もすばらしく、草原を歩くだけで、すがすがしく優しい気分になった。ボビーを連れて、木々の香りに包まれると、夫や、その他の煩わしいことをすべて忘れることができた。こんなに幸福な時間はこれまでの自分の人生にはなかった、心からそう思えた。

愛犬家が集まる場所は、子どもたちが多い傾斜地から距離にして二百メートルほど離れたあたりで、周囲には桜の木が群生している。人数が多いときは、さながらドッグショーのような光景になる。ダックスやシーズーやチワワ、それにトイプードルやヨークシャーやスコティッシュテリアなど、小型犬が多い。どうしても女性は小型の愛玩犬《あいがんけん》のほうが扱いやすいし、マンションや、建て売りの狭い庭では大きな犬は飼いにくいからだ。そんな中で、ドーベルマンを連れたヨシダさんは、よく目立った。ヨシダさんは、著名なデザイナーだからみんなに人気があったわけではない。その逆で、まったく偉そうなところがなく、誰にでも礼儀正しく接して、おしゃべりな女性たちの話を誠実に聞いてくれて、笑顔を絶やさなかった。でも、高巻淑子は、大勢がいるところでは、気後れして、なかなかヨシダさんと話せなかった。だから、楽しみなのは、他の愛犬家たちが敬遠する雨の日だった。

季節にかかわらず、雨の日の公園は閑散としている。愛犬家たちもほとんど姿を見せない。犬が濡れてしまうし、傘を差しながらの散歩は快適とは言えないからだ。でも、高巻淑子は、雨の日が好きだった。大勢と歓談するのは、どちらかといえば苦手で、どんな話題を選べばいいのかわからない。これといって趣味もないし、夫は、代理店に勤めていたころは土日も仕事を持ち帰って忙しく、退職してからはブログを書くために部屋に籠《こ》もりがちで、いっしょに旅行に行くことなどまったくなかったし、退職前は外食ばかりだったので、家にいるときは外で食べるのをいやがった。愛犬家の女性たちは、旅行やグルメの話が好きだったから、話題に参加できなかった。ダイエットや美容やファッションにもそれほど興味がなかったので、いつも黙りがちで、聞き役に回っていた。

だから、雨の日は特別だった。ヨシダさんは、たとえどしゃ降りの日でも、サリーを連れて公園に現れた。東屋《あずまや》のような屋根のあるベンチに座って、ヨシダさんと話すのは、最上の喜びになった。夜の予報で、明日が雨だとわかると、心が、ときめく。そして高巻淑子は、イシグロさんの奥さんに教えてもらって少しずつ買い集めたプーアル茶を、中国式のガラスの茶瓶に詰めて公園に持っていき、ヨシダさんに飲んでもらうことにしていた。皇帝プーアル茶のような高級品はなかったが、横浜の中華街で買った十年ものの熟茶を選んだ。少ないコレクションの中で、もっとも良質のプーアル茶だった。

ヨシダさんは、博識で、外国のことも、映画や音楽のことも非常に詳しく、独特の考え方の持ち主だった。だが、決して知識をひけらかすことはなく、わかりやすい言葉を選んで、わかりやすく話してくれた。強く印象に残っている話がいくつもある。

人見知りのボビーは、サリーに馴《な》れるのに一年近くかかった。しかもボビーは草原を駆け回ることに興味がないようで、ベンチの脇にお座りして、リードから放され、野鳩を追うサリーをじっと眺めるだけだった。

「こうやって、ボビーが座っているのを見ると、忠犬ハチ公みたいですね」

雪の日に知り合ってからすでに四年ほどが経《た》ったころ、桜が散りはじめた四月のある雨の日、ヨシダさんはそんなことを言った。

忠犬ハチ公と聞いて、そういえば、お座りをしているときの佇《たたず》まいが、あの渋谷駅前の有名な銅像に似ているかも知れないと思った。ただ、確かハチ公は秋田犬だ。それに、ボビーは、話に聞く忠犬ハチ公とは性格がまったく違う。

「ボビーはだめですよ」

　笑いながら、高巻淑子は言った。

「だって、すごくわがままなんです。小さいころからわたしが甘やかしたせいで、どれだけ可愛がってても、それが当然だと思ってるみたいなんですよ。たぶん、ひょっとしてわたしが死んだら、すぐ他の人になついてしまうんじゃないかな」

　なるほど、とヨシダさんは、遠くを見るような表情になり、しばらく黙ったあと、ぼくはわがままな犬のほうが好きですね、とぽつりと言った。

「ハチ公って、実は、渋谷駅周辺で野犬のような生活をしていたらしくて、そのころ、すごくいじめられたみたいなんです。それをね、不憫《ふびん》に思ったある人が、亡くなった主人を待つ哀れで忠実な犬という文章にして寄稿したんですね。それで、すごく有名になってしまったんですが、ぼくは、やや違和感があるんです」

　ヨシダさんは、カップのプーアル茶をゆっくりと飲みながら、そんなことを言った。違和感とはどういう意味だろうか。元気なドーベルマンのサリーは、ぬかるんだ地面で転びそうになりながら、野鳩の群れを追い続けている。

「ハチ公ですが、ひょっとしたら可哀相《かわいそう》な犬だったのかなって思ったりするんです。飼い主が亡くなったあと、他の、新しい飼い主になついたほうが幸福じゃないですか。亡くなった主人を思い続けるのは、美しいかも知れないけど、美しいことが必ずしも幸福に結びつくわけじゃないってことですけどね」

そのあとヨシダさんは、指笛を吹いてサリーを呼び寄せ、濡れた首筋を撫でてやった。そして、突然、亡くなった奥さんの話をした。癌が、肺とリンパに転移したころ、奥さんから言われたらしい。あなたは寂しがりやだから、わたしが死んだら、優しい誰かと、出会ってくださいね。

「あの言葉が忘れられなくて、逆に、誰とも出会いたくないと思ったりするんです」

そう言ったあと、荒い息のサリーに向かって、お前もプーアル茶、飲んでみるか、おいしいぞ、と微笑《ほほえ》みかけた。

雨に混じって、桜の花びらが舞い落ちる。だが、広大な公園には、他に人がいない。どうして誰もこんなにきれいな風景を見に来ないのだろうと、高巻淑子はいつも不思議に思う。雨は陰気だという人の気持ちもわかる。陽気な雨というのはあまり想像できない。だが、雨には優しさがあると思う。燦々《さんさん》と降りそそぐ日差しは確かに爽快《そうかい》だが、気分が沈んでいるときなど、その明るさを敬遠したくなることがある。雨は、視界をけむらせ、風景の輪郭を曖《あい》昧《まい》にして、そんなにがんばらなくてもいいんだよ、と誰かに言われているような優しさを感じる。

「プーアル茶がお好きなんですね」

もう一度リードから放しサリーを走らせたあと、空になったカップを戻して、ヨシダさんから聞かれた。高巻淑子は、イシグロさんの奥さんの端整な顔立ちを思い出しながら、うなずき、お友だちに教えてもらって、と小さな声で答えた。

「お茶はいいですよ」

微笑みを作るヨシダさんの肩に、桜の花びらが何枚か載っていた。それを払ってあげたいと思ったが、恥ずかしくてできなかった。ヨシダさんはそのあと、お茶がその代表だけど、こんなにいろいろな飲み物を味わうのは、地球上の生きものの中で人間だけだという話をしてくれた。人は、何か飲み物を、喜びとともに味わえるときには、心が落ちついているのだそうだ。

「ほら、よくテレビドラマとか映画とかで、パニックというか、あまりに悲しかったり、苦しかったりして、自分を失いそうになった人に、深呼吸しなさいとか言って、水を飲ませるでしょう。何かね、心が揺れて、自分自身を失っているときって、お茶を楽しむ余裕がないんですよね。ぼくは、だからお茶っていうか、飲み物は、単に水分を補給するだけじゃなくて、もっと意味があるんだと思うんですね。悲しいことや苦しいことがあるときに、ゆっくりとお茶を飲んで救われることって、多いと思うなあ」

ヨシダさんは、そんな話をして、肩に載った桜の花びらに気づき、軽く手で払った。そして、雨の中を駆け回るサリーのほうをじっと見た。その表情が、とても寂しそうで、高巻淑子は、亡くなった奥さんのことを思い出しているのではないかと、切なくなった。

「この子、ボビーですけど、さっきわがままっておっしゃいましたが、そうなんですか」

ヨシダさんが聞いた。寂しそうな表情が消え、微笑みが浮かんでいた。高巻淑子は、心が和むのを感じたが、さっきの寂しそうな表情もとても魅力的だったと思った。二杯目のプーアル茶をカップに注ぎ、そう、本当にわがままなんですよ、ね？　と、ボビーの頭を軽く撫でた。

「どんな風にわがままなんですか」

ヨシダさんも、ボビーの頭を撫でようとした。でも、ボビーは、人に触られるのがあまり好きではないので、手を振り払うように頭を振って、離れたところまで歩いて行き、また同じ姿勢で座った。

「ほらね、何となくわがままでしょう？」

そう言うと、ヨシダさんは、本当ですねと、楽しそうに笑った。大きくもなく、小さくもない、ちょうどいい音量の、笑い声で、わざとらしさがなかった。夫のことを思い出した。夫は、家では笑い声などほとんど立てないのに、イシグロさんの家に行くと、それほど面白くもない話でも、顔を崩して大声で笑った。わざとらしさを感じて、高巻淑子はうんざりした。

「あと、犬って、おいでって呼んだときにちゃんと来るっていうのが、しつけの基本じゃないですか。この子、呼んでも、すぐには来ないんですよ。でもね、呼ばれたら行かないといけないってわかってるんです。でも、来ないんです。何度か呼んで、怒っているような素振りをすると、しょうがないなあと言っているような顔をして、トコトコ近寄ってくるんです」

ヨシダさんは、ふーん、そうなんだ、とつぶやき、でも、悪くないですよ、と興味深そうに、ボビーをじっと眺めた。ボビーは、見られているのがわかったのだろう、何だよ、という風にちらっとヨシダさんを見て、またすぐに野鳩を追うサリーに視線を移した。

「犬って、どうして、呼んだらそばに来るんだと思いますか」

そう聞かれて、しつけ、じゃないんですか、と言うと、そうかなあ、ぼくは違うと思うんですよね、とヨシダさんはうれしそうな顔をして、おい、そうだよな、とボビーに声をかけた。

雨が少し小降りになっていた。サリーは、野鳩を追いかけるのに疲れたのか、ハアハアと荒い息を吐きながら、戻ってきた。ヨシダさんは、サリーの首のあたりを撫でてあげながら、お前は、何かいいことがあると思うから、こうやって、ぼくのところに戻ってくるんだよな、そうだよな、と呼びかけた。

「しつけというのは、命令を守らせるということで、まあ、間違いじゃないですが、要するに、名前を呼ばれて、飼い主のところに行くと、必ずいいことがあるって、犬がわかっているからだと思うんですね。人間は、家庭や学校で、呼ばれたら返事をしなさい、呼ばれたら行きなさいって、教えられるわけですよ。つまり、呼ばれたら、行かなければ損をする、ということです。ただ、犬は、呼んでも来ないからって棒で打ったりしたら、ますます来なくなるはずなんですよね。名前を呼ばれて、おいでって言われて、飼い主のところに行けば、必ずいいことがあるから、行く、ぼくは、そういうのが、本当の信頼じゃないかと思うんです」

そんな話を聞いたのは、生まれてはじめてだった。もちろん信頼という言葉はよく聞くし、その意味も知っている気でいたが、それがどういうものか、考えたことはなかった。

それから半年ほど経った雨の日、草原で会って、また東屋のベンチに向かい合って座ったのだが、ヨシダさんは、めずらしく元気がなかった。どうしたんですか、と聞こうとして、止めた。人には話をしたくないときもある、と思ったからだが、そんなことに気づいたのははじめてで、自分で驚いた。どうぞ、いつものように、カップにプーアル茶を入れて、差し出すと、ありがとうございます、とヨシダさんは、会釈《えしゃく》して、ていねいにお礼を言った。その日は、野鳩の群れが見当たらなくて、リードから放されたサリーは、葉を落とした桜の木の枝に留まっている数羽のカラスに目をつけ、吠えて飛び立たせ追いかけようとした。だが、カラスは、野鳩と違い、驚いて飛び立ったりしなかった。悠然と羽づくろいを続け、やがてサリーはあきらめて、東屋に戻ってきた。実は、とヨシダさんが、ポツリと言った。

「今日は、死んだ妻の誕生日なんです」

亡くなった奥さんの誕生日、と言われて、高巻淑子は、少し慌てた。どうして自分にそんなことを言うのだろうという疑問と、プライベートの大切なことまで話してくれてうれしいという思いの両方があった。だが、こちらからいろいろと質問するのは失礼な気がして、そうなんですか、とだけ、小さな声で言った。

「すみません、こんなことを」

ヨシダさんが、悲しそうな顔をして謝るので、そんなことないですよ、と高巻淑子は首を振った。

「それで、ぼくは、そのことを忘れていたんです。子どもから、お母さんの誕生日だねってメールが来て、びっくりしました。ぼくはもともと、朝が弱くて、何となく気持ちが沈んだりするんですね。それで、こうやってタカマキさんとお話しさせてもらったりしているうちに、少しずつ気分が和むんです」

ヨシダさんは、これまでにもときおり寂しそうな表情をすることがあったが、高巻淑子は、それはとても魅力的だと思っていた。愁い、という古い言葉を思い出したりした。だが、その日のヨシダさんは、ちょっと違っていた。自分を責めているような、痛々しい感じがした。

「いつか、リタイアしたら二人で海外を回ろうと、よく言ってました。でも、妻はその前に、病気になってしまって、結局、仕事以外の旅行はほとんどしたことがなかった。ぼくは、妻と子どもを最優先にして生きたいと思って、それを実行してきたつもりだし、妻も子どもたちも、そのことをよく知ってるんです。子どもも、ぼくに何か頼んだら、ぼくが絶対に断ることがないと知ってるんです。だから、逆に、どうでもいいことは頼んだりしないんです。本当に必要なことだけを言うようになってました。だからですね、妻は、海外旅行に行きたいと、ぼくに言えなかったんだろうなと、そう思って、辛《つら》くなりました。旅行に行きたいと言えば、必ずぼくが連れて行くのを知ってるので、悪いと思ったんでしょうね。誕生日を忘れていたって気づいて、どういうわけか、そんなことを思い出してしまって、すみません、こんな話を」

いいえ、わたしなら、だいじょうぶです、高巻淑子はそう言って、どうぞ、というようにテーブルに置かれたままのプーアル茶のカップを、ヨシダさんのほうに近づけた。

「これは、おいしいですね」

ヨシダさんは、奥さんの思い出を身体の奥に仕舞おうとするかのように、ゆっくりとプーアル茶を飲んだ。高巻淑子は、複雑な気分になっていた。ヨシダさんは、亡くなった奥さんの誕生日を忘れていたことで、たぶん自分を責めているのだろう。いつもの快活さがない。だけど自分は何もしてあげられない。それに、亡くなった人に対して失礼かも知れないが、高巻淑子は、ヨシダさんの奥さんがうらやましかった。

信頼、ヨシダさんは、よくその言葉を使う。ヨシダさんは家族を最優先にしていて何か頼まれたら絶対に断ることがない、だから、家族の側も、どうでもいいことを頼んだりしない、そんな話を聞いたのははじめてだし、考えたことも、想像したこともなかった。

自分は夫に何か頼んだことがあるだろうか。息子が結婚してベトナムに赴任が決まったとき、犬を飼いたいと言ったが、マンションで犬を飼うのか、とさんざん文句を言い、お隣さんがポメラニアンを飼っていると教えて、自分のへそくりで買うから家計には響かないと言うと、しつこくへそくりの額を聞き出そうとして、そもそもへそくりを何につかうつもりだったのかと、まるで刑事の取り調べのようなきつい口調で質問し続けたあげく、最後も、いいよ、ではなく、勝手にしろ、で終わった。犬小屋をベランダに設置するときもいっさい手伝おうとしなかったし、ボビーが部屋に入ることを固く禁じて、散歩から戻ってくると、わざわざ書斎から顔を出して、カーペットが汚れていないかをチェックしたりした。当然、ボビーも夫にはなついていない。ベランダに面した窓越しに夫の姿を見ると、敵に向かうように吠える。だから夫はますますボビーのことを疎ましく思うようになり、それにつれて夫婦仲も悪くなっていったような気がする。食事中も、テレビを点《つ》けっぱなしにして、ほとんど会話がない。夫が、笑顔で話しかけてくるのは、イシグロさんの家に行ったときだけだった。仲がいいごく普通の夫婦に見られたいのだろうと思う。だが、カラオケルームのチークタイムでは、必ず他の女性と踊った。

ヨシダさんと奥さんの話は、まるで別世界のおとぎ話か映画の中の世界のように感じられた。

「ごめんなさいね」

高巻淑子は、思わずそんなことを口走った。

ヨシダさんは、え？　どうかしたんですか、と驚いた顔でこちらを見た。すぐには言葉が出てこなかったが、思ったことをそのまま口に出した。

「わたし、だめなんです、慰めの言葉も知りませんし、何もできないので」

ヨシダさんは、そういうことか、と何度かうなずきながら、東屋を出て、両手をかざし、雨が止んだみたいですよ、少し歩きませんか、と言って、サリーの首にリードをつけ、先に立って遊歩道を歩きだした。サリーとボビーは、歩幅が違う。並んで歩いても、サリーは悠然として落ちつきがあるが、小刻みに足を動かすボビーはゆとりがなく、ちょうどお付きの家来のように見えてしまう。しかも、警察犬訓練所に半年間入っていたというサリーは、ヨシダさんの左脇にぴったりとからだを寄せ、脇目もふらずに同じペースで歩くが、ボビーは、コースを変えようとしたり、ひんぱんに立ち止まってクンクン臭《にお》いを嗅《か》いだりした。そのたびに、ヨシダさんとサリーは、止まって、ボビーが追いつくのを待たなくてはならなかった。

でも、高巻淑子は、そんなボビーが好きだった。何の訓練も受けていないので「伏せ」も「待て」もできない。覚えたのは「お座り」と「お手」くらいのもので、しかも、すぐにはやらない。「お手」と言ってから、実際にボビーが自発的に前足を差し出すまで長いときには十秒以上かかる。どうしてこんなことをやらなければならないのだろう、というような不快そうな表情になって、力なく前足を上げ、高巻淑子の手のひらに乗せるのだ。

愛嬌《あいきょう》があるわけでもなく、子犬のころは快活だったが、成犬になり去勢してからは少し太ってしまって、動きも鈍くなり、ボールを投げてやっても見向きもしなくなった。座ったり、寝転んだり、あまり動かないのが好きで、いつも仏頂面をして、表情も豊かではない。だが高巻淑子は、そんなところがボビーの魅力なのだと思っていた。他の犬にも、人間にも、飼い主に対してさえ媚《こ》びない犬だと、勝手にそう評価していたのだ。

タカマキさん、とヨシダさんが振り向いた。

「こうやって、いっしょに、犬と歩いているだけで、いいじゃないですか。ぼくは、こういう時間に救われてますけど」

ボビーの死

ヨシダさんは、サリーの首のあたりを撫でながら、ボビーが近づいてくるのを待った。さっき奥さんの話をしたときに比べると、表情が柔らかくなり、微笑みが戻っていた。遊歩道には落ちた紅葉が集まり、きれいな模様ができていた。すみませんね、いつも待たせてしまって、高巻淑子が謝ると、だいじょうぶですというように優しくうなずきながら、しゃがんで、ボビーの頭にそっと触れた。ボビーは、他の人にからだを触られるのが嫌いだが、ヨシダさんだけは特別になったようだ。

不思議ですね、ヨシダさんが、じゃれ合うサリーとボビーを見て、言った。じゃれ合うといっても、一方的にサリーがボビーに対してちょっかいを出すだけだ。臭いを嗅いだり、自分の前足をボビーの頭やお尻に乗せようとしたり、体勢を低くして甘えた声で吠えたりする。だが、ボビーは、楽しくもないが、不快でもないというように自分のペースで歩き、立ち止まって臭いを嗅いで草むらにオシッコをしたり、雲以外何もない空を眺めたりしている。しかし、ヨシダさんは、何が不思議なのだろうか。

「犬って、ぼくたちを慰めようなんて思ってないですよね。いやなことはやらないし、基本的に好きに生きているのに、どうして、これほど癒《いや》やされるんですかね」

高巻淑子は、わたしが泣いているときボビーは涙をなめてくれることがあるんです、と言おうとして止めた。泣くことがあるとヨシダさんに知られるのがいやだったし、ボビーだって、慰めようとして涙をなめているわけではないかも知れないと思ったからだ。夫にひどいことを言われて泣いているとき、この人は悲しんでいるとボビーが理解しているわけではないのだろう。きっと単に飼い主の異変を察して、親が子犬をなめるように、本能的に優しくなるのだと思う。

「ほんと、確かに不思議です」

高巻淑子は、そう答えたが、信頼だと思った。信頼というのはヨシダさんが言ったことだ。ボビーとは、言葉のない信頼感がある。おそらく信頼が、わたしたちを癒やしてくれるのだ。

「あれ？」

ヨシダさんが、ボビーをじっと見て、顔を曇らせた。ボビー、ちょっと呼吸が変じゃないですか、そう言われて、胸騒ぎが走った。

「ぼくは専門家じゃないので、よくわからないんですけど、呼吸が少し苦しそうじゃないですかね」

動悸《どうき》がしてきた。実は、高巻淑子も、変だなと気づいていた。三ヶ月ほど前から、散歩のときに、しょっちゅう立ち止まるようになっていた。もともとさっそうと軽快に歩くタイプではなかったので、病気だとは思わなかっただけだ。ボビーは、ずっと舌を出して、呼吸が速く荒かった。

「獣医さんに診てもらったほうがいいかもしれませんね」

はい、と返事をしたときに、また雨が落ちてきた。傘を差して、空を見上げると、黒雲が重く垂れ込めていた。雲に押しつぶされるような、息苦しさを覚えた。

ブリーダーを紹介してくれた獣医にボビーを連れて行くのに、しばらく間が空いた。忙しかったわけではない。診断を下されるのが恐かったのだ。散歩に連れて行っていいものかどうか、迷ったが、結局その間、毎日公園に行った。ボビーはますますひんぱんに立ち止まるようになり、ヒューヒューと風のような呼吸音がして、やがて歩いている途中で座り込むようになった。それも前足をがに股《また》のように開いて、奇妙な格好で座る。

「ボビーの様子がおかしいので、獣医さんに連れて行きます」

車のキーを持って、夫にそう告げると、帰りは何時ごろになるんだ、早く帰ってこいよ、と冷たくそう言われた。高巻淑子は見るからに呼吸が苦しそうなボビーを抱きかかえていたのだが、夫はまったくの無表情だった。

「おれも、ヤマダ電機に行きたいんだよ。買いたいものがあるから」

このあたりは車がないと買い物に不便だ。もちろん車は一台しかない。高巻淑子は、夫に対し、怒りで涙が出そうになった。

「ボビーは見ていられないほど息が苦しそうなんですよ。あなたはヤマダ電機に早く行かないと死ぬって言うんですか」

そう怒鳴ってやりたかったが、結局いつものように何も言えず、ボビーを抱きかかえたまま、家を出た。獣医がいる動物病院に向かって車を走らせながら、高巻淑子は、助手席のボビーにずっと声をかけた。ボビー、だいじょうぶだからね、すぐ治るからだいじょうぶだからね、お医者さんに治してもらおうね。

坂木《さかき》動物病院は、横浜市側の、たまプラーザ駅の裏手にあった。途中、いつもの広い公園のすぐ脇を通った。高巻淑子は、ボビー、ほら、見てごらん、と呼びかけた。公園、見える？　早く治してまた散歩に来ないとね、そう言いながら、助手席のボビーに目をやったが、ぐったりして顔を上げることもできない。ひょっとしたら重い病気なのかも知れない。もっと早く病院に連れて行くべきだったと暗い気持ちになり、自分を責めた。

焦って家を出て、診察の予約を入れていないがだいじょうぶだろうか。人間と同じように、動物病院でも予約が必要なのだろうか。ボビーはこれまで病気らしい病気をしたことがないので、予防注射以外病院に行ったことがない。フィラリアの予防注射は、ブリーダーからボビーを買ったとき、日にちを書いた紙を獣医がくれたので、予約は必要なかった。

「もう少し早く連れてきていただきたかったですね」

ボビーの状態を見た看護師が急いで獣医を呼んでくれたので、ほとんど待たずに済んだが、坂木先生は、ため息をつきながら、そんなことを言って、高巻淑子は、一瞬血の気が引いた。喉《のど》がカラカラになって、うまく言葉が出てこない。ボビーはそれほど悪いのだろうか。急に寒くなって、そのせいで単に元気がないのだと、ずっとそう思っていた。食欲も多少落ちてはいたが、ちゃんと食べていたので油断してしまった。

「超音波で診てみますが、これは、だいぶ心臓が肥大してます」

ボビーはステンレス製の診察台に運び上げられるときも、グッタリしたままで、まさかこのまま死んでしまうのではないかと思うと、動悸がしてきた。

「やはり心臓弁膜症です」

超音波の画像を見せられて、いろいろな説明を受けたが、心臓弁膜症という恐ろしい病名だけが頭の中を駆け巡り、坂木先生の言葉はちゃんと耳に入ってこなかった。

「ボビーちゃんはいくつになりましたか」

そう聞かれて、すぐには歳《とし》を思い出せず、しばらくして、五歳ですと答えたが、坂木先生は書類を取り出して、記録によるとこの二月で六歳になってますね、と小さな声で言った。

そうだ、ボビーは六歳だった。高巻淑子は毎年、二月十六日にボビーの誕生日を祝ってやった。二月十六日は、死んだ北朝鮮の金正日《キムジョンイル》の誕生日と同じで、覚えやすかった。ペット用品の店で犬用のケーキを買い、ちゃんとろうそくも立ててお祝いした。夫は、ばからしい、と無視したので、一人でハッピーバースデイを歌い、人間も食べられますという触れ込みのケーキを、ベランダでボビーといっしょに食べた。

「正式には、僧帽弁《そうぼうべん》閉鎖不全症、または僧帽弁逆流症ともいいます。小型犬で、六歳、七歳と高齢になると、罹《かか》りやすい病気なんです」

坂木先生は、超音波の画像と、心臓の模式図を見せながら、何度もていねいに説明してくれた。肺で新鮮な酸素を取り入れた血液は左心房から左心室に入り、大動脈に送り出されるのだが、血液が逆流しないように、各心房と心室にある弁によりコントロールされている。僧帽弁は、左心房と左心室の間にあって、心臓の強力な収縮作用で血液が大動脈に流れ出るとき、逆流しないようにしっかりと閉じている。だが、小型犬では、歳を取ると、僧帽弁が変形して閉じなくなることがある。

治療してもらえますよね、涙があふれるのをこらえて、高巻淑子は聞いた。愛犬家仲間から、ペットも高度医療を受けられるようになっているのだと聞いている。ボビーは、あの兄妹《きょうだい》たちの中でもっとも元気だった。治らないわけがない。だが、坂木先生は、辛そうな表情になって、うーん、と口ごもった。

「ボビーちゃんですが、咳《せき》とか、呼吸が荒くなるとか、ありませんでしたか」

一ヶ月ほど前から、ほんの少し歩いただけで、呼吸が苦しそうになって、立ち止まり、座ってしまうことが多かった。でも、もともと歩いたり走ったりするのが好きではなかったので、病気だとは気づかなかった。

「血液の逆流が繰り返されると心臓が肥大します。ボビーちゃんは、実は、かなり肥大してしまっているんですね。肺から心臓への血液の循環も悪くなって、肺もうっ血しやすくなり、心臓が肥大すればするほど、気管支も圧迫されるようになって、呼吸が苦しくなるんです。ゼーゼーと呼吸が荒くなってますよね。ボビーちゃんは、夜、休むとき、ちゃんと横になって、寝てますか」

坂木先生にそう聞かれて、しだいに絶望的な気分に陥った。最近、夜になってもボビーが犬小屋で横にならないで、ベランダの床に散歩の途中と同じ姿勢で、じっと座り込んでいることが増えた。夜半はとても冷えるので、ほら、お部屋に行かないと、とお尻を押したりするのだが、犬小屋に入ろうとしなくなったのだ。

「そうですか」

横になって寝ないと聞いて、坂木先生は、悲しそうな表情で、何度かうなずき、医療用のペンライトを取り出し、ボビーの口を開けさせて、舌の色を確認した。

「肺に水が溜《た》まっていて、舌が、ほら、色が悪いですよね。チアノーゼなんです」

ボビーは、診察台の上でゼーゼーと苦しそうな呼吸を続けている。それでこれなんですが、と先生は、ボビーの鼻を示した。

「この泡状の鼻水ですけど、これは、肺に相当水が溜まっているからなんですね。肺水腫《はいすいしゅ》という状態です。僧帽弁不全になると心臓の機能が低下しますから、血液がうまく流れなくなり、肺の中に血液の成分が漏れ出ることになって、水分が溜まってしまうんです。そうなると呼吸が非常に苦しくなります」

説明はほとんど耳に入ってこなかった。だが、先生の表情や口ぶりから、相当症状が重いことだけは伝わってくる。回復の望みはあるのだろうか。それが知りたいが、恐くて聞けない。察するかのように、先生は、ボビーの頭を撫でながら、お薬を出しますね、と言った。

「治りますよね」

高巻淑子は、あふれた涙が頰を伝うのを感じながら、やっとの思いでそう聞いた。先生は、うーん、と天を仰いで、むずかしいですね、と低い声を出した。

「利尿剤と、あとは血管を少し拡張するお薬を出しますから、楽になるはずです。ただですね、ボビーちゃん、かなり症状が、進んでますからね。大変に、言いづらいですが、もともと僧帽弁不全は、完治することがないんですよ」

高巻淑子は、うちひしがれて家に戻った。手術ができないのか聞いたが、心不全が長く続いて衰弱しているので、まず麻酔ができないと言われた。聞こうとしたが、絶対に聞けない質問があった。ボビーはあとどのくらい生きられるのでしょうか、という質問だ。だが、動物病院の駐車場でばったり会った公園の愛犬家仲間の主婦が、ボビーの苦しそうな呼吸を見て、可哀相に、と慰めたあと、おせっかいなことを言った。前に飼っていたシーズーがやっぱり心不全から肺に水が溜まるようになって、そのあと一週間保《も》たなかったのよ。完治はしない、一週間保たなかった、という言葉が頭の中をぐるぐる回って、平常心を失っていた。

ボビーを抱いたまま、家に入り、そのままリビングのソファに座っていると、夫が書斎から出てきて、病気なのか、と憂うつそうな顔でそう聞いた。言葉を返す気力がない。ボビー、ボビーと名前を呼びながら、そのまま抱き続けた。

「とにかく、毛が落ちるから、外に出せよ」

夫は、そう言って、ベランダを顎《あご》で示した。血管が収縮するから寒さは禁物だと先生に言われた。ベランダに出せるわけがない。高巻淑子は、ボビーを抱いたまま、自分の部屋に入り、床に毛布を敷いて座らせた。部屋といっても、三畳ほどの、物置とクローゼット代わりに使っている狭いスペースだった。もちろん窓もない。部屋は他に、五・五畳の夫の書斎、十二畳のリビング・ダイニング、八畳の寝室、六畳の洋間がある。高巻淑子は、段ボール箱とハンガーラックの隙間《すきま》に、ちゃぶ台のような折りたたみ式の小さな机と本棚を置き、その三畳間を自分の部屋として使っていた。その狭いスペースだけが、プライバシーを守れる場所だった。当初は、寝室で本を読んでいたが、夫が出入りするし、何より夫の臭いがするので落ちつけないのだ。六畳の洋間は、息子がずっと暮らした部屋で、ベッドや机などまだそのままに残してある。荷物が多く、ごちゃごちゃしていて、静かに本を読めるような場所ではなかった。

「わたし、今夜から、ボビーとここで寝ます」

唖然《あぜん》としてこちらを見ている夫にそう告げると、高巻淑子は、三畳間のドアを閉めた。

ボビーといっしょに三畳間に寝ると、夫に宣言したが、簡単なことではないとすぐに思い知らされた。まず、スペースがない。畳の上の段ボール箱を壁際に積み上げ、机と本棚をぴったりと隅にくっつけるように押しやっても、横になるためには、ハンガーラックに吊《つ》られたスラックスやスーツの下に身体《からだ》を潜り込ませるしかなかった。

ボビーを休ませるための準備も大変だった。ベランダに敷いていた人工芝マットを洗って、畳の上に敷き、その上に毛布を広げ、水を入れる容器を置いた。トイレの後始末も必要だった。ボビーは、呼吸が苦しくてもある程度餌を食べ、水をよく飲んだ。坂木先生からは、利尿剤のせいでひんぱんにオシッコをしますと言われた。倉庫代わりの部屋といっても、排泄《はいせつ》物《ぶつ》で汚したら夫から何と言われるかわからない。トイレトレーに防水シートを敷いて、キッチンペーパーやビニール袋、それに消臭剤も用意して、すぐに後始末ができるようにした。

困ったのは、自分のための寝具だった。布団を敷くスペースがない。毛布を二つ折りにして敷き、電気毛布を掛けて寝ることにした。寒さは平気だが、両足をちゃんと伸ばせないし、すぐ横にいるボビーの苦しそうな呼吸を耳にするのが辛かった。

「おい、本気か、本当にここで寝るのか」

ボビーに夕食をやっていると、ドアを開けて、夫が顔を覗《のぞ》かせた。

「病気なんです。心臓の弁が腫《は》れて、息ができないんですよ」

夫のほうを見ないで、そう言った。夫が何と言おうと、絶対に譲らないと決めていた。

「トイレとか、ちゃんと後始末しますから」

動物病院の駐車場で会った愛犬家仲間は、同じ病気のシーズーが一週間保たなかったと言っていた。ボビーはもしかしたら明日息を引き取るかも知れない、そんなことを考えると、また涙があふれてきた。涙は見せたくないので、ずっと背中を向けているが、夫はなかなか去ろうとしない。どうせ、あきれ果てた顔をしているのだろう。

「やれやれ」

夫の、ため息混じりの声が聞こえて、そのあと信じられない言葉が続いた。

「ご苦労なことだ。たかが犬じゃないか」

たかが犬じゃないか。高巻淑子は、びっくりした。傷つくとか、怒るとか、悲しくなるとか、そういった感情より、驚きのほうが大きかった。どういう気持ちでそんな言葉が出るのだろう、どうすれば人はあそこまで無神経になれるのだろうと啞然とした。そして、時間が経つにつれて、悲しみと怒りが湧き上がった。

「たかが犬じゃないか」

信じられない言葉だが、耳にはっきりと残っている。もうあの人はだめだ、救いがないと思った。顔を合わせたくないし、話もしたくない。お金もないし、病気のボビーを連れて、四国の実家や息子がいるベトナムに行くわけにもいかないから、ここにいなければならない。だが、もうだめだ、高巻淑子は、一瞬、ボビーといっしょに死ねたらいいのにと考えて、恐ろしくなった。

「おい、いい加減にしろ。いつまでそうやってるんだよ」

夫が三畳間のドアを開け、怒ったような、また困っているような口調で、そんなことを言った。高巻淑子は、返事をしなかった。何なんだ、まったく、舌打ちをして、夫はドアを閉めた。高巻淑子は、三畳間に閉じこもった。ボビーの食事の支度やトイレの後始末、それに自身のトイレとシャワー以外、三畳間から出なくなったのだ。自分たちの食事の支度も止めたし、夫と食事するのも止めた。深夜、夫が寝たあと、そっと抜け出して、マンションのそばのコンビニでおにぎりやカップ麵《めん》を買い、ボビーの横で食べた。そんな状態がもう四日間続いている。

後始末はきちんとやっているつもりだが、それでも閉め切った狭い部屋には異様な臭いがこもっている。自分でも、こんな状態は異常だと思った。何かが間違っている気がしたが、どうすればいいのかわからなかった。ヨシダさんなら何と言うだろうと考えたりしたが、ボビーはもう歩けなくて散歩にも行けない。

ボビーは、日に日に衰弱していった。餌はある程度食べるのだが、ゼーゼーという呼吸音がさらに荒く大きくなり、横になれないので、前足を左右に開いた格好で座り、力のない目で高巻淑子をじっと見るのだった。坂木先生に電話をしたが、薬を与える以外の治療はないので、病院に来てもらってもできることはないと言われた。

夫との会話を拒み、窓がない三畳間で寝るようになって六日目、肋骨《ろっこつ》が浮き出るほど痩せ細り、ゼーゼーと喉を鳴らすだけで吠えることもできなくなったボビーとずっといっしょにいると、ときどき現実感を失いそうになる。夜はとにかく眠るようにしたが、昼間は何もすることがなく、辛かった。公園に行って、愛犬家仲間と会い、そして雨が降ってヨシダさんと二人であの東屋で話すことができたらどんなにいいだろうと思った。だが、ボビーはすでに歩けない。公園には行けない。

ボビーとの散歩で出会った人たちが、脈絡なく脳裏に浮かび上がる。銀杏並木があるあたりで、毎日必ずベンチに座って、昼食をとる人がいた。話をしたことはない。そのそばを通り過ぎるだけだった。近くの工場に勤めているのだろうか、青い作業服を着て、小柄で、髪が薄く、陰気な感じで、いつも一人きりだった。午前十一時半ごろ、必ずその人は同じベンチにいた。食事はおそらく近くのコンビニで買ったもので、パックに入った野菜サラダだったり、温められたご飯と惣菜《そうざい》だったり、パンと牛乳だったりした。背中を丸め、遠くを見ながら、何かに耐えているような感じで、どうして一人なのだろう、なぜ工場の同僚たちといっしょに食べないのだろうと気になった。高巻淑子が、その前を通っても、目を合わせようとしなかった。雨の日も、ベンチにビニール袋を敷き傘を差して箸《はし》を使っていた。どうしてあんな人のことを思い出すのだろう。

どんなに寒くても短パンしかはかない男の人もいた。しかも、ゆったりして膝《ひざ》まである今風のものではなく、お尻と太ももに張りつくような小さめで短い、まるで水着のような短パンだった。連れている犬は雑種だったが、毛の色が真っ白でとてもきれいで、合わせるように男の人の短パンもシャツやセーターも靴下も靴も全部白だった。四十代の半ばくらいで、愛犬家の集まりにはあまり興味がなく、公園の外周をいつも一人で歩いていた。すぐそばにあるホームセンター内の手作りピザの店のオーナーらしかった。

高巻淑子は、その白い短パンの男の人と一度だけ話したことがある。とても衝撃的な話題になって、恐くなった。ガソリンをかけて夫を焼き殺した女性の話だった。

遊歩道ですれ違ったとき、白い短パンの男の人が連れた白い犬に向かって、ボビーが激しく吠えた。他の犬に吠えることはほとんどなかったので、高巻淑子は、びっくりして、リードを引いてボビーを軽く叱《しか》り、ごめんなさいと謝った。愛犬家の仲間には、不文律のようなものがあって、近寄って平和的に臭いを嗅ぎ合ったり、ぺろぺろとなめ合ったりすると、それが礼儀正しい挨拶《あいさつ》とされて、どうもありがとうございましたと、お互いに礼を言い合うことになっている。逆に、敵対的に吠えたりすると、相手の犬の飼い主に謝らなければならないのだ。

「ああ、だいじょうぶですよ、こいつ嫌われものなんで」

白い短パンの人は、無表情でそう言って、あ、そうだ、ちょっと前のニュース、見ました？　と唐突に聞いてきた。どんな？　と訊《たず》ねると、夫婦げんかのあとで、眠っている夫にガソリンをふりかけて焼き殺した女の話をはじめたのだった。日本ではなかった。中南米の、どこか聞いたことがない国の事件らしかった。恐いですね、と白い短パンの男の人は真剣な顔で言って、ぼくなんか、夢見が悪いときに女房がガソリン入りのポリタンクを持ってベッド脇に立っているような気がして脂汗《あぶらあせ》かいて起きるようになりました、と付け加えたあと、手作りピザの店のフリードリンクのチケットをくれた。オレンジジュースかコーラかコーヒーが無料になるチケットだったが、話題が恐かったし、何となく気持ちが悪くて、捨ててしまった。

そのあともたまに白い短パンの男の人とは公園で出会ったが、軽く会釈をするだけで話をすることはなかった。どうしてあんな人のことを思い出すのだろう。薄暗い三畳間に一人でいるからだろうか。眠ってしまおうかと枕元の時計を見たが、まだ夕方の五時半だった。昼間、コンビニでおにぎりを余分に買ったので、自分の夕食はそれで間に合わせるとして、ボビーの食事は作らなければならない。いつものように固形のドッグフードをポットのお湯でふやかしていると、背後でドアが開き、ドキッとした。

「イシグロさんのところに行ってくる」

高巻淑子は返事をしなかった。

イシグロさんのところに行くのか。高巻淑子は、もう夫のことはどうでもよくなった。充分にふやかした餌を布巾《ふきん》で包み、水気を絞ってから、皿に移し、ボビーに食べさせた。坂木先生から、できるだけ水分を与えないようにと言われている。だから水の皿は撤去して、湿らせたスポンジをなめさせるようにしている。ボビーは、ゼーゼーと苦しそうな呼吸をしながら、何とか食べている。生きようとしているのだと思うと、いじらしくて、また涙があふれてくるのだった。

しかし、なぜガソリンで夫を殺した話題を思い出したりしたのだろうか。今の自分はやはり変だ。ボビーの衰弱に合わせるように、どこかがどんどん弱っていくのがわかる。こんな部屋にずっと閉じこもっていたらよくないのはわかるが、他にどうすればいいのかわからない。もうだめかも知れないと、絶望的な思いにとらわれるが、具体的に何がだめなのかもわからない。

ぼくたち、もうだめかも知れないです、公園でよく会う初老の男性がそんなことを言ったのを思い出した。愛犬家ではなく、ランナーだった。公園の上部のスペースを、端から端まで、本当にゆっくりと走って何度も往復していた。ボビーちゃん、元気だった？　会うと必ず声をかけてくれた。その男性から、あの東日本大震災のあと、妻が恐がって外に出なくなったのだと愚痴を聞くようになった。コンビニにも行かなくて、要は一歩も外に出ないまま、部屋に閉じこもっちゃって、ほっとくわけにもいかず、困ったものです。そんなことを苦笑しながらこぼしていたが、それからしばらくして、「もうだめかも知れないです」とうつむいて言ったあと、まったく姿を見なくなった。

人が突然その場所に来なくなると、どういうわけか死をイメージするのだとわかった。その男性は、家から出なくなった奥さんにただ付き添っているだけなのだろうと頭では理解していても、風景に、人間の形をした暗い穴が開いたような不吉な気分になった。今、わたしも、愛犬家仲間からそう思われているのだろうか。もう一週間以上公園に行っていない。確かに自分のどこかの部分が死んでしまったような気がする、そんなことを考えていると、またふいにドアが開いた。

「おい、お前、本当にだいじょうぶか」

イシグロさんの家に行ったはずの夫の声が聞こえ、高巻淑子は驚いて、その場に尻餅《しりもち》をついてしまった。中腰の姿勢でボビーの口元に水を含ませたスポンジを差し出していたのだが、びっくりして腰が抜けたようになったのだ。イシグロさんの家に行くと告げられたのは、ついさっきだった。まだ数分も経っていない気がする。それとも時間の感覚がおかしくなってしまったのだろうか。

「どうしたんですか」

まだ動悸がして、声が震えた。

「いや、表に出たところで、すぐに戻ってきたんだ」

戻った？　一人で行くのがいやだったのだろうか。ひょっとして、こんな状況で、いっしょにイシグロさんのところに行こうと誘うつもりなのかと、さらに暗い気持ちになったが、夫は意外なことを口にした。

「心配だったんだよ。おれは」

　最初、何を言っているのか、理解できなかった。声の大きさも、口調もいつもと同じなので、心配だったんだよ、というこれまでとはまったく違う種類の台詞《せりふ》の意味をうまく把握できなくて、混乱したのだ。

「心配って？　何がですか」

　恐る恐る、そう聞くと、夫は、ちょっと入ってもいいか、と言いながら、すでに三畳間に足を踏み入れていた。高巻淑子のすぐそばにしゃがみ込んで部屋を見回し、そのあとボビーをじっと見て、苦しそうだな、とぼそっとつぶやいた。

「ちょっと来てくれ」

　夫は、高巻淑子の腕をとり、立ち上がらせて、部屋から出ようとした。何をするんですか、と手をふりほどこうとしたが、頼むから来てくれ、と真剣な表情で言われた。

「あんな部屋にいたら、お前まで病気になる」

　夫は、そう言って、リビングのソファを示した。ソファに、高巻淑子のための枕と毛布が用意されていた。そしてその脇に、段ボール箱が二つあり、夫は、それをソファと同じ高さになるように積み上げた。

「ボビーをここに移そう」

夫は、そう言って、微笑みかけた。高巻淑子は、何が起こっているのか、まだわからなかった。

「いいか。ボビーをあの箱の上に寝かせて、お前はソファで寝るんだ」

夫はそう言って、じゃあ、おれは仕事をするから、と自分の書斎に入っていった。高巻淑子は、いったい何があったのだろうと、唖然とした。

「あ、そうだ」

書斎から夫が顔を出し、お粥《かゆ》を作ってみたからよかったら食べろ、と言って、またドアが閉まった。

「だって、あなた、たかが犬って言ったんですよ」

お粥は、出汁《だし》醤油《じょうゆ》にご飯を入れて卵を落としただけの簡単なものだったが、カップ麺とおにぎりだけの身体にはとても優しく感じられた。しばらくして、夫は書斎からリビングに出てきて、ボビーを囲むようにして、二人で話をした。しかし高巻淑子は、まだ夫の変化が理解できなかった。これまで、数え切れないほど、ひどいことを言われた。その最たるものが、たかが犬じゃないかという台詞で、どれだけ傷ついたかわからない。

「おれとしては、無理するなと言ったつもりだったんだが、そのままとったんだな」

ボビーは呼吸ができなくて、心臓が肥大し、寒いと危険なのに、毛が落ちるから家に入れるなと、そんなことも言った。

「こんなことを言うのは酷かも知れないが、病気の動物といっしょにいるのは、よくないらしいんだよ。ネットで調べたら、誰かのブログに書いてあったんだ」

だが、ボビーが来てから、会話が減ったし、態度も冷たくなった。

「お前が、ボビーだけになったからだ。ボビーの誕生日は祝っても、おれの誕生日を忘れていたじゃないか」

確かに、夫の誕生日を忘れたことが何度かあった。だが、夫も、この何年か、高巻淑子の誕生日を祝ってくれていない。イシグロさんの奥さんばかりほめて、自分の妻のことはずっと無視した。素っ気ない冷たい言葉ばかりだった。

「そんな風にとっていたのか。悪かった」

夫が、頭を下げて謝ってきたので、高巻淑子はびっくりした。わけがわからなくなり、涙があふれた。

「全部、本気にしてたんだな。照れてしまって、ああいう風にしか言えないんだよ。あとは、甘えてたのかも知れないいな」

それから約一ヶ月の間、ボビーは生きた。夫との関係は、まだどこかぎくしゃくしたままだったが、いっしょに食事をして、ボビーとともにリビングで過ごすことで、わずかだが会話が戻った。ボビーは、まるで少しずつ命を削《そ》がれるように、日を追うごとに、確実に弱っていった。やがて食事ができなくなり、最後の数日は、水を含んだスポンジを口に当てても反応できなかった。

ボビーは、元気なころが想像できないくらい、変わり果てていた。痩せ細り、全身の骨がすべて浮き出て見えた。歩いたり、立ち上がることはもちろん、最後のほうは、毛布に腹ばいになったままで、座ることさえできなくなった。だが、朝夕の散歩の時間になると、わかるのだろうか、高巻淑子のほうに目を向け、立ち上がろうとして、もがいた。どんなにがんばってもからだを起こすことができないとわかると、悲しそうな顔になり、吠えようと口を開ける。しかし、濁った呼吸音がかすかに聞こえるだけで、もう吠えることも、甘えた声で鳴くこともできなかった。呼吸はさらに苦しそうになり、何度も意識を失った。

だが、生命力が強いのだろうか、からだを軽く揺すって、名前を呼ぶと、ふと我に返ったかのように顔を上げて、目を開けた。高巻淑子は、そのたびに切なくなり、複雑な思いにとらわれるようになった。生きものというのはこんなに弱り切っても命をつなぐことができるのだという感動に似た思いと、こんなに苦しいのならいっそ永遠の眠りにつくほうが楽になるのではないかという、悲しいあきらめが交錯した。

一年が終わろうとするころ、初雪が降った夜、高巻淑子は、いつものようにボビーを膝の上に抱き上げ、そっと頭を撫で続けていた。夫といっしょに、リビングで、テレビで放映していた映画『タイタニック』を観ていたのだが、途中から、まったくストーリーがわからなくなった。ボビーのからだが、突然軽くなった気がしたからだ。ボビーを見ることができなかった。息を引き取ったことを認めたくなかったのだ。だから、テレビの画面から目を離さなかった。ストーリーも、映画のタイトルも、そもそも今自分が何を観ているのかも、わからなかった。高巻淑子は、涙を流しながら、ずっとボビーの頭を撫で続けた。

ボビーが残したもの

「寝かせてやろう」

夫が、そばに来て、ボビーを抱き上げ、段ボールの上に敷いた専用の毛布に寝かせた。高巻淑子は放心状態だったが、夫が鼻声で、目を真っ赤にしていたので、驚いた。何か見てはいけないものを目にしたような気がして、胸苦しさを覚えた。夫も泣いたのだろうか。この人もボビーが死んだことが悲しいのだろうか。そう思うと、心のバランスが崩れそうになった。夫は、ボビーを毛布に寝かせたあと、下を向いたまま、決してこちらを見ようとしなかった。乗っていたシーソーが急に傾いたような不安定な気分になり、いろいろな感情が押し寄せてきて、何も考えられなくなった。夫が、ボビーのために泣いてくれているといううれしさも、もちろんあったが、人間が変わってしまったような気がして、わけのわからない不安にもとらわれた。

翌日、業者がボビーの遺体を引き取りに来た。火葬にして、動物専門の墓地に埋葬してくれるのだ。骨と皮だけになり、からだが硬直したボビーは、毛布を敷いた段ボール箱に入れられ、周囲に菊の花が並べられた。

「首輪はどうされますか」

業者からそう聞かれた。形見として首輪を手元に置く人も多いのだそうだ。要らないです、すぐに、高巻淑子は、力なく首を振った。ボビーを思い出すものを残したくなかった。今朝起きてすぐに、ボビーの食器やトイレトレーなどを袋に入れ、マンションのゴミ集積場に運んだ。犬小屋だけは粗大ゴミ扱いなので、まだベランダに残っている。ベランダの犬小屋を見ると、悲しみに押しつぶされそうになった。

数日が経ち、高巻淑子は、からだにボビーの形をした空洞ができたような、これまでの人生で味わったことのない虚《むな》しさの中にいた。だが、食事だけは、少しでもとるようにした。呼吸ができない状態でも何とか生きようと餌を食べ続けたボビーを見習ったのだ。

「これ、よかったら」

何もやる気が起こらず、リビングにただ座っていると、夫が書斎から顔を出して、書類のようなものを渡した。夫のブログを印刷したものだった。

「ボビーのことをちょっと書いた。見せるのは照れ臭くて苦手なんだが、書いたから。いやだったら、読まなくてもいいからな」

Ａ４の紙を手渡したあと、夫はまた書斎に戻った。ブログを印刷したものを高巻淑子に手渡すとき、下を向いて、目を合わせようとしなかった。自分でも照れ臭いと言っていたが、本当に恥ずかしそうだった。

高巻淑子は、自分のＰＣを持っているが、メールは携帯で済ませているし、ほとんど使わない。インターネットはたまに中国茶のサイトを見る。ボビーを飼う前は柴犬が紹介してあるホームページを食い入るように眺めたものだが、まったく見なくなった。他の柴犬はどうでもよくなったからだ。夫のブログは、一日中書斎に閉じこもっていったい何を書いているのだろうと、一度だけ、覗いたことがあった。預貯金が多い中高年相手の商売の仕方についての、専門用語だらけの無味乾燥な文章で、まったく興味が持てなかった。ただ、自分のことを「小生」と表現していて、いつの時代の言葉だろうと、思わず笑った。

「高巻幸平《こうへい》の〈シニアマーケッティング術〉」

というタイトルで、髪が薄いのを隠すためか帽子を被《かぶ》った夫の写真が左端の筆者紹介欄に載せてある。迷ったが、読んでみることにした。

「更新が遅れたのは、プライベートな理由である。実は、飼っている柴犬が病気になり、妻が看病していて、小生も辛い気分が続き、キーボードに向かう気になれなかった。犬の名はボビー。六歳の柴犬だが、しばらく前から心臓の病気になった。そしてつい先日、ボビーは、可愛がっていた妻の膝の上に抱かれ、息を引き取ったのだが、小生は、非常に大事なことに気づかされたのである。

病気になってから、ボビーは日々弱っていき、呼吸も苦しそうで、見るも無惨なほど痩せ細っていった。だが、ボビーは、必死に生きようとして、病気と闘った。苦しそうなボビーを見るのも、看病する妻を見るのも、辛かった。辛い日々が続いた。そして息を引き取ったとき、小生は年甲斐《としがい》もなく、泣いた。だがそれは悲しみの他に、感動したからなのだ。ボビーは死と闘うことで、妻の心の傷を軽減したのだと思える」

「ボビーは死と闘うことで、妻の心の傷を軽減した」

その箇所を読んで、ふいに、目の前が鮮明になった気がした。焦点がぼやけてはっきりと見えなかったものがくっきりと輪郭を現したような感じだった。どんどん弱っていくボビーに対し、抱いていた思いは複雑で、言葉にできるようなものではなかった。

変わり果てた姿になり、立ち上がることもできないのに散歩に行こうともがくボビーを見て、生きものというのは、呼吸できないようなひどい状態でも、何か自らにとって大切なものを求めるのだとわかった。ボビーは、飼い主に感動を与えようとして、もがいていたわけではない。死を待つだけのからだになっても、大好きな散歩に行きたいと、本能的に手足を動かしていただけだ。だが、確実に何かが伝わってきた。それが何か、夫のブログを読むまでわからなかった。

「小生だけではなく、きっと大勢の人が、いったい自分は何のために生きているのかという無力感に襲われることがあることと思う。小生は、ボビーに教えられたのである。生きようという姿を示すだけで、他の誰かに何かを与えることができるのではないか。ボビーは、末期になると、歩くことも立ち上がることも、座ることさえできなくなった。だが、動物だから当たり前といえば当たり前ではあるのだが、それでも、生きようとしていたのである。苦しそうだった。付き添っている妻も、同じように苦しそうだった。

小生は、見ていられなかったし、どんな言葉をかけていいのかも、わからなかった。だが、呼吸ができなくて、やがて食事もできなくなり、痩せ細って弱っていくボビーを見続けることで、妻は、きっと、この苦しみから解放してあげたいという思いをどこかで持つようになったと思う」

高巻淑子はボビーとともに三畳間に閉じこもっていた。できるだけ顔を合わさず、言葉も交わさないようにしていたのに、夫は、どうしていろいろなことに気づいていたのだろう。夫が書いたことは当たっていて、心を読まれていたような気がした。ボビーの容体が悪化し、食事もできなくなり、座ることもできなくなって、ゼーゼーという弱々しい呼吸だけが聞こえるようになったとき、高巻淑子は、こんなに苦しいのならいっそ永遠の眠りにつくほうが楽になるのではないか、そう思った。

夫は、続けて書いていた。

「関東に初雪が降った夜であった。ボビーは、妻の膝の上で、静かに、本当に静かに、息を引き取った。小生と妻は、テレビで映画『タイタニック』を観ていたのだが、もう生涯で二度と『タイタニック』を観ることはないであろう。名監督ジェームズ・キャメロン氏には申しわけないが、五年経っても、いや二十年経っても、『タイタニック』を観ることはないであろう。ボビーが死んだ夜を思い出してしまうのだから。

しかし、小生は、思わず心の中でつぶやいた。ボビー、もうこれで苦しまなくて済むんだよ、と。妻のほうはさらに強く、同じことを思っただろう。ボビーが息を引き取ったときに、『これでもう苦しまなくても済む』と、悲しみの中、どこか優しげな安堵《あんど》感を覚えたと推察する。だから、小生は、涙を押しとどめることができなかったのである。

人間でも犬でも、息も絶え絶えになってからでも、死の間際にでも、他の人に勇気と感動を与えることができるのだと、強く実感した。だから、たとえ、どれほどの苦しい状況に追い詰められても、簡単に死を受け入れてはいけないのだ。ボビーが、そのことを、身をもって教えてくれた。生きようという姿勢だけで、いや存在するだけで、ボビーは私たちに、力を与えてくれたのである。合掌」

「あの、あなた、わたしがボビーと三畳間に閉じこもったときですけど、わたしの気持ちみたいなのが、どうしてわかったんですか」

印刷されたブログを書斎に返しに行ったときに、勇気を出して、そんなことを聞いた。夫は、質問にはすぐに答えずに、読んだのか、とブログを印刷した紙を示した。読みました、とうなずくと、また照れた表情になって、そうか、と言って背中を向けた。あ、いつもの表情だと、高巻淑子は思った。これまで、夫の、冷たく突き放すような物言いに数え切れないほど傷ついてきた。だが、ひょっとしたら照れていただけなのかも知れない。そういえば、さっきブログを印刷したものを手渡すときも、同じ表情だった。

「夫婦だからだ。何十年いっしょに暮らしてると思ってるんだ」

夫は、こちらを見ずに、背中を向けたままそう言った。

三畳間に閉じこもって、顔を合わさないようにしていても、その気配だけで気持ちを察することができる、夫はそう言いたかったのだろう。なぜなら、「夫婦だから」だ。何十年もともに過ごした夫婦だからわかる、そんなことを聞いて、高巻淑子は、とても複雑な気持ちになった。やっぱりそうだったのかという思いと、これまでの態度からはそんなことはあり得ないという正反対の思いが湧き上がって、整理がつかなかった。

「わかりました」

そう言って、書斎のドアを閉めようとしたが、ブログを読ませてもらったお礼を言わないといけないと思った。ブログは素直にうれしかった。あれは、読者ではなく、高巻淑子に向けて書かれたものだった。照れがあって直接言えないから、文章にしたのだ。お礼を言いたかったが、何となく気恥ずかしくて、言葉が出てこない。すると、これまでにもこういった逡巡《しゅんじゅん》がいっぱいあって、結局躊躇《ちゅうちょ》して口に出さなかったと気づいた。気持ちを素直に言葉にすることが、こんなにやっかいなものだと、今まで考えたことがなかった。

「あの、あなた」

勇気を奮い起こして、そう呼びかけると、夫は、背中を向けたまま、何だ、とうるさそうにぼそっとつぶやいた。相変わらずいやな感じの対応で、以前は、この時点で話しかけるのを中断しドアを閉めて退散していたなと思いながら、ブログ、ありがとうございました、と言った。

立ち去ろうとしたとき、キーボードを打つ音が止まり、夫がこちらを向いた。釈然としないという表情で、じっとこちらを見ている。ドアを閉めようとしたが、夫が、何か言いたそうな顔になったので、動作を中断した。

「いや、その、礼なんか、別にそんなのいいんだ」

夫は、不自然なくらいの早口でそう言って、怪訝《けげん》そうな表情のまま、高巻淑子の顔をしばらく眺めたあと、キーボードに向き直った。

梅が満開になったころ、ホームセンターに買い物に行って、公園まで足を延ばしてみようと、ふと思った。小雨が降っていて、ヨシダさんがいるかも知れない。ボビーが死んでから、何度もその脇を車で通ったり、近くに買い物に行ったりしたが、公園に足を踏み入れる気にはなれなかった。

公園はボビーとの思い出に充《み》ちている。公園を一人で歩くと、もうボビーはこの世に存在していないのだと思い知ることになる。しかも、愛犬家たちから、ボビーのことを聞かれる。だから、絶対に行きたくなかった。

どうして気持ちが変わったのだろう、雨だからだろうか、ヨシダさんに会いたかったのだろうか、ただこれまでにも雨の日はあったが、公園に行ってみようという気にはなれなかった。ボビーが死んで、もうすぐ二ヶ月になる。夫との関係は、微妙だ。確かに会話は増えた。それに、外食に行くようになった。変わったような気もするし、以前とほとんど変わっていないところもある。

この二ヶ月間に、イシグロさんから三回ほど誘いの電話があり、夫は、いっしょに行くか、と高巻淑子の都合と気持ちを確かめるようになった。二回は断ったが、夫に悪い気がして、二月初旬、いっしょに出かけた。だがやはり居心地が悪くて、そのあと夫は、行きたくないんだったらそう言えよ、と機嫌が悪くなり、何日か気まずさが残った。だから単純に仲がよくなったというわけではない。

「辛かったでしょう」

ヨシダさんは、ボビーを連れていない高巻淑子を見て、それだけを聞いた。いつ死んだのかとか、どんな様子だったかとか、他にはいっさい何も言わなかった。サリーは相変わらず野鳩の群れを追いかけ、ヨシダさんは、愁いのある眼差《まなざ》しでそれを眺めていた。ヨシダさんと会うんだったらプーアル茶を持ってくればよかった、そんなことをぼんやり考えていると、あの、おせっかいかも知れませんが、とヨシダさんが、話しかけてきた。

「まだ、そんな気持ちにならないと思うんですけど、できれば、ボビーちゃん二世を、考えられたらどうかなと、思いますね」

はい、と曖昧に返事をして、何度も考えたがまだ当分無理だと、そう思った。

「タカマキさんが元気になることを、ボビーちゃんも望んでいるんじゃないですか」

そんなことを言われて、夫は何と言うだろうと考えた。そして、ふいに、ヨシダさんは亡くなった奥さんのことをよく話してくれたが、自分は夫のことをまったく話していないと気づいた。

夫のことを話すのがきっといやだったのだ。態度が冷淡で、いつも傷つけられているなど、話せるわけがない。他人に言うべきことではないし、ヨシダさんも家庭内の愚痴など聞きたくないだろう。身内の恥を他人に言うわけにはいかない。そして、ヨシダさんの奥さんは亡くなっているが、夫はいまだ生きている。どんな状態であれ、関係性は続いている。ヨシダさんは、誰かに話すしか関係性を確かめる方法がないのかも知れない。

新しい別の犬を飼うことで、わたしが元気になることをボビーも望んでいるのではないか、さっきヨシダさんはそんなことを言った。だが、ヨシダさんは、矛盾している。ヨシダさんは、いつか話してくれた。奥さんの癌が、肺とリンパに転移したころに、あなたは寂しがりやだから、わたしが死んだら、優しい誰かと、出会ってくださいね、と奥さんに言われたらしい。だが、ヨシダさんは再婚していない。あの言葉が忘れられなくて、逆に、誰とも出会いたくないと思ったりするんです、とそんなことを言った。気を悪くするのではないかと恐かったが、高巻淑子は、思い切って、そのことを聞いてみた。

「よく覚えていますね」

ヨシダさんは、照れたような笑顔になった。

「ぼくは、だから、間違ったんです。どうしても妻と比べてしまうでしょうし、再婚する人に失礼かも知れないとか、いろいろ余計なことを考えてしまったんですね。でも、立場が逆だったら、どうだろうって考えました。ぼくのことだけを思い出しながら寂しく過ごして欲しいか、それとも笑顔で過ごして欲しいか、答えは明確ですよね。でも、まあこの歳になると、もう他の人と一からやり直す自信もエネルギーも湧いてきません。サリーもいますからね。でも、ときどき、妻が必死の思いで言ったことを、もう少し真剣に考えるべきだったと、後悔することがあるんですよ」

　素敵な奥様だったんでしょうね、と聞くと、ヨシダさんは、いや、と首を振った。

「いや、酒も飲めないし、冗談もつまらないし、単にいっしょにいて楽しいとかそういう人じゃなかったですね。じゃあ、どういう人だったかというと、どれだけ長くいっしょにいても疲れないし、散歩をするだけでとてもいい時間を過ごせるんです。要は、長い人生をともに歩む、パートナーだったんです」

　ボビー二世とヨシダさんは呼んでいるが、実際にはボビーの子どもではなく、新しい別の犬だ。ボビーのことを忘れてしまうのではないだろうか。

「そんなことはないですよ。タカマキさんが、悲しまれたのは、ボビーの面影を心に刻むためなんです。親しかった人や、可愛がっていた犬が死んだとき、耐えられないような大きな悲しみに包まれるのは、確かにひどく辛いですが、心のある部分に、記憶として刻みつけるために、必要なことなんです」

「犬？　いったい何を考えてるんだ。あんなに辛い思いをしたばかりじゃないか」

　新しく犬を飼おうかと考えていると打ち明けると、夫は、怒ったような口調でそう言った。その表情も口調も台詞も、予想したものとまったく同じだったので、高巻淑子は、可笑《おか》しくて、自分でもびっくりするくらいの笑い声を上げた。何で笑うんだ、とまた聞いてくるだろうと思っていると、そのとおりの言葉が聞こえて、さらに可笑しくなり、笑いが止まらなくなった。夫は笑い声を上げる高巻淑子をじっと眺めた。

わたしだって、まだ早いと思っているんですよ。ちょっと言ってみただけです。予想と同じ反応だったので可笑しかったと弁解したあと、そう付け加えた。正直な気持ちだった。すると、夫は真剣な表情になり、いや、飼ったほうがいい、と言った。そんな反応は予想外だった。そして信じられないことに、夫は目にうっすらと涙を浮かべていた。

「お前はきっと自分ではわからないだろうが、ここしばらく声を上げて笑ったことなんかないんだよ。おれは、お前が、そうやって声を上げて笑うのを見られるんだったら、いいよ。大賛成だよ。犬でも馬でも何でも飼ってくれ」

高巻淑子は、動揺した。そんなことを言われるとは思ってもいなかった。夫との関係性が変わろうとしていると感じた。混乱しているし、新しい関係性に適応できるのか、不安もある。よし、とりあえず、プーアル茶を、夫と二人で飲んでみよう。ボビー二世のことも、そのあと考えよう。お茶を飲んで、とにかくまず気持ちを落ちつかせる、そこが出発点だと、高巻淑子は、そう思った。

トラベルヘルパー

祖母の思い出

おれくらいお喋《しゃべ》りが好きな人間がこれほどの孤独にさいなまれるというのはいったいどういうことなのだろうか。下総源一《しもふさげんいち》は、スーパーの安売りで買った狭山《さやま》の新茶を、一つだけ残しておいた三川内焼《みかわちやき》の茶碗で飲みながら、そんなことを考えて、何度もため息をついた。狭山茶は、東日本大震災があった秋に、多くの銘柄でセシウムとかいう放射性物質が基準値を超えたために、近所のスーパーでは安全ですと謳《うた》いながらも安売りをしていて、多めに買うことができた。狭山の新茶は、舌で転がすと、渋みのあとでかすかな甘みが感じられて、とてもおいしい。しかも今年の新茶はまったく安全なのに、敬遠する人もいまだ多いらしい。

日本茶が好きになったのは、祖母の影響だ。祖母は、三重県志摩《しま》町の和具《わぐ》というところの有名な海女《あま》だった。また、お喋りになったのも、祖母の影響だった。下総源一は、五歳のときに両親が離婚して、二年半ほど、母方の祖母に預けられた。母親は、名古屋近郊の旅館に住み込みで働くことになって、しばらくいっしょに住めなくなったのだ。両親はケンカばかりしていて、軽トラックの運転手だった父親は酒を飲むと暴力的になった。そんな家庭で育ったせいか、ひどく無口で、内気な子どもになってしまった。

下総源一が引き取られたとき、祖母はすでに五十代だったが、もちろんまだ海に出ていて、和具でもっとも多くアワビを捕る海女だった。祖母の名前は千代《ちよ》だったが、海女仲間からはチヨバナと呼ばれていた。チヨバナの、バナがどんな意味なのか、今でもわからない。当時、和具の漁村には幼稚園というものがなく、下総源一は朝から夜までずっと祖母といっしょに過ごした。祖母は、四十代で夫を病気で亡くし独り身だったが、大勢の仲間に囲まれて、はつらつとして暮らしていた。

五十代で現役で、それもスーパースターのような海女だったが、小柄で、しかも手足は細くきゃしゃだった。祖母は、下総源一を可愛《かわい》がった。だが、べたべたと甘やかすわけではなく、叱《しか》るときは頬《ほお》を張った。祖母が怒るのは、嘘をついたり、人に迷惑をかけたりしたときだけで、あとは放任主義だった。

「ゲンイチ、お前、男やからね。べちゃくちゃ喋らんでもええ。ただ、自分がいやなことを人にしたらいけんよ」

そんなことを言うだけで、あとは放っておいてくれた。

祖母は、三月から九月の漁期の間、日曜を除く毎日、朝早く海に出て、おもにアワビを捕っていた。海女舟《あまぶね》を操る船頭は男だった。ヨシモトさんという大人しい性格のおじさんで、祖母とは十年来のコンビらしかった。潜る海女と、命綱を持って小舟を操る船頭は夫婦であることが多いらしい。しかし夫を亡くしてから、祖母はずっとヨシモトさんにまかせていた。

祖母は、海辺の家に一人で住んでいた。下総源一は、朝いっしょに港まで行き、海女小屋で海女たちの戻りを待った。小屋は、十坪ほどの、トタン屋根の簡素な建物だった。コンクリートの土間と、あとは便所と風呂があり、いつも煙が充満していた。だだっ広い土間の真ん中に、ブロックで囲んだだけの、薪《たきぎ》を燃やす囲炉裏《いろり》があり、その周囲にござや座布団が並べられていた。天井には煙突につながった排気口が開いていたが、換気扇なんかないので、小屋は常に薪が燃えたりくすぶったりして煙たく、目が痛かった。海女たちが出漁したあとも、海女小屋には必ず誰か大人がいた。他にも子どもを預ける海女がいて、託児所のような役割もあったので、近くの農家のおばさんとか、漁師を引退したおじいさんとかが、子どもたちの面倒を見てくれていたのだ。

子どもたちは勝手に海女小屋を出ることを禁じられていた。港には漁協や船着き場や市場があったが、岸壁には柵《さく》がなく危険だったからだ。だから、下総源一は、昼と夕方、漁を終えて帰ってくる祖母を、ずっと小屋で待った。だが、煙たさにもすぐに慣れたし、おばさんやおじいさんがいつも面白い話をしてくれたので、退屈もしなかったし、寂しくもなかった。

祖母と暮らしはじめ、一日のほとんどを海女小屋で過ごすようになって、性格が変わった。それも、ある日突然に変わった。両親といっしょに愛知の岡崎というところにいたころは、無口で内気だった。だが和具に来て、一ヶ月ほど経《た》ったころ、いつものように海女小屋に入り、くすぶった薪から煙がたなびいているのを見ているうちに、胸のあたりがむずむずしてきて、顔なじみになったユウコちゃんという四歳の女の子に、まるで弾丸のように早口で喋りはじめたのだった。

和具の海女小屋で、下総源一は突然その日を境に、無口な子から、お喋りな子に変わった。岡崎と和具では、方言が違うので、わかりにくかったはずだが、ユウコちゃんも、その場にいっしょにいたお守り役のおじいさんも、うるさいとも言わず、ただニコニコして黙って聞いてくれた。何を話したのか正確には覚えていない。たぶん両親のことを中心に話したと思う。

昼になって、午前中の漁を終えた海女たちが小屋に戻ってきて、白いシャツを脱いで天井から吊《つ》るされた竹の筒に干し、囲炉裏で身体《からだ》を暖めながら、ものすごい勢いでいっせいに喋りだして、下総源一の声はかき消された。

漁から戻ってきたときの海女たちのパワーはすごかった。海女の漁がどんなものかは知らなかったが、興奮するものだということは否応《いやおう》なく伝わってきた。大ぶりで良いアワビがたくさん捕れたと怒鳴るように大声を出す海女がいるかと思えば、全然獲物がなかったと激怒しているかのように文句を言う海女もいた。話しかけるというより、襲いかかるような感じだったが、聞くほうも、ただ黙って耳を傾けるわけではなかった。たくさんアワビを捕ったと興奮して話す海女には、それはたまたま午後からは一個も捕れへんぞ、と怒鳴り返し、まったく収獲がないと愚痴る海女には、根性がないからや、と笑い飛ばし、その返答がさらに返答を呼んで、いったい誰が聞いているかわからなくなるほど、小屋は洪水のように言葉であふれかえった。

あの興奮と熱気がからだの中に染み込んで、一ヶ月が経ったころに、感情を封じ込め、溜《た》めておくところの扉が爆発して破れてしまい、堰《せき》を切ったように言葉が吐き出された、下総源一はそう思っている。

海女たちは、それぞれの弁当を広げる前に、必ず熱いほうじ茶や番茶を飲んだ。真夏でも、冷たい麦茶などではなく、熱いお茶だった。ほれ、ゲンイチも飲むか、そう言って必ず祖母が熱いお茶を持ってきてくれて、ええ子にしとった？　と言って、頭を撫《な》でてくれた。岡崎にいたころはこんなときはなかった、祖母がくれたお茶を飲むたびに、そう思った。あの海女小屋は、人間だけが持つエネルギーにあふれていた。

和具には二年半ほどいた。母親が名古屋近郊に小さなアパートを借りて、また引き取られたが、別れる日、祖母は、寂しいと涙をボロボロと流した。祖母が泣くのを見たのはそれがはじめてだった。そのあと、夏休みには必ず和具を訪れたが、下総源一が名古屋に戻る日には、祖母は漁を休んで駅まで見送り、そしてまた必ず涙を流した。

母親は、ひどい無口だった息子の性格が変わってしまったので、びっくりしていたが、明るくなったと素直に喜んだ。名古屋近郊の小学校に転校し、和具で真っ黒に日焼けしていたので、そのことをからかわれたりしたが決してくじけたりしなかった。祖母をはじめとする海女たちのエネルギーが身体に充満しているような感じで、口でも腕でも負けることがなかった。

両親の離婚後、父親とは数えるほどしか会っていない。貨物自動車の運転手で、酒が入ると人が変わったが、根は大人しかった。離婚後も岡崎に住んでいて、何度か軽トラックで会いに来て、下総源一を助手席に乗せ、近所をドライブした。そのたびに母親とまた口論になり、やがて中学に入学するころには、まったく姿を見せなくなった。父親のことを訊《たず》ねると母親の機嫌が悪くなるので、いつしか会いたいという気持ちが薄れていき、やがてその存在をほぼ忘れた。

だが、下総源一が、トラックドライバーになったのは、間違いなく父親の影響だ。乗用車にしろトラックにしろ車そのものが極端に少なく、自転車やリヤカーが未舗装の道路を行き交う、そんな時代だった。

離婚前、父親は軽オート三輪に乗って、食料品や衣類など、いろいろなものを運んでいた。運送会社所有の軽トラだったが、父親が車に乗っているということが自慢だった。助手席に乗っているときは心地よくて、道で友だちなどとすれ違ったりすると、誇らしい気分になった。

父親も無口だったが、運転しているとき、必ず同じことを言った。何かを運ぶことには価値がある、それが父親の口癖で、助手席の息子に向かってというより、自分自身に言い聞かせるように、つぶやくのだった。

モノでも、人でも、移動させることはとても大事なことだ。倉庫に靴や洋服が積んであっても役にも立たないが、運ばれて店に並べられると価値が生まれる。おれの仕事は、それだ。運ぶんだ。非常に価値がある。

結局おれがトラックドライバーになったのもオヤジのあの言葉が身体の奥深くしみ入ってしまったからだろうな、下総源一は、そんなことを考えながらコンビニで買ってきたマカロニサラダとサバの味噌煮《みそに》を食べ、日が暮れてきたので、お茶から焼酎《しょうちゅう》に替えた。東京都下の、木造モルタルの狭いアパートの一室だ。六畳と三畳の二部屋に、猫の額のような台所が付いている。夏が来ると、もう六十三歳になる。さすがにやばいなと思う。貯金はスズメの涙ほどしか残っていない。もっと安いところを探したほうがいいかもしれない。

現在失業中だが、正社員ではなかったので、年金はないに等しい。たまに昔の会社がトラック便のアルバイトを回してくれる。現役だったころに可愛がってやった大学出の若造の配車係が、意外に賢い男で、専務にまで出世した。ドライバーが足りないときに優先的に仕事を回してくれるのだが、体力的にもう大型は無理だし、長距離も走れない。八トンで一昼夜往復五百キロというのが限界だと知った。しかも、ひどく疲れる。パレット積みだと楽だが、取扱業者から積み込みや荷降ろしをやらされると、翌日は起き上がれない。

六十歳になって会社から切られた。表向きは健康上という理由だったが、宅配便の配送を除けば陸送の仕事は減り続けていて、おまけに就職できない若者が中型免許を取って流れ込んできてドライバーは余っている。宅配便のアルバイトも何度か試してみたが、どうも合わなかった。狭い地域をぐるぐる回って小さな荷物を届けるのは、ドライバーの魅力に欠けていると思った。本来的に陸送のドライバーというのは、自由なのが魅力なのだ。我が道を行く、という感じが好きだったのだが、宅配便はノルマがきつく自由な時間がない。

もし女だったら海女になりたかった、今、下総源一は本気でそう考えている。

海女は辛《つら》い仕事だというのがきっと常識なのだろう。三月から九月まではほとんど休みなく海に出て、漁期が終わるころには数キロ痩せるらしい。祖母は深場専門だったので八キロから十キロ痩せるのだと言っていた。冬場には、真珠の養殖場で働いたり、家の裏手にある小さな畑を耕したりしていた。だが、漁期には、祖母は一日で数万円も稼ぐことがあった。海女の仕事は陸送の長距離ドライバーよりはるかに公平で、アワビやサザエの代金の八割を受けとることができた。漁協が五パーセント、船頭が十五パーセントを取るが、残りはすべて海女のものだった。

祖母は、かなり稼いでいたはずだが、洋服や靴などを買うわけでもなく、趣味といえばたまに街に出てパチンコをするくらいで、あとは一ヶ月に一度漁協近くの町民会館で海女仲間と寿司《すし》を食べるのが楽しみだったようだ。祖母は、八十七歳まで生きたが、信じられないことに、八十五歳まで漁に出て誰よりも多くアワビを捕っていたらしい。夫には早く先立たれたが、数え切れないほどの仲間がいた。海女たちは、ライバルでもあったが、何よりも非常に親しい友人で、都会に住む者には理解できない独特の友情で結ばれていた。

今でもはっきりと覚えている。午前中の漁から戻ってきた海女たちは、小屋で弁当を広げるのだが、全員がおかずを分け合った。例外は一人もいなかった。幼かった下総源一も弁当を作ってもらっていたが、全員が弁当箱をぐるぐると回すので、いったい誰の弁当を食べているのかわからなくなってくるのだった。

あんなに仲のいい人たちを、あれ以来、見たことがない。下総源一は、あんなに温かい雰囲気を、あれ以来味わったことがなかった。

老いらくの恋

下総源一は、地元の高校を卒業すると、まず名古屋の運送会社に勤め、そのあと東京に出た。母親は反対したが、どうしても東京に行きたかった。中学生のとき、東京でオリンピックが開催され、日本中が熱狂した。当時、東京という固有名詞はほとんど希望と同義語だった。高度経済成長時で名古屋の運送会社の給料も悪くなかったが、新幹線に乗って東京に行って、新宿や渋谷や銀座を歩き、東名高速や首都高速を走りたいと思った。名古屋も都会には違いなかったが、東洋の魔女が歓喜の涙を流し、体操で日本選手がウルトラCを連発し、アベベ・ビキラが走り抜けたのは、名古屋ではなく東京だったのだ。

　東京で最初に勤めた品川の小さな運送会社は、数年経って、オイルショック後の大不況であっさりと倒産した。そのあとかなり名の知れた中堅どころの会社に就職して、大型免許を取り、事務の若い女と社内結婚をした。女はまだ二十歳そこそこで、容姿も頭も「中の下」といったところだった。結婚したのは、上司が勧めてくれたのと、二十五歳を過ぎたら結婚するものとどこかで思い込んでいたからだ。

　日本は不況を脱し、会社は急成長していて基本給と歩合を合わせると大学出のサラリーマンよりも稼ぐことができたが、勤めも結婚も長続きしなかった。仕事は安定していて、ほぼ決まった時間に出社し、おもに電化製品卸《おろ》しの荷主から小売店への配送を請け負っていた。だが、同じ場所から同じ場所へと荷物を運ぶのがいつしか苦痛になった。何かを運んでいるという感覚が薄れてきたのだと思う。毎日が同じことの繰り返しで、ドライバーとしての自由度がないからか、社内の雰囲気もどこか味気なく、これでは普通のサラリーマンと変わるところがないと思うようになった。会社を辞めると、妻との関係があっという間に悪化した。あなたみたいに楽しいお話をしてくれる人ははじめて、と言っていた妻は、別れるときに、あんたのお喋りにはもううんざり、という捨て台詞《ぜりふ》を吐いた。たった八ヶ月の結婚生活で、もちろん子どもも作らなかった。

そのあとは、いくつかの会社を渡り歩いた。そして東京都下の、花小金井《はなこがねい》というところにある運送会社に入り、長距離をまかされたのだが、下総源一は、あのころが自分の黄金時代ではなかったかと思う。

七〇年代の終わりごろから八〇年代、バブル崩壊の前まで、人生の絶頂期だった。平均睡眠時間五時間、CB《シービー》無線で仲間と心ゆくまで語らい、大好きな荻野目洋子《おぎのめようこ》のカセットを大音量で鳴らしながら、鹿児島から青森まで大型トラックを走らせ、年収も優に五百万を超えていた。あのころ、貯金に励んでいたら、還暦をとうに過ぎて、こんなボロアパートに一人で住み、毎晩わびしい出来合いのコンビニ食と安酒で、孤独に怯《おび》えることもなく、おいしいお茶をいくらでも飲めたかも知れない。

金はおもに酒と女、それにパチンコなどの遊興に使った。一時期だが競艇にはまったこともある。すべてが、ただの浪費だった。退職してから、あっという間に生活費が乏しくなり、何をするにも金がかかるので、しょうがなくて古本屋に行き、時代小説からはじめて、いろいろな本を読むようになった。たった百円で一日過ごせるというのはすごいことだと思ったし、知識が増えていくという喜びを生まれてはじめて味わった。

本を読むようになってから、以前よりもお茶をおいしいと思えるようになった。特売で買ってきたお茶を淹《い》れ、ちゃぶ台代わりの小さな机で本を読むのが、今唯一の楽しみだ。酒や女やパチンコに金を使わないで、三十年前からこうやって本を読んでいれば、人生はきっと違うものになっただろう。長距離トラックを走らせていたころは輝いていたので、後悔はしないが、惜しかったという気持ちはある。一年ごとに女を替えるようなバカなことをしてきたが、あのころ今みたいにちゃんと本を読んでいれば、知識や教養といったものが身につき、再婚もできて、子どももできて、今ごろは孫に囲まれて幸福な老後を送っていたのかも知れない。

おれはただのお喋りに過ぎなかったと、下総源一は思う。よく喋るので飲み屋では人気があった。付き合ったのは、ほとんどすべて水商売の女たちだった。明るくて面白い人ということでとりあえずもてるのだが、喋ることに内容がないので、やがて飽きられ、少し黙っていられないのかとか、同じことばかり言うなとか、悪態をつかれて終わりになる。考えれば考えるほど、バカな生き方をしてきたものだが、後悔がないのは、トラックドライバーとして、恵まれた時代を過ごしたと思えるからだろう。

今のトラックドライバーは、過酷だ。決まった時間に決まった地区を回り、ほぼ決まったものを届けることに抵抗がなければ、宅配便などの路線貨物運送会社で働けばいい。だが、自由度という魅力と、道路をひた走る快感を得られる中長距離のトラックドライバーたちは、危機に瀕《ひん》している。九〇年代にバブルが崩壊してからその傾向が現れ、世紀が変わると露《あら》わになった。要するに、この二十年間、運賃がほとんど変わっていないのだ。確かに、規制緩和で業者が増え、過当競争に陥っているという理由もあるが、それだけではないと、下総源一は思う。

深夜に高速道路や一般道を走っているトラックの大部分は、いわゆるチャーター便というやつで、中小の運送会社に属している。下総源一が長年勤めたのも、チャーター便の運送会社だった。中小の運送会社は、荷主と直接の取引をしているわけではない。荷主の下には、必ず元請けの運送会社があり、さらに一次下請け会社があることも多い。そして問題は、その下部に位置する通称「水屋」と呼ばれる荷物取り扱い業者だ。水屋が、実際に荷物とトラックを引き合わせる。だから、荷主と運賃の交渉ができるわけもなく、二次、三次の下請けとして、水屋の世話にならなければ仕事が回ってこない。

水屋がいつごろから台頭してきたか、よく覚えていない。歴史の長い運送会社が水屋に変わった例も多いと聞いた。スーパーやコンビニ、それに家電や家具や衣類や靴などの量販店など、昔は存在しなかった小売りの業態が現れ、物流の量が天文学的に増え、それに合わせて荷主の数も種類も昔とは比べものにならないくらい増えた。それらをさばくために水屋は必要だったのだが、立場が強くなった分、運賃を叩《たた》けるだけ叩く。だから最低運賃というものがない。

今、四トン車で関東から関西まで走って、いくらになるのだろうか。たぶん四万円前後だろう。距離が六百キロとして、当然高速代は含まれない。高速代と燃料代を差し引くとだいたい半分の二万円になり、これが運送会社の取り分となる。ドライバーの給料、車検などの費用、事務所費用に充《あ》てるのだが、とても利益が出る金額ではない。だから過積載と過重労働がどうしても必要になり、トラックドライバーは常に警察の摘発と、命の危険にさらされている。

低賃金と過重労働の悪循環は、長距離トラック業界だけではない。タクシー業界も同じだ。規制緩和による新規参入で、過当競争が起こり、運転手の給料はだいたい以前の六割に下がり、勤務時間だけが増え続けている。長距離バスにしてもまったく同じで、大勢の客を乗せたドライバーはほとんど仮眠なしで一人で走っていて、大きな事故が起こった。事故が再発しないのが不思議なくらいだ。

下総源一は、さっぱりわからない。日本は、三十年前、四十年前と比べるとはるかに豊かになっているはずなのに、末端に金が届かなくなった。春闘でも大手労組は経営側の言いなりで、このところ給料はまったく上がっていない。それどころか業績不振の家電メーカーなどではリストラの嵐が吹きまくっている。大手にしてそんな具合だから、中小企業の社員や、派遣、アルバイトなどの悲惨さは想像を絶するものがある。

下総源一は、今将来の展望などゼロだが、いい時代に働いたし、いいときに去ったと思う。バブル崩壊以後しか知らない世代はこんなひどい労働環境が当然だと思っているかも知れないが、高度成長とバブルを知る者にとっては地獄のように感じられる。人口は減りつつあるというのに、おそらく大多数の労働者が安月給に喘《あえ》ぎ、二十円でも十円でも安いコンビニ弁当を探し、一円でも安い居酒屋を探し、うまいメシもうまい酒も最初からあきらめている。

下総源一は、昔の感覚が抜けないのか、何とかなると勝手にそう思い込んで、将来のことを考えることから逃げてきた。これから何を生きる糧《かて》にすればいいのだろうか。食い扶持《ぶち》はどうにかなる気がする。貯金もゼロに等しいし、年金もたかが知れているし、体力もずいぶん弱ってきたが、宅配便の下請けで時間給のアルバイトだったら、仕事はないわけではない。問題は、食い扶持よりも、このどうしようもない孤独感だ。

ぬくもりのようなものが欲しい。昔のドライバー仲間とはときどき電話で話すが、退職してから、みな散り散りになってしまった。故郷がある者はたいてい帰っていった。そもそも、年寄りの男だけで集まって酒を飲んでも面白くも何ともない。寂しいだけだ。やはり、おれが欲しているのは女だ、それが結論だった。もうかれこれ六年ほど女と付き合っていない。

ひょっとしたらこれが人生の転機となるかも知れない、そう思えるような出来事が起こったのは、ちょうど梅雨が明けるころだった。貯金の額が五十万を切り、宅配便のアルバイトをはじめるか、あるいはさらに安いアパートを探すか、そろそろ決断しないとこのままではやばいと思いつつ、相変わらず読書とお茶、コンビニ食と焼酎だけの無為な日々を送ってい て、その日も、梅雨明けの猛暑を避けるように、早朝から西武《せいぶ》線の小平《こだいら》の駅前に行き、路地裏の喫茶店でモーニングのトーストを食べながら松本清張の推理小説を読んで時間をつぶした。

『ゼロの焦点』をほとんど読み終わり、そろそろ本の補充が必要だと、駅の裏手にある古本屋に向かった。昔ながらのこぢんまりした古本屋で、元大手出版社編集者を自称する八十二歳の老人が一人でやっている店だった。東村山《ひがしむらやま》か花小金井まで行けば、ブックオフとかいう新しいチェーン店があるが、本の他にDVDやゲームソフトなども売っていて、ごちゃごちゃとして落ちつかない。

「暑いね。参っちゃうね」

そう言いながら、下総源一は店に入っていった。「島田書店」という看板が掛かった五坪ほどの店で、右隣は焼き鳥屋、左はクリーニング屋だった。店主の老人はホースで水を撒《ま》きながら店の前を掃いていて、夏なんだから当たりめえだろ、と素っ気ない返事でニコリともしなかった。店頭には、こんなものいったい誰が読むのだろうというような、大昔の作家の文学全集や分厚い辞典、それに写真集や画集などが積まれている。店内の左右両方の壁際と中央にはそれぞれ書棚があり、小説や随筆の単行本・文庫の他に、鉄道や登山、それに将棋や囲碁の本や雑誌が並んでいる。奥に行くと、恐ろしく古いエロ本が置かれていて、その一部はガラスケースの中に陳列してあるが、中には一冊二万円以上という高い値段の雑誌もあった。昭和三十年代、四十年代のエロ雑誌で、こんなもの売れるのかと聞いたことがあるが、遠くからわざわざ買いに来る客がいるらしかった。

松本清張の文庫本を探しているとき、そのソプラノの声が聞こえた。

「お元気そうで。すっかり暑くなりましたね」

鈴を転がすようなきれいな声だった。

すっかり暑くなりましたね、という挨拶《あいさつ》に、店主は、ほんとですね、これはもうたまりませんです、と愛想笑いを交えて答えた。何てやつだと、下総源一は思った。おれが、暑いね、と声をかけたときは、こちらを見もしないで、夏なんだから当たりめえだろ、とつっけんどんに応じたくせに、女から同じことを言われると、へらへらして、ほんとですね、とにこやかに、まるで昔お菓子屋の前にあったペコちゃんの首ふり人形のように何度も首を縦に振った。

すっかり干からびた印象だが、店主もやはり男には違いなかったのだ。鈴を転がすようなソプラノの声の持ち主を見て、これは店主が男として目覚めるのも無理はないと納得した。歳《とし》のころは五十そこそこというところだろうか、誰もが振り返るような派手さはないが、細面で、きゃしゃな体つきで、清楚《せいそ》で、飲み屋にいたら間違いなくオヤジたちの圧倒的な支持を受けそうな容姿だった。花柄のワンピースを着て、素足にサンダルを履き、白の日傘を差していて、往年の日本名作映画から抜け出してきたような女だと、下総源一はため息をついた。

「ホリキリさん、例の文庫入ってますよ」

店主のオヤジは、女をうやうやしく店内に案内した。ホリキリという名字なのか、下の名前は何だろうと、ほれぼれしながら女の顔を眺めていると、ほら、どけ、というように、店主は下総源一にぶつかり隅に押しやるようにして、棚から一冊の文庫本を取り出した。『砂の器』だった。すばらしい、そう思った。ホリキリという女は、松本清張が好きなのだ。接点としては、申し分ない。しかも、こんな古本屋に古本を買いに来るくらいだから、庶民だと考えていいだろう。こっそりと両方の手の指を確認したが、どの指にもリングがなかった。指輪がないから未婚だとは限らないが、悪い兆候ではない。

下総源一は、自分も書棚に手を伸ばし、古いカッパ・ノベルス版の『眼の壁』を見つけて、おお、やっと見つけたぞ、とうれしそうな声を上げた。

「いやあ、これは図書館にもなかったんだ。この暑い中、わざわざ来た甲斐《かい》があった」

『眼の壁』にはていねいにビニールのカバーが掛かっていて、値段は三百九十円と少々割高だったが、女との大切な接点だと考えれば安いものだと思った。

どうすべきか、と下総源一は、『眼の壁』を持ったまま考えた。ホリキリという名前の女は、すでに『砂の器』の代金を支払っていた。上下巻の古い文庫本で三百二十円という値段が付けられていたが、店主は相変わらずへらへらした顔で、五百円玉を出した女に、百円玉二枚のお釣りを渡した。奥のレジではなく、本棚の前で精算していたが、エロ雑誌のコーナーを見せるのがいやなのだろうと思った。女は、大きめの革製の白のバッグに『砂の器』を入れて、他に何か気に入った本がないか探すように、書棚に目をやっている。

おれもまけてくれよ、とダメ元で小声で言ってみたが、店主は、バカ言うなと首を振った。こんな出会いがあるのだったら、もっとまともな格好をしてくればよかったと後悔したが、もう遅い。百円ショップで買ったTシャツと、着古したジーパン、それに底がすり減ったサンダルという最悪のファッションだった。それにしてもいい女だなとじっと見ていると、突然目が合ってしまった。気配を感じたのだろうか。下総源一は慌てて目をそらそうとしたが、信じられないことに、女は、軽く会釈《えしやく》をして、こちらに微笑《ほほえ》みかけた。

びっくりして、どう反応すればいいのかわからない。頬が赤くなるのがわかった。軽く挨拶を返せばよかったのだが、情けないことにうろたえていて、皮膚が引きつったようなぎこちない笑顔を作るのが精いっぱいだった。しかし、どうしておれなんかに微笑んでくれたのだろう、下総源一は本当に久しぶりに胸がときめいた。よくよく考えてみたら、水商売の女以外と、まともな付き合いをしたことがない。配送を終えて戻ってきて、行きつけのスナックを回り、浴びるほど酒を飲んで、そのあと、さばけていて遊び好きのホステスを選び、深夜営業の焼き肉屋やカラオケに連れて行って、折を見て口説き、十回に一回くらいの割合でラブホテルへ行く、そんなことの繰り返しだった。

案外、おれはタイプなのかもしれない、そう考えると脳裏にシャンデリアが点灯したような気分になった。源さんって、めずらしくおばさん化してないおじさんよね、そんなことを言ったホステスがいた。三十代で、娘のような歳の、可愛らしい女だった。その女によると、どういうわけか最近はおじさんはもちろん若い男でもあっという間におばさん化してしまうのだという。

その若いホステスが言うには、すでに、SMAPのような超人気グループのメンバーもおばさん化しつつあるのだそうだ。

「草彅《くさなぎ》君や中居《なかい》君はもうずいぶん前からおばさんみたいだったけど、最近ではキムタクや吾《ご》郎《ろう》ちゃんまでその危険性があり、香取《かとり》君も危ない。おばさん化した男の特徴は、エプロンとかが似合いそうってことで、びっくりすることに、EXILE《エグザイル》にもかなり交じってる。日焼けサロン行ったりヒゲとかはやしてもだめ。隠せない。氷川《ひかわ》きよしとかは最初からおばさん化してた」

なぜ男がおばさん化すると思うのかと聞いたところ、守りに入るから、とその若いホステスは答え、数少ない例外として菅原文太《すがわらぶんた》の名前を挙げた。もう八十近い歳だが、顔つきと目の光がおばさん化を拒んでいるらしい。菅原文太といえば『トラック野郎』ではないか。実際にはあんなトラックドライバーは存在しなかったが、映画はよく観《み》に行った。

その若いホステスに言わせると、どういうわけか、下総源一はおばさん化を免れているらしかった。別に男っぽい顔つきや体つきというわけではない。眉《まゆ》が濃いわけでも、目つきが厳しいわけでもない。平凡な顔だと自分でも思う。身体はいちおう筋肉質だが、背も中くらいだし、腹も少し出ている。ただし、守りに入るというのはまさに言い得て妙だった。人生においていろいろと守るべきものが多くなり生き方が保守的になるという意味だろう。確かにおれの場合は何もない、と下総源一は妙に納得した。

家族も家屋敷も財産も、守るべきものがない。しかも四十年近くトラックドライバーとして、組織の中ではなく、自分の腕一本で生きてきた。昨今、そういう男が少ないのかも知れない。そして、あのホリキリという名の女は、おばさん化していない男がきっと好みなのかも知れない。花柄のワンピースからすらりと伸びた形のいい脚を見ながら、そんなことを考えていると、希望のようなものが湧いてくるのがわかった。もちろん、それがはかない希望だということはよくわかっている。だが、まったく冴《さ》えない六十男にも、希望は必要だ。あんなにいい女がおれに好感を持つなど普通ならあり得ない話だが、ものごとをポジティブに考えることも重要なのではないか。

島田さん、いつか言ってた荷物だけど、おれ運んでもいいよ、下総源一は、ホリキリという名の女に聞こえるように、声を張って、店主にそう言った。以前、高田馬場《たかだのばば》の貸倉庫に古書が大量にあるのでトラックで運んでくれないかと、店主に頼まれたことがあった。報酬を確かめると、松本清張の文庫本十冊とか話にならないことを言うので、そのまま無視していたのだった。運送の仕事をしていると聞いて、店主は、おそらく下総源一が自分でトラックを所有していると勘違いしたのだ。見栄《みえ》を張ってそこは訂正せずに、忙しいからと単に返事を引き延ばしていた。だが、今日は違う。ホリキリという名の女に、自分が男らしいトラックドライバーだと知らせなければならない。

急にどうしたんだ、金ならないぞ、店主は怪訝《けげん》そうな表情をした。

「いや、古書の山といっても、十トンもないだろう。四トン車で充分だと思うんだよ。おれはほら、十トントラックの長距離が専門だから、なかなか四トン車の工面《くめん》ができなかったんだが、近々何とかなりそうでね。それで、ここは一つひと肌脱ごうかと、そういうことだよ。どうだ、清張先生の文庫十冊で引き受けようじゃないか。日頃から世話になってることだし」

店主は、あんたの世話なんかしてねえ、と可愛げのないことをつぶやき、納得できないという顔を崩そうとしない。

「いつだ、いつ運んでもらえるんだ」

実際には古書なんか運ぶつもりはさらさらない。古書の束など、ただ重いだけで積み荷としては最悪だ。だいいち、もう運送の仕事はやっていない。日にちの約束は避けないといけない。

「うん、四トン車が手配できる日がわかったらまた連絡するよ。最近は、小口の荷物が増えてしまったから、おれみたいな大型専門の長距離トラックドライバーが四トン車を確保するのが案外面倒なんだ。わかってくれるだろ」

四トン車が近々手配できそうだと言ったすぐあとに矛盾することを言ったが、そんなことはどうでもよかった。「大型専門のトラックドライバー」というところでことさら声を大きくして、ホリキリという名の女のほうに視線を移した。まあ、すてき、というような表情でこちらを見ているように思えた。

「じゃあ、映画のほうをご覧になったんですね」

女のフルネームは堀切彩子《ほりきりあやこ》だった。青梅《おうめ》街道沿いのファミレスで、パラダイストロピカルアイスティという舌を嚙《か》みそうな名前の飲み物を飲んでいる。

古書店を出るとき、何か冷たいものでもいかがですか、と心臓が破裂しそうになりながら誘ってみたのだが、驚いたことに、あら、いいですね、とこちらが呆気《あっけ》にとられるほど簡単に応じてくれたのだった。近辺には気の利いた喫茶店がなく、熱暑の中を青梅街道まで歩いたが、緊張のあまり途中何度か道端に座り込みそうになった。古書店の店主が、うらやましそうな顔で見送っていて、下総源一は、ちゃんと荷物運ぶからな、と大声で言って、バイバイと手を振った。だが店主は、その別れの挨拶を無視し、露骨にいやな表情を残して、店に戻った。その後ろ姿を見て、なんと哀れな老人だ、と思った。

「はい、映画は観ましたね」

なんか喋り方が変になってるなと思いながら、ビールを一口飲む。昼間からビールなんか飲んで野蛮な人だと思われたらどうしようと一瞬不安になったが、ファミレスの座席に向かい合って座っているだけで心臓がばくばくして、ビールで気持ちを落ちつかせるしかなかった。話題は『砂の器』で、小説は未読だが、映画なら観たことがある。昔何度もテレビで放映して、えらく暗い映画だなと、あまり好きにはなれなかった。現役のころはヤクザ映画かアクション映画しか観なかったし、本など読む気にもなれなかった。だが、そんなことを知られてはならない。おれは、男の中の男の仕事であるトラックドライバーであって、しかも読書好きなのだ。

「あら、有名な映画ですよね。わたくし、観ていないのですが、やはり感動的なんでしょうね」

実はあまり覚えていないんですなどとは言えない。ハンセン病の父とともに子どもが各地を放浪するシーンは印象に残っているが、感動するというより、これはちょっと変だなと疑問を持った。親子は、雪が舞い落ちる真冬の道を当てもなく歩いたりするが、下総源一は、あんなところをあんな薄着で歩いたらすぐに動けなくなり確実に凍死してしまうと思ったのだ。だが、そんなことは言えなかった。

「それはそうです。ハンセン病に罹《かか》った親と、その子どもが寄り添って真冬の海が見えて雪が激しく舞い落ちるところを歩いて行くシーンがあるんですが、ぼくは、まるで自分がその現場にいるような気になり、体中、凍《こご》えるような、そんな気持ちになったもんです」

お喋りな性格でよかったと思った。「ぼく」という一人称を使ったときに、自分で気持ち悪くなったが、それでも何とか言いつくろうことができた。だが、早く『砂の器』の話題を終わらせなければ、いずれボロが出るだろう。

「あら、わたくし、読むのがますます楽しみになってきました」

自分のことを「わたくし」と呼ぶ女と会話をするのは生まれてはじめてだった。昔の日本映画の中にいるような感じで、心地よくビールの酔いが回った。『ゼロの焦点』のことを話そうとしたが、考えたらまだ読み終わっていない。『点と線』と『黒い画集』と『波の塔』は読了したが、気の利いた話ができるかどうか、自信がない。何しろ、わたくしなどという貴族のような言葉を使う女なのだ。

だが話題を変えるといっても、どういったことを話せばいいのだろうか。結婚してますか。仕事をしてるんですか。そんなプライベートなことを聞いてはいけない気がする。飲み屋の女を相手にするときは、いきなり、彼氏いるのかとか、三十過ぎて一ヶ月以上セックスしないと脳の病気になるらしいぞとか、今考えるとぞっとするようなことを言っても平気だった。

「長距離トラックの運転手さんなんですね」

話題を探して焦っていると、女のほうで職業について聞いてきた。もう退職したのだと正直に言うほうがいいだろうか。だが、さっき古書店ではいまだに十トントラックに乗っているかのような話をした。

「そうです。ただ、もう六十過ぎなんで、フルには乗ってないんですね。会社のほうで高齢ドライバーの健康管理ということで、勤務がいくぶん少なくなるんです」

六十歳を過ぎると稼働日が減るというのは本当だった。

「あら、大変なお仕事なんでしょうね」

パラダイストロピカルアイスティを飲みながら、堀切彩子はそう聞いた。ストローをくわえる口元がとても愛らしかった。

「確かに大変ですが、誇りを持ってるんです」

やっとかっこいいことが言えたと思った。

あら、と堀切彩子が顔を輝かせたような気がした。ひょっとしたら勝手な思い込みかも知れないが、誇りという言葉への反応が確かにあった、そう思いたかった。

「誇り、ですのね？」

そう聞いてきたので、やっぱり、そうなんだ、とうれしくなった。ちびちび味わっていたビールをグラス半分ほど飲み干し、偉そうな口調にならないように注意しながら、下総源一は、そうなんですけど、と静かに語りはじめた。

「誇りといっても、あの、テレビの宅配便のコマーシャルみたいな感じとは若干違うんです。大切なお荷物、真心込めて届けますって、あれは親切心というか、一種のヒューマニズムの類《たぐい》ではなかろうかとぼくなんかは思っていてですね。物流というのは生産と消費をつなぐわけで、身体を巡る血液とかにたとえてもいいくらいなんです。よく両親から聞いたんですが、戦後すぐのころは、日本中が飢えていたそうです。じゃあ米をはじめ食べ物がなかったのかというと、そうではなくて、みんな、すし詰めの列車に乗って、農家に闇米《やみごめ》を買いに行ったわけですよ。食料は充分ではなかったかも知れないが、まるっきりなかったわけでもないんです。なかったのは、物流なんですね」

こんな話は退屈ではないだろうか、と少し不安になって、確かめると、堀切彩子は、あら、とんでもない、そんなことありませんわと、細い指の、形のいい手を軽く左右に振ったので、下総源一はさらに力を得て、弁舌に熱が入った。

「最近、よく言われます。経済成長などより、たとえば食料が自給できるようにすべきであるとか、そんなことです。完璧におかしいです。要は日本は石油が出ません。買わないといけないです。買うには、お金が必要で、それがないと、生産地から食料を運べないんですよ。確か、東京の食料自給の割合はたったの一パーセントくらいです。だから、物流が止まれば、あっという間にですね、みんな飢えることになります」

あら、大変、堀切彩子は、また同じ感嘆詞を使って、形のいい手を、愛らしい口元に当て、切れ長の目を大きく開いた。現役のころは、こんな話はできなかった。週刊誌ネタと下ネタばかりだった。孤独に耐えて読書した甲斐があった。人生においてムダなものは何もないのだ。

「しかしですね。悲しいことですが、誇りを持ったトラックドライバーが減りました」

下総源一は、ファミレスの窓外を眺め、寂しそうな表情を演出しながら、しみじみとした口調でそう言った。

「ぼくたちはほとんど中小下請けの運送会社で働いてるんで、現状、運賃は叩けるだけ叩かれてですね、息も絶え絶えに走ってるんですね。昔は、大学出の銀行員なんかより稼げた時期もあったんですが、そんなの、もはや夢のまた夢で、生かさず殺さずで、走るというより、走らされてるんです。何て言うんですか、効率ですか。そればかりが横行する世の中ってどうなのかと思いますすね」

堀切彩子は、元小学校の教師だった。五十代になってすぐに、事情があって退職したと言っていた。歳はおそらく五十代前半なのだろう。ファミレスを出るとき、また会えるでしょうか、とビールの酔いにまかせて恐る恐る聞くと、もちろんですよという明るい声が返ってきて、下総源一は思わず万歳と両手を掲げそうになった。いきなり携帯の番号を聞くのは失礼な気がしたので、どうやって連絡をすればいいでしょうかと訊ねると、メールアドレスのメモを渡してくれた。携帯ではなく、パソコンのメールアドレスだった。下総源一はパソコンは持っていないが、仕事柄、携帯のメールは使える。

パソコンはあまり使いません、と正直に言った。あら、わたくしもですの、と堀切彩子は日傘を傾けながら、ほほほ、と口をすぼめて笑った。どうしてあまり使わないパソコンのメルアドを教えたのだろうか。

「あら、だって、この歳でパソコンを使わないって、ちょっと恥ずかしいじゃありませんか」

しかし、よく「あら」って言う女だなと思い、そのことを伝えると、口癖なんですよ、と言って、また、ほほほ、と笑った。じゃあ、ぼく、ホリキリさんのことを、アラーの神って呼ぼうかな、と昔スナックで覚えたジョークを言うと、堀切彩子は腰を折るようにして、また楽しそうな笑い声を上げた。

今後は、メールで日にちなどを連絡し合って島田書店で待ち合わせることにした。家が古書店のすぐ近くなのだそうだ。

「今は無茶もできないですし、長距離も走らなくなりましたが、現役バリバリのころは、まあ、たとえば午後三時に、会社を出て、得意先まで行って、荷物の積み込みをするんですが、場所にもよりますし、荷物にもよりますし、作業する人数にもよりますが、だいたい二時間から三時間ほどかかります。昔は、ドライバーは積み込みはしないことになってて、そういった約束事はだいたい守られていたんですけどね。仁義というか、そういうやつがまだあった時代ですね。今は、それはひどいもんです。ほとんどの運送業者は、大手の下請けなんで、業者から積み込みや降ろしをやってくれって言われたら、断れません。断ったりしたら、もう荷物が回ってこないですから、言うなりです。

それで、三時に出庫した場合、だいたい目的地に出発できるのは五時半とか六時ごろです。たとえば、神戸だとします。これも、昔のいい時代の話ですが、関西だと当然高速で行ってました。今は、夜間便しか高速代は出ませんから、六時出発だと、一般道を走ります。一般道ですよ。途中、一時間から一時間半の食事と仮眠休憩をとって、翌朝の七時ごろかなあ、納品先に着くんだけど、早朝でまだ誰も出社してないので、待機してですね、八時に荷降ろしをはじめて、またこれが二時間弱かかるわけで、そのあと帰り荷を積むために、まあたとえば京都とか大阪ですね、移動します。トラック運送というのは荷物を積んで走ってなんぼですから、空荷で戻ったら赤字です。

その荷物の手配をこれまた業者がやるわけで、だから頭が上がらないし、言うなりにならざるを得ないわけですね。昼の一時ごろ、積み地に着いて、順番が来るまで待機します。このときに仮眠しますね。積み込みが終わるのがだいたい夕方六時ごろ。それで、また一般道を走って、たとえば神奈川とかに向かいます。途中、食事、仮眠、場合によっては風呂に入って、三時間から四時間休憩して、翌朝到着、みたいな感じですね。そのあと車庫に戻って、また午後から積み地に出発して、夕方積み込みを終えて、夜七時ごろにいったん車庫に戻し、家に帰って数時間寝て、今度は夜中、午前零時に、たとえば東北に向けて出発です。それの繰り返しです」

堀切彩子は、いやな顔一つせず、話をよく聞いてくれた。

堀切彩子とは、メールで連絡を取り合い、島田書店で待ち合わせて、青梅街道沿いの同じファミレスに行き、時間によってお茶を飲んだり、ランチを食べたりした。携帯の番号やメルアドは教えてもらっていないので、前もって、「明後日など、ご都合はいかがですか」というようなメールを彼女のPCに出し、その返事を待って、もう一度日時を確認するというやり方だった。番号がわかれば携帯に電話ができて話が早いのだが、お互い、それなりの歳なので、このくらいゆったりした応答が相応《ふさわ》しいのかも知れない、下総源一はそう思った。毎日電話するとか、電話してすぐ会うとか、どこか安易で、がつがつした感じがして堀切彩子は好きじゃないのかも知れなかった。

　堀切彩子は、たいてい聞き役で、感心するようにうなずき、嫌みのない相づちを打ち、そして本当によく笑った。会うのは、だいたい二週間に一度くらいのペースだ。下総源一としては、毎日でも会いたかったが、我慢した。その代わり、昔なじみの配車係に頼み込んで、この一ヶ月間に四回、積極的に仕事を回してもらった。八トン車の、名古屋または関東圏往復という軽い運送だったが、小遣い銭としてはまあまあで、三回目のデートではじめてランチをおごり、以降は自然と下総源一が食事もお茶代も払うようになった。

「最近、お仕事はいかがですの」

「ご趣味など、おありですか」

「ご自宅は近くですの」

　ファミレスに入り、食事や飲み物を頼むと、堀切彩子は、そんな感じでにこやかに訊ねてくる。服装は、白やベージュを基調として、淡い花柄のワンピースやスカートが多く、いつも清楚で上品だと思った。日傘が好きらしくて、毎回違うデザインの傘で現れた。七月も後半になって日差しがさらに強烈になると、堀切彩子は、日傘をさしかけてくれた。この歳になって相合い傘で美貌《びぼう》の女性と歩けるとは想像もできなかった。まさに人生の転機かも知れないと思った。

「もうこの歳ですからね。仕事は、だいたい中型トラックに乗ってますね。距離も近いところが多いですね」

実際は退職してしまっていることを除けば、仕事に関して嘘は言っていない。

「趣味は、そうですね。読書とお茶ですかね」

四回目のデートで、趣味について聞かれたとき、そう答えると、堀切彩子は意外そうな顔になった。最高気温が三十六度という酷暑の日だったが、相合い傘でいつものファミレスまで歩き、いつもの飲み物を頼んだ。

「あら、お茶。どんなお茶なのかしら」

どんなお茶かと聞かれて、最初意味がよくわからなかった。下総源一は日本茶以外はほとんど飲まないので、お茶には他に紅茶や中国茶などがあると考えつかなかったのだ。

「どんなお茶って、ただの番茶ですけどね。懐《ふところ》に余裕があるときは、いや、そんなことはめったにないんですけど、新茶や玉露をいただきます」

そう答えると、堀切彩子は、なるほどというように、品よく微笑みながら、首を微妙な角度に傾《かし》げて何度もうなずいた。別に大したことを話しているわけでもないのに、これほど絶妙に、話し手を気持ちよくさせる女がいるとは信じられなかった。

「ホリキリさんは、ほんと、びっくりしますね。信じられないくらい、聞き上手ですね」

お世辞ではなく、本心からそうほめたのだが、三十年近く子どもたちの相手をしていましたので、と昔を懐かしむような表情になった。だが、元教師という以外、堀切彩子は、個人的なことをまったく話さなかった。デートを数回重ねても、結婚しているのかどうかさえわからないままだ。そして下総源一は、いつの間にか、堀切彩子のことを勝手に独身だと思い込むようになった。ひんぱんに会っているわけではないが、昼間、男女二人が面と向かってデートしているわけで、結婚している女にはそんなことは似合わないし、無理だろうと思ったのだ。

「日本茶、昔からですの？　お好きだったのは」

祖母のことを話そうと、海女という言葉が喉《のど》までせり上がってきたが、止《や》めた。和具の海女小屋で幼年期を過ごす間に、内気で無口な子だったのが明るくお喋りな子になり、さらに日本茶が好きになったのだが、どういうわけか話せなかった。海女という職業が恥ずかしいとか、そんな理由ではない。堀切彩子なら、海女のすばらしさをきっと理解してくれるはずだ。それでも、なぜか、祖母について話す気になれなかった。

「そうですね。お茶は子どものころから好きでしたね。年寄りみたいなガキだったわけじゃありませんよ。腕白でしたが、お茶は好きでした。お茶好きの腕白小僧です」

祖母のことには触れず、単にそう答え、三川内焼の茶碗に話題を変えた。

「ぼくはそれほど陶磁器に詳しいわけじゃないですが、有名な有田《ありた》よりも、佐世保市の三川内というところで焼かれる磁器が好きなんですね。いや、それは有田はすばらしいですよ。柿右衛門《かきえもん》、源右衛門《げんえもん》など、どれもが国宝級だと思いますね。あと唐津《からつ》、伊万里《いまり》、あのあたりが日本の磁器の発祥の地らしいですからね。三川内焼というのは、有田ほど有名じゃないですが、何て言うんですかね、偉そうなところがないというか、控え目な感じがして、しかも、白磁がすがすがしくて、そこに、本当にほのかな感じのきれいな青の絵柄や文様があるんです。青というか、藍色《あいいろ》っていうんですか。呉須《ごす》っていう、酸化コバルトの顔料らしいんですが、それにうわぐすりが反応して、えもいわれぬ上品な青ガラスのようなものになるらしいです。ぼくは、昔、長距離で九州の西側に行くときは、たいてい三川内に寄ったもんでした。もちろんあまり高いものは買えません。何個か茶碗があって、二個ほど急須があるだけですが、これがですね、茶碗の内側の真っ白な白磁に、新茶や玉露を注ぐと、薄緑色の半透明の液体が、こう揺れましてですね、いい気分になると、そういうわけなんですけどね。その三川内焼の藍色って、変なことを言うようですが、ホリキリさんから受ける感じと、どこか似てるんですよ。うまく言えません。でも本当です。淡いけど強いっていうんですかね。控え目な外見の、その後ろにです、何か大切なものが隠されているような、そんな感じが似てる気がして」

調子に乗って長々と話すと、あら、まあ、と堀切彩子は照れたような笑顔になったが、下総源一は、その笑顔にかすかな違和感を覚えた。今の感情は何だろうと自分でもいぶかしく思った。不自然というわけではない。無理に笑っていると感じたわけではなく、いつものすがすがしく清楚な微笑みなのだが、その背後に、陰りのようなものがあった気がした。堀切彩子は、おれのどの言葉に反応して、陰りを見せたのだろうか。

秘密の露見

ようやく残暑も終わり、ほのかに秋風が吹くようになって、堀切彩子とのデートは、下総源一にとって、人生の転機から希望に変わりつつあった。場所はいつものファミリーレストランだったが、二度ほどディナーもともにした。そのとき堀切彩子はほんの少しだけ赤ワインを飲み、久しぶりですわ、と頬をピンク色に染めた。

その端整な容姿と楚々《そそ》とした佇《たたず》まい、それに昔の日本映画の女優のような上品な話し方の他にも、惹《ひ》かれるところがいろいろとあった。もちろん松本清張という共通の好みもあり、いつも同じ店なのに不満を言わないというところも貴重だと思った。確かに、近辺に他に気の利いた店がないという事情もある。駅裏の古書店の周囲には、居酒屋やラーメン屋、焼き鳥屋かスナックしかなく、駅周辺の喫茶店やレストランは若者や子ども連れの主婦が多くて落ちつけなかった。

下総源一は、これまでのデートの回数や、会話の内容、それに堀切彩子のそのときの服装まですべて覚えている。さすがに一張羅《いっちょうら》の背広を着ていったことはないが、二回目以降のデートでは、きちんと襟のあるシャツを着て、ジーパンでも作業ズボンでもなく、普通の綿のパンツをはき、サンダルではなく二足しか持っていない革靴を履いた。下総源一なりに、服装でも敬意を払った。

デートは全部で九回、そのうちの二回がディナーで、ハンバーグステーキと豚肉のしょうが焼き、それにスープやサラダもちゃんと付いた、言ってみればフルコースだった。ランチではだいたいサンドイッチやピザやカレーライスなどの軽いものを食べ、飲み物はパラダイストロピカルアイスティとビールとほぼ決まっていた。

要するに、堀切彩子は、寿司とか、今日は中華がいいとか、あるいは都心に出てイタリア料理屋などのしゃれたものを食べたいとか、決してそんなリクエストをしなかった。九回のデートがすべて同じファミレスというのは芸がないと言えばそれまでだが、より大切なのは二人が会うこと、そして会話を交わすことだと下総源一はそう思っていた。場所や料理や飲み物は二の次なのだ。きっと堀切彩子も同じ思いなのだろう。だから、毎回同じ店でも、いつも変わらない笑顔を見せてくれるのだ。

だが、十回目のデートで異変が起こった。


十月の下旬、秋の乾いた風が肌に心地よく感じられる季節になった。いつものようにメールで連絡を取り合い、島田書店で待ち合わせたのだが、堀切彩子は、約束の時間を四十分ほど過ぎても姿を見せなかった。これまでのデートで遅れたことはない。携帯の番号も知らないし、メールで確かめようにも、パソコンに送信するわけで、急には連絡ができない。

「どうした。待ちぼうけか」

店頭の落ち葉をほうきで掃き集めながら、店主がにやにやして嫌みを言った。最近はあまり古本を買うこともなく、大昔の雑誌などをめくりながら堀切彩子が現れるのを待ち、会うとすぐにファミレスに向かうので、店主としては面白くなかったはずだ。しかも、だいぶ前に古書をトラックで運んでやると言ったきり、何もしていない。はじめのうちは、いつ運んでくれるんだと、店主はしつこく聞いてきたが、どうも実際に運ぶ気はなさそうだとわかると、いっさい何も言わなくなり、こちらから話しかけても無視されることが多くなった。

「あのなあ。おせっかいは言いたくないが、深入りしないほうがいいぞ。あれだけのいい女、訳ありに決まってるだろうが。いずれ、お前、身ぐるみ剝《は》がれるんじゃないのか」

いやなことを言うオヤジだなと頭に来たが、悔しいことに説得力があった。下総源一自身、水商売の女の、純な部分も、ずるいところも、いやというほど見てきた。おれは、女から案外面白い男だと思われるし、優しい人ねとも言われてきた。現役時代は朝まで飲んでラブホテルで一戦交えてから、三時間程度の睡眠で長距離を走ったりしたものだ。よく遊んだほうだと思う。だからわかるのだが、遊ぶ相手としてはそれなりに需要があるが、実は大してもてるわけではない。当時は基本的な教養がなかったからすぐに飽きられ、軽くて遊び好きな男だとすぐに見抜かれた。

しかも、多少教養らしきものを身につけたとはいえ、もう六十三歳だ。本来なら孫がいる歳だ。単にファミレスで会うだけだといっても、堀切彩子のような女が、おれなんかと付き合うのはおかしい、下総源一自身、ずっとそういう思いをどこかで抱いていたのだった。

「遅れましたわね。ごめんなさいね」

そんなことを考えていると、ちょうど一時間遅れで、ベージュのカーディガンを羽織った堀切彩子が現れた。

堀切彩子の姿を見て安堵《あんど》したが、そのあとすぐに、いやな予感に包まれた。これまで堀切彩子は、ひょっとしたらそのあたりで待っていたのではないかと思うほど、約束の時間ぴったりに現れた。時間通りに現れるところを目撃するために、下総源一は少なくとも二十分前には古書店で待つようにしていた。そういったお決まりの手順が乱れると、人は不安になり、いやな予感が生まれ、そしてやっかいなことに、その予感はだいたい現実となる。

「あの、ちょっとよろしいですか」

堀切彩子は、眉間《みけん》に皺《しわ》を刻んで、古書店から少し離れるように促した。やりとりを店主に聞かせたくなかったのだろう。

「それで、ちょっと事情ができまして、もうお会いするのを止めようと思いました。メールでお伝えすればよかったのかも知れませんが、それではあまりに失礼だと思ったものですから、こうやって直《じか》にお伝えすることにいたしました」

やっぱりそういうことかと妙に納得してしまった。ただ、これまでの水商売の女たちに比べると、ちゃんと気持ちを伝えに来るのだから誠実なのだと、変なところで感心した。だが、突然のことだったので気落ちして目の前が真っ暗になり、少しよろけてしまった。いったい何が起こったのだろうか。もう会えないという理由だけでも聞かせてもらうわけにはいかないのだろうか。

「事情をお話ししますと、ご迷惑をおかけすることになりますので、できればお察しいただければと思うのですが、いかがでしょうか」

事情を聞いてどうして迷惑になるのか。もうだめだと思いながらも、このまま「さようなら」というのは寂しすぎて立ち直れないかも知れない。迷惑というのはよくわからないけど、できたら事情を聞かせて欲しい、そう言うと、堀切彩子は、じっと下を向いて、しばらく目を閉じ、何かに耐えるような表情になった。その辛そうな顔が実に魅力的で、肌色のストッキングに包まれたふくらはぎの微妙な曲線がたまらなくて、さっきまで抱いていた警戒心がどこかに吹き飛んでしまった。

「そうですか。わかりました。事情といっても、お恥ずかしいだけの、つまらないものですが、じゃあ、参りましょうか」

堀切彩子はそう言って、黄色く色づいた銀杏《いちょう》の街路樹が見える青梅街道のほうに、歩きだした。

いつものようにファミレスに入り、いつものようにパラダイストロピカルアイスティとビールを頼んだ。ウエイトレスが二人を覚えてくれていて、やっと涼しくなりましたね、と愛想笑いをしたが、下総源一は、緊張していて、頰が紅潮するのがわかった。

「約束していただきたいんです」

堀切彩子は、飲み物が来ても、ストローの封を切ろうともせず、深刻な顔つきを崩さなかった。約束って、何なんだ？

「これからわたくしが話すことですが、本当は人様に言えることじゃないんです。ですから、話を、聞くだけ、にしていただきたいのです」

まったくわけがわからない。おれがいったいどういう反応をするというのか。

「実は、わたくし、数年前に別れた夫の借金の保証人になってます。全額ではなく一部なんですが、それなりの額です。夫も教師でした。まじめな人だったんですが、そんな人ほど、もろいんですよね。高校時代の友人に誘われて、先物取引っていうんですか、のめり込んで、たった半年で泥沼のような状態になってしまいました。これまで、恥ずかしくて話せませんでしたが、教師を辞めたのも、それが噂《うわさ》になってしまい、わたくしも学校にいられなくなったからなんです。現在、わたくしは、池袋の、人様にはとても言えないようなところで、ホステスをやっております。とても、シモフサさんとお会いできるような人間ではありません。ただ、お話がすてきで、現実を忘れさせていただけるので、これまで甘えさせていただきました。これが、わたくしの、実像です。シモフサさんのお気持ちが心地よくて、本当のことを話さなければと思えば思うほど、打ち明けることができませんでした。ですので、会うのは今日限りにしていただければと思います。本当に失礼いたしました」

堀切彩子は、深々と頭を下げたあと、席を立とうとした。何なんだ、結局この女も水商売だったのか、しかも人に言えないような店とはどういう店なんだ、風俗なのか、身体を売っているのか、と憂うつになり、このまま別れろ、面倒なことになるぞ、という声がどこから か聞こえたような気がした。だが、下総源一は、まあ、少し落ちついてください、と自分でもあきれるほどの優しい声で、堀切彩子が立ち上がるのを制した。

今の話が、どうしておれに迷惑をかけることになるのか、考えられるのはただ一つだ。

「あの、失礼かも知れないけど、一つだけ聞いてもいいかな」

堀切彩子は、うつむいたままうなずいたが、どういうわけか、目に涙を浮かべていた。

「何でしょうか。できれば早く、おいとまさせていただければと思うんです」

堀切彩子は、ピンクのハンカチで涙を拭《ぬぐ》っている。

「ホリキリさん。遠慮は要らないよ。おれももう引退間近だから大金は無理だが、二十万、いや、三十万までだったら、何とか用立てできますよ」

これまでの話の流れから判断して、金に困っているのは明らかだった。人に言えないような店でホステスをしているという告白は身を切られるように辛く、これ以上関わり合いになるのはまずいのではないかという不安もよぎったが、それよりも、こんないい女とはもう出会えないという思いのほうが強かった。中距離のアルバイトを回してもらっているせいで、貯金は何とか五十万円を維持している。三十万なら何とかなる。金の話を聞いた瞬間、堀切彩子は、眉をつり上げ目を大きく見開いてこちらを見た。

「水くさいなあ。おれたち、もっと何でも言える仲だったと思うけどな」

相手の気持ちを察して、わざと軽い感じで、笑顔を作ってそう言うと、堀切彩子の表情が変わった。険しい目つきで下総源一を睨《にら》み、そのあと薄笑いを浮かべて、ありがとうございます、と頭を下げ、そのまま挨拶もなく、店を出て行った。金の無心じゃなかったのか、と自分のバカさ加減に腹が立ったが、もう取り返しがつかなかった。下総源一は茫然《ぼうぜん》として、ビールジョッキを手にとり、一口飲んだが、味がわからなかった。


そのあと、連絡がつかなくなった。謝罪のメールを何百通送ったかわからない。しかしいっさい返事はなかった。これでよかったんだ、下総源一はそう思おうとした。あれは本当は恐《こわ》い女だ、本性を現して、おれはだまされるところだった、だから縁が切れておれは助かったんだ、そう自分に言い聞かせたが、どう考えても筋が通らない。だますつもりならどうして金の話をした瞬間に怒って席を立ったのか、金をもらえばそれで済んだはずなのに、堀切彩子は怒りだしたのだ。

考えれば考えるほど、わけがわからなくなった。どうして突然あんな告白をしたのか、迷惑がかかるとはどういうことだったのか、池袋の、いかがわしい店で働いているというのは本当なのか、あの女にとっておれはいったい何だったのか。そして信じられないことに、堀切彩子と連絡がつかなくなってから、食欲がなくなった。食べる気力のようなものが湧いてこない。これまで、どんなときでも、食欲が失《う》せることはなかった。離婚したあとも、母親が死んだあとも、寂しさと悲しみにうちひしがれたが、やがて空腹を感じて、気がつくと何か食べていた。だが今は、カップ麺《めん》にお湯を入れて蓋《ふた》をするのだが、そのあとぼーっとして立ちつくし、そのまま時間が経って、はっと我に返り、ふやけてしまった麺を捨てる、ということを繰り返している。

何か食べなければと、コンビニでカロリーメイトを買ってきて、かじるのだが、まるでボロ布を喉に押し込んでいるようだった。お茶を淹れる気にもなれないし、そのうち外に出るのもいやになってきた。夜、ピーナツやするめなどおつまみを少し食べて、ビールや安いウイスキーを飲み、倒れるように布団に潜り込むが、二、三時間するとひどくいやな気分で目覚め、そのあとは寝つけなかった。風呂にも入っていないし着替えもしていなくて、身体から異様な臭《にお》いが漂うようになった。

下総源一は、恐怖を感じた。このまま孤独死するのではないかと恐くなった。ビールとウイスキーとつまみ、それにカロリーメイト以外は腹に入れてないので、まったく身体に力がなく、常にふらついた。あるとき、このままでは頭が変になると、シャワーを浴びようと立ち上がったとたん、めまいがして倒れ、机の角で目尻を切ってしまった。生ぬるい血が顔を滴るのがわかった。そして、傷口を押さえ、痛みに耐えているうちに、下総源一は、気づいた。完全に間違っていた、自分をごまかしていた、そう思うと、感情が乱れ、涙があふれてきて、声を上げて泣きだした。あの女にもう一度会いたい、声が聞きたいし、顔を見たい、あの女のせいで人生がめちゃくちゃになってもいい、とにかく会いたい、そんなことを思いながら、下総源一は、幼児のように泣き続けた。

別れてよかった、あんな女とこれ以上付き合っていたらきっと大変なことになってた、そう自分をごまかしていたのだと、下総源一はやっと気づいた。おれは今でもあの女に会いたいし、あの女の声を聞いたり顔を見たりしなければきっと生きていけないかも知れない、そう認めると、たまらなく切なくなって胸が張り裂けそうだったが、それでも不思議なことに少しずつ気力が戻るのがわかった。

鏡を見ながら、傷口を洗い、ティッシュペーパーでそっと拭《ふ》いてから、バンドエイドを貼《は》った。鏡には、白髪の目立つ無精ヒゲが伸び、頬がこけた自分が映っていた。何てことだ、と思った。傷の痛みでやっと自分を取り戻すことができたが、その自分は、去って行った女を求めて、まるでガキのように泣いた。今も胸が苦しい。白髪だらけの無精ヒゲの六十男が、失恋した高校生のように、女の存在がいかに大きかったか、ようやく気づいて茫然となり、立ちつくしている。あまりに苦しいから、おれは事実を認めたくなかったのだ。だから、別れたのは正解だったと自分をごまかそうとした。本当の自分の気持ちと矛盾していて、心のバランスが崩れ、メシも食えなくなった。

何とかして、もう一度あの女に会わなければならない。あの女の告白がすべて真実なのかどうかはわからない。だが、確かなのは、金をせびろうとしたわけではないということだ。古書店のオヤジは、堀切彩子のことを「訳あり」だと言った。それはたぶん正しい。「身ぐるみ剝がれるんじゃないのか」とも言ったが、それは違う。金を用意すると言ったとたん、女は怒って席を立ち、しかもそれ以来連絡が途絶えた。百歩譲って、あの怒りが演技だったとしても、もし金が欲しかったら、再度会おうとするはずだ。

下総源一は、カップ麵を食べながら、堀切彩子に会い、話をするための方法を考えた。必要なのは、住所だ。住所さえわかれば、これまでに二度試して、いずれも有効だったアイデアがある。長距離トラックドライバーにしかできない愛情表現だ。住所だが、可能性はあの古書店にしかない。だがたとえ知っていても、あのオヤジが教えてくれるとは思えなかった。しょうがないな、と下総源一はつぶやいた。倉庫から古本を運んでやるしかないか。

配車係に頼み込んで十日後に、群馬までという近距離の仕事を回してもらうことができた。四トントラックを休憩なしで走らせて時間を稼ぎ、帰りに高田馬場の貸倉庫に寄って古書の束を積んだ。段ボールが八個、それに紐《ひも》でくくりつけただけの古本の束が十数個、意外に少なくて、しかも貸倉庫には台車が用意してあったので積み込みは思ったよりも楽だった。花小金井の会社の車庫に四トン車を戻す前に、小平の古書店に寄り、腰が悪いという店主に代わって、すべての荷を降ろし、店内に運んだ。

「約束通り運んだから、頼む」

冷たい初冬の風が吹きはじめていたが、荷降ろしで下総源一は汗びっしょりになっていて、しかも運送を終えた直後は興奮状態になっているので、自分でもびっくりするくらい迫力のある物言いになった。店主は、レジに向かい、一枚の紙切れを持って戻ってきた。以前、堀切彩子が蔵書を売りに来たことがあって、その領収書がとってあったらしい。

「もう一度だけ確認したいんだが、お前、アパートに押しかけて、何か、こう、法に触れるようなことを考えているんじゃないだろうな」

店主は、住所を書き写したメモ用紙を握りしめ、不安げな顔をしている。こいつ、いったいおれのことをどういう人間だと思っているんだ、下総源一は苦笑した。

「プレゼントを持って会いに行くだけだよ。この歳でストーカーなんかやるわけないだろうが」

店主は、やっと紙切れを手渡した。

「それで、住所だが、わたしに聞いたって言わないって、約束してくれるんだな」

わかってる、ありがとよ、と立ち去ろうとすると、止めたほうがいいぞ、と店主はまた背後から声をかけた。

「しつこいようだが、ああいった女には関わり合いにならないほうがいい。いい夢を見せてもらったと思えばそれでいいじゃないか」

下総源一は、店主のほうを振り返らずに、はいはいと適当にうなずき、あんたと違っておれはまだ枯れきっていないんだよと声に出さずにつぶやきながら、道路脇に駐《と》めた四トン車の運転席に乗り込んだ。

できたら日曜の夜がベストなんだが、十トン車を数時間貸してくれ、と配車係に万札を一枚握らせ、頼んでおいた。十月も終わりになって、ようやくトラックを借りる算段がついたが、あいにく十トン車は出払っているらしくて、八トン車になった。まあ、いいだろうと、下総源一は妥協することにした。素人《しろうと》が見たら大して変わりはない。見た目が派手な、でかいトラックというイメージが重要なのだ。

堀切彩子のアパートがある場所を何度も地図で確認した。新青梅街道から小平霊園のほうに少し入った道路沿いだった。「くすのき荘」というまるで昭和三十年代を描いた漫画に登場するようなアパート名で、貧相なところに住んでいるんだなと、妙に安心した。高層マンションだったら、計画の効果が低くなる。おそらく木造モルタルの二階建てか、せいぜい三階建てのアパートで、しかも部屋は一〇三号室だ。どう考えても一階で、理想的だと思った。

ケーキと花束を持って、夜にトラックで女を訪ねる、それが下総源一のとっておきのプランだった。日曜の夜を選んだのは、水商売か風俗かわからないが、おそらく夜の仕事が休みだろうと判断したからだ。

「ゲンちゃん。いいこと教えてあげるよ。これ、という女がいたら、大型トラックでさ、花束とケーキを持って夜に会いに行くんだよ。できたら背広着て。おれなんか、蝶《ちょう》ネクタイで行ったことあるけど、百パーセント、落ちるよ」

先輩からそんなことを聞いて、二度実行したのだが、一度目はそのままラブホテルに直行できたし、二度目のときも、女は感動して抱きついてきた。間近で見るトラックは迫力があり、女は必ず驚く。そしてドアを開け、花束とケーキの箱を持った粋《いき》でたくましい男が降りてくるのだ。男なら誰にでもできるというわけではない。トラックドライバーだけに可能な、男らしく、かつロマンチックなデモンストレーションだった。

トラックを借りられる日が決まって、一着だけ残しておいた背広とワイシャツをクリーニングに出した。茶色の上下で、二十年以上前のものなので、デザイン的には多少古めかしい感じがするし、太ったためにワイシャツのいちばん上のボタンは留めることができなかったが、着てみると、気分が引き締まった。

そして、その夜が来た。入念にシャワーを浴び、ていねいにヒゲを剃《そ》って、やはり一本だけ残してあった花柄のネクタイを結び、十年前に買って底のほうにわずかに残っていたオー・デ・コロンをたっぷりと首筋につけ、整髪料で髪を撫でつけて、昼間に用意しておいたバラの花束と、チョコレートのケーキの箱を抱え、八トン車を借りに行った。

「どうしたんですか、今日は」

新人のころに焼き肉をおごったり飲みに連れて行ったりしたなじみの配車係は、会社の敷地内に現れた下総源一を見て目を丸くした。背広を着てネクタイを締め、髪を撫でつけて、その上にバラの花束を胸元に抱き、ケーキの箱を下げていたからだ。

「うん、ちょっとな。野暮用でさ」

やっぱり変な格好なのだろうかと不安になった。古いオー・デ・コロンは少し濁ったように変色していて、トイレの芳香剤のような微妙な臭いに変わっていた。整髪料もだいぶ前に買ったもので、やはり奇妙な臭いがした。ファッションとか香りとか、そんなことは大した問題ではない、大切なのは男としての心意気だと、下総源一は意に介さなかったのだが、配車係の表情を見て、高揚した気持ちが揺らいだ。

「あの、差し出がましいようですが、ゲンさん、ひょっとして、これのところに行くんですか」

髪がすっかり薄くなった配車係は、トラックのキーを差し出しながら、右手の小指を立てて見せた。下総源一は、キーを受けとり、車庫の右端に駐められた八トン車に向かって歩きながら、まあそんなところだ、と照れたように答えた。

「あの、言いにくいですが、そのネクタイ、ちょっと」

ネクタイがどうしたというのだろうか。青地に白の百合《ゆり》とオレンジのハイビスカスが描かれている。ブランドものではないが、気に入っている。花柄が変なのだろうか。

「いまどき、そんな幅の広いネクタイしてる人いないです。ちょっと待ってください」

配車係は、その場で、自分のネクタイを解《ほど》きだした。

おい、いいよ、そんなの、これでいいんだよ、そう言ったが、配車係は、解いたネクタイを、はい、と手渡してくれた。確かに細身で、比べてみると、下総源一のネクタイの幅は、二倍以上広かった。時代によってネクタイの幅に違いがあるとは知らなかった。ネクタイを締める機会など、冠婚葬祭を含めて数えるほどしかなかったからだ。

「悪いな」

花柄のネクタイを解き、配車係の、灰色とピンクのストライプのネクタイを締める。確かに現代的な感じがした。いいですよ、それできっと決まりますよ、がんばってくださいね、配車係は笑顔でそんなことを言ってくれた。いいやつだなと思った。

「じゃあな。三時間、いや二時間で戻すから」

キーについているボタンを押し、ドアロックを解除して、まず助手席に花束とケーキを置き、乗り込んだ。いすゞの最新モデルだった。外観もすばらしい。メッキされた前方グリルと、メッキエアダムと一体になったバンパー、ミラーカバーやホイールキャップも銀色にメッキが施され、きらきらして、かつ重厚な存在感がある。ヘッドライトはスーパーハロゲンで、背後を確認できるバックアイモニターが設置され、障害物を知らせる音声アラームも付いている。すごいトラックを用意してくれたんだな、その上ネクタイまで貸してくれて、と目頭が熱くなった。

「くすのき荘」は、目と鼻の先だ。小平霊園のちょうど南東側の住宅街の中にある。小金井街道を北上し、新青梅街道を左折すれば、おそらく数分で着く。ナビなど必要ないし、花束とケーキを渡し、また会おうね、と告げるだけだったら、二時間どころか、三十分もあれば充分なはずだった。だが、ひょっとしたらという不安が、新青梅街道を左折したとたんに現実になった。八トントラックを走らせるには、道が狭すぎた。しかもＬ字カーブの連続で、何度か切り返さないと曲がりきれないこともあった。おまけに、まだ宅配便が走っている時間で、住宅密集地帯なので、ひんぱんにすれ違う。もちろんそのまますれ違うのは無理で、離合する場所を探さなければならない。下総源一は苛立《いらだ》ち、何度も舌打ちし、悪態をついた。

すでに四十分近く経ったが、Ｌ字カーブだらけで、新車のいすゞを傷つけるわけにはいかないので、神経がすり減った。しかも路上駐車の車があると迂回《うかい》しなければならず、なかなか「くすのき荘」にたどり着けない。高速道路や国道を眠気に耐えながらひた走るのは得意だが、住宅街は八トントラックにはまったく不向きだ。苛立ちが大きくなってきたとき、突然電柱の陰から無灯で飛び出してきた自転車を巻き込みそうになって、急ブレーキを踏んだ。すると助手席に置いていた花束とケーキの箱が前方に跳ねた。花束は無事だったが、ケーキの箱はダッシュボードにかなり激しくぶつかったあと逆さまに床に落ちた。

トラックを駐め、ケーキの箱をそっと拾い上げようとしていると、後方から乗用車が迫ってきて、生意気にもクラクションを鳴らすので切れそうになった。窓を開けて顔を出したが、怒鳴り声を上げる寸前で何とか自重した。だが、ケーキは崩れてしまった。箱を持ってみると、一方の隅にぐちゃっとかたまっているのがわかった。しだいに、いやな予感がしてきて、落ちつけ、と何度も自分に言い聞かせた。

「くすのき荘」が前方に見える場所にたどり着いたときには、出発から一時間が経過し、すでに夜の九時を回っていた。予想どおり木造モルタルの二階建ての古いアパートで、こっそりと近づいて確かめたが、一〇三号室の明かりは消えたままだった。いないのか。下総源一は、身体から力が抜けるのがわかった。日曜も出勤しているのか。水商売や風俗だったら、帰りは遅い。トラックは二時間で返すと約束した。三時間を過ぎるとまずい。夜間便のドライバーが出勤してくるし、あの配車係はおれを信頼して快く最新の八トントラックを回してくれて、しかもネクタイまで貸してくれた。裏切るわけにはいかない。しかし、今夜会えなかったら、この先いつトラックを借りることができるかわからない。下総源一は、「くすのき荘」を確認できる鉄工所の敷地内にトラックを駐め、三十分だけ待つことにした。

あきらめかけてため息をつき、エンジンをかけようとしたとき、なじみ深い後ろ姿が視界に入ってきた。後ろ向きだったが、花柄のスカートが街灯に浮かび上がり、前方にゆっくりと歩いて行く。

堀切彩子は、花柄のスカートの上にダウンジャケットを着て、左前方の角を曲がるように現れ、最初その後ろ姿だけが、街灯の放射状の明かりに浮かび上がった。ケーキは崩れて使いものにならなくなっていたので、花束だけを持ってトラックから降りようとしたとき、堀切彩子が一人ではないことに気づいた。街灯が薄暗い上に、スカートの花柄に目が釘《くぎ》付けになったので、堀切彩子のすぐ前にあるものが目に入らなかったのだ。

車椅子だった。道路を横切ったときに、車輪がはっきりと見え、ぐったりと首を前に倒した男が乗っているのがわかった。堀切彩子は、アパートの中に入ろうとせず、アパートに面した道路で、しきりに腕時計を見ながら、もう一方の手で、車椅子の男の髪を撫でていた。男は、からだ全体を覆うように毛布を掛けられていて、まったく身動きしなかった。髪が顔に垂れているので年齢ははっきりとはわからないが、子どもでもないし、老人でもなかった。堀切彩子と同年配だろう。電話がかかってきたのだろうか、堀切彩子はポケットから携帯を取り出し、何か話しながら、通りの向こうに目をやった。

やがて、ヘッドライトが見え、白いワゴン車が近づいてきて、二人の前で止まった。あたりに機械音が響き、後部ドアが全開になった。そのあと運転席から白衣を着た男が降りてきた。堀切彩子と挨拶を交わし、それでは、とか、よろしくお願いしますという声がかすかに届いて、男は車椅子をワゴン車の後部まで押していって、また機械音が聞こえてきた。車椅子専用の昇降装置だろう。後部ドアを閉めてから、男はまた堀切彩子と言葉を交わし、運転席に乗り込んだ。ワゴン車は発車し、ちょうど下総源一のトラックとすれ違うように、走り去った。堀切彩子は、しばらくその方向を眺めたあと、アパートに向かって歩きだした。

車椅子の男はきっと夫だろう。見てはいけないものを見たような気がして、脳天気に花束とケーキを持って会いに来たことを、下総源一は恥ずかしく思った。どうすればいいのかわからないまま、とりあえずトラックのエンジンをかけ、鉄工所の敷地を出た。

「くすのき荘」の前を通り過ぎる。一〇三号室の窓が明るくなるのが見えた。このまま何も言わずに立ち去るべきだと思ったが、下総源一は、ひと目会いたいという衝動を抑えることができなくなった。謝りたかったのだ。花束を助手席に置いたまま、アパートに向かい、玄関から入るのはさすがにためらわれたので、一〇三号室の窓ガラスを指先で軽く叩いた。はい、どなたですか、という声がして、心臓が破裂しそうだったが、勇気を出して、ホリキリさん、シモフサです、と声を出した。声は震えていた。

しばらく何の応答もなく、やはりこのまま帰ろうと、建物から離れようとしたとき、ふいに窓が開いて、堀切彩子が顔を出した。最初、信じられないというような、びっくりした表情だったが、そのあと、何ですか、どうしたんですか、と低い声で言って、悲しみと怒りが混じり合ったようなすごい形相になった。

「すみません、あの、謝ろうと思ったんです。それで、たまたま住所がわかったんで、夜分失礼とは思いましたが、ほんと、一言だけ、謝ろうと思って」

警察を呼びますよ、堀切彩子は、話を遮るように、静かにそう言った。いや、本当に謝ろうと思っただけなんです、と震える声で続けたが、ガラスが割れるような勢いで窓が閉じられた。完全に終わってしまった、下総源一は今夜の行動のすべてを後悔した。配車係からの借り物ではなかったら、ネクタイを引き千切っただろう。トラックを運転する気力がなく、生まれてはじめて「死にたい」と思った。

「びっくりしました。夫の姿をごらんになったでしょうか。夫は筋痛性《きんつうせい》脳脊髄炎《のうせきずいえん》、別名、慢性疲労症候群という難病です。慢性疲労とは違います。二十年前に発症しましたが、当初は病名がわからず、ただただ弱っていき、十年前からはほとんど寝たきりになって、わたくし一人では介助できなくなり、施設に入りました。この病気は国際的には神経系疾患と分類されていますが、日本ではまだ偏見も多く、障がい者手帳ももらえません。下総さんには、嘘を申しました。お許しください。ただ、もう二度とあのようなことはなさらないでください。あの夏の日々、よい思い出ですが、もうお会いできません。さようなら」

死の淵《ふち》の救済

下総源一は、そのメールを何百回読んだかわからない。何度も返事を書いたが、送信のボタンを押せなかった。自分がいやになった。希望はもうどこにも残っていない、そう思った。堀切彩子は、別れた夫の借金の保証人になっていたわけではなかった。夫は難病で、施設に入っていたのだ。たぶん日曜日には外出できて、「くすのき荘」でしばらく二人きりで過ごし、施設に戻る前に散歩に出て、下総源一が見かけたのはその帰りだったのだろう。まったくすごいタイミングだった。おれが日曜を選んだのは神の差配だったのではないか。おれに現実を教えようという計らいだったのだ。

思い出したようにカップ麵やコンビニ弁当を食べ、無為の日々を過ごした。まるで魂の脱《ぬ》け殻《がら》だと自分のことを思った。堀切彩子のメールにあった難病について調べようと、島田書店に出かけたが、「筋痛性脳脊髄炎」や「慢性疲労症候群」に関する本はなかった。店主のオヤジは、そんな病名は聞いたことがないと言ったあと、ところでお前、例の女のところに会いに行ったのか、と堀切彩子のことを知りたがったので、早々に引き上げた。

新宿まで出て、大きな書店を二軒回り、店員に病名を告げて本を探してもらった。闘病記のような本が一冊だけあって、立ち読みしたが、原因もはっきりしない難病で、ビタミン剤や漢方薬を飲むくらいしか治療法がないと書いてあった。まだ偏見が多く、単なる怠け病ではないかとマスコミで報道されたり、うつ病と混同されたり、慢性疲労が悪化すると罹る病気だと誤解されたりしているらしい。生活できないほどの強い疲労、喉の痛み、筋肉や関節の痛み、筋力の低下、頭痛、睡眠障害などの症状があるが、堀切彩子がメールで書いていたとおり、日本ではまだ病気だと認められていないために、障がい者手帳も交付されない。

三川内焼の藍色について、控え目な強さの背後に何かが隠されている感じがすると言ったときに、堀切彩子の表情が曇ったが、その理由がわかった。だが、下総源一にとって、もっとショックなことがあった。

あれだけ多くのことを話したのに、なぜか和具の海女小屋のことは話す気にならなかった。おれたちは、お互いに、もっとも大切なことを話さなかった。本当に大切なことは、本当に大切な人にしか話せない。自分で勝手に、堀切彩子のことを希望だと思っていたが、本当はどうでもいいような関係に過ぎなかったのだ。そして、おれの人生はそういったことの繰り返しだったと、自覚した。そのことが、最大のショックだった。

あの和具の海女小屋で、海女たちの熱気に煽《あお》られるように、あるとき爆発的に喋りだしたが、本質的なものは何も変わらなかったのではないか。祖母の帰りを待ちながら、独りぼっちで海女小屋のたき火にぼんやりと手をかざしていた幼児が、本当の自分なのではないのか。結婚が破綻《はたん》するのも当たり前だし、飲み屋の女たちが遊び相手としておれを選んだのも当然といえば当然だ。おれは、大切なことを話すことなく、適当に時間をやり過ごすには格好の相手だった。単に時間をつぶすだけの、退屈しのぎの玩具《がんぐ》のような人間だったのだ。

きっと堀切彩子の人生は辛く切実なものに違いない。難病の夫のために、おそらく夫には黙って池袋の怪しげな飲み屋か風俗で働いている。哀れだが、身を切られるような真実を生きている。たまに施設に会いに行き、日曜日の外出で車椅子を押していっしょに散歩に行き、髪を撫でる。下総源一は、堀切彩子のことを思うと、和具の海女小屋で祖母の帰りを待っていた幼児の自分に戻っていくような気がした。これまでの人生がすべてムダなことの連続に思えてきて、気分が沈み、泣くことさえできなかった。もう一度、「くすのき荘」まで謝りに行こうかと何千回と考えたが、真実が露わになった今、そんな行為には何の意味もなかった。

脳裏に、和具の海がよみがえった。祖母が住んでいた家はもう取り壊されたらしい。祖母の家から、山道を三十分ほど上がると、断崖があり、伊勢志摩《いせ》の海が見渡せた。トラックでアパートを訪ねたあの夜、堀切彩子は、ガラスが割れるかと思うほど強く、窓を閉めた。そのとき「死にたい」と思った。その感情はあれ以来消えることがない。

下総源一は、ぼんやりと旅の支度をはじめた。自分の意思でそうしたのではなく、まるで誰かに操られているようだと、居心地の悪さを覚えながら、ビニール製のバッグにシャツや下着や歯ブラシなどを詰めた。おれはいったい何をしようとしているのだろう、そう思いながら、防寒用のマフラーや手袋を用意して、最後のお茶を淹れるか、と声に出してつぶやいて、自分でドキッとした。なぜ今「最後」という言葉を使ったのだろう。

湯を沸かしながら、ガス台の脇に立ち、部屋をゆっくりと見回した。この部屋に何年住んだのだろうか。花小金井の会社に移ってきてから、二回か、三回引っ越した。ここには二十年近く住んだことになる。だが、親しみも愛着も感じない。この部屋で、いいことは何も起きなかった。

「うまいな」

狭山のお茶を三川内焼の茶碗で飲み、どういうわけか自然に微笑みが生まれていた。いいことは何も起きなかったが、こうやってお茶を飲みながら、小説や随筆を読んだことが懐かしく感じられる。だが、松本清張の作品に出会い、古本屋に通うようになって、そして、そのあとのことが脳裏をよぎると、底なしの暗い穴に落ちていくようにあらゆる感情が消え、心が冷えていって、現実感が薄れ、自分が自分でなくなるような、奇妙で、しかもひどく頼りない気分にとらわれた。

貯金を二十万円だけ引き出し、内ポケットの免許証を確認して、新宿でJRに乗り換え東京駅に向かった。これまでは人混みが大嫌いだったのだが、不思議なことに、新宿や東京駅の雑踏の中にいるのが心地よかった。通り過ぎる人々と自分が何の関係性もなく、無視されることで、透明人間になったような気がして、これはいいと思った。

新幹線で名古屋まで行き、在来線で南下して松阪《まつさか》で降り、駅前でレンタカーを借りた。伊勢、鳥羽《とば》を過ぎて、海岸線を通って志摩半島を抜け、大王崎《だいおうざき》からバイパスを走って前島《さきしま》半島に入った。すぐに英虞《あご》湾が見えてきて、まぶたの裏に祖母の顔が浮かんだ。戻ったんだ、そう思った。和具に戻って、そして幼児のころの自分に戻ったような、そんな気もした。

日暮れ前に、和具の港に着いた。海女小屋は、昔と同じ場所にあって、佇まいは変わっていなかった。屋根はトタンではなくスレート葺《ぶ》きになり、窓はアルミサッシになっていたが、ちゃんと煙突はあった。休漁期なので、出入り口の扉には錠が下りていて、人の気配はないのだが、下総源一はあまりの懐かしさに、海女たちのお喋りが聞こえてくるような気がした。窓から中を覗《のぞ》いてみようとして、止めた。幼児のころの自分が一人ぽつんと囲炉裏の前に座っていて、目が合ってしまうような、妙な気分になったのだ。

タイムスリップしたかのように現実感がない。しかし、海女小屋を見ることができてよかった、そう思った。和具に行くと決めていたわけではなく、祖母の思い出に導かれるように、東京駅に行き、名古屋までの新幹線の切符を買い、レンタカーを走らせた。おれはこれから、あの祖母の家があったところに行き、山道を歩いて断崖に立つだろう。あそこに行きたいと思っているわけではないし、行かなくてはいけないと自分に言い聞かせているわけでもない。もうおれには意志というものがない。

松本清張の小説には、汚職事件の犠牲になって自殺する中間管理職がよく出てきた。そのたびにバカじゃないかと思ったが、今はよくわかる。死のうと決めて死ぬ人はいない。何かに引き寄せられるように、まるでずっと以前からそう決められているかのように、行き先が決まったトラックを淡々と走らせるように、あるところに避難しようとするだけなのだ。だが、おれの人生、それほど悪くもなかったな、一つだけはっきりしているのは、トラックでいろいろなものを運んだが、それにはそれなりの価値があったということだ、そんなことを考えながら、埠頭《ふとう》の脇に駐めたレンタカーに戻ろうとしたとき、白いワゴン車が三台、港に入ってきた。

そして、ワゴン車から人が降りてきて後部扉が開き、下総源一は、あの夜のことを思い出してしまった。動悸がして、脇の下を冷たい汗が流れるのがわかった。車椅子に乗った人が、三台のワゴン車から次々に現れたからだ。車椅子は全部で六台、介助役らしい人がそれぞれ付き添っていて、彼らのジャケットの背中に、「トラベルヘルパー」という文字が見えた。

この人たちは何なんだ、下総源一は、最初、恐い夢の中に放り込まれたかのような違和感を覚えた。車椅子の人たちは、どこか楽しそうで、中にははっきりとした笑顔を浮かべている人もいた。ここが和具の港です、と車椅子を押す付き添いの人が説明をはじめた。

「あ、すみません、漁協の方ですね。介護旅行の会社の者です。トラベルヘルパーです。よろしくお願いします」

唖然《あぜん》として眺めていると、リーダーらしい中年の男が近づいてきて、挨拶され、名刺を渡された。ジャンパーにカーゴパンツという服装と、顔つきから、漁協の人間に間違えられたのだ。いや、実は、おれは、と口ごもっていると、港を一周してから、ホテルに戻って食事にしましょう、とリーダーは他のみんなに大声で言って、埠頭の突端のほうに去って行った。

祖母の家の跡地まで行って、雑草が生い茂る山道を上がった。開けた場所に出て、下総源一は、思わず苦笑した。記憶では断崖だったはずだが、そこは高さ数メートルの、ただの崖《がけ》だった。きっと幼児には断崖絶壁に思えたのだろう。ここから飛び降りても怪我《けが》をするだけか、そう思うと全身から力が抜けた。そして、トラベルヘルパーという言葉が、頭にこびりついて消えなかった。介護が必要な人の旅を助けるのだろうか。要は、誰かの移動を助けるのだ。人を、運ぶ。人を、助けながら、運ぶ。何度も、何度も、そう繰り返した。

ある光景が浮かんだ。どんなに振り払おうとしてもだめだった。堀切彩子と、夫を、ワゴン車に乗せて旅に連れて行く。堀切彩子が微笑みを取り戻している。自分は、その微笑みをずっと眺めている。そんなバカなことを考えてはいけない、と何度も自分に言い聞かせたが、まるで暗い海のひとすじの明かりのように、そのイメージは消えることがなかった。トラベルヘルパー、おれにできるだろうか、そうつぶやくと、ゲンイチ、と祖母の声が聞こえるような気がした。やりたいことをやらなあかんよ。

見上げると、星がまたたいている。ばあちゃん、ありがとう、下総源一は、もらった名刺を確かめ、山道を下りはじめた。

単行本版あとがき

新聞連載で五編の中篇小説を書くというのは、思っていたよりも大変な作業だった。毎日締め切りというスケジュールの問題ではなく、四〇〇字詰め原稿用紙八〇枚から一二〇枚くらいの分量の「中篇」を五編、連続して書き続けるのがどんなに大変か、実際にやってみるまでわからなかった。

長篇小説は、主要人物をデザインし、作品の基礎を構築すると、物語に大きな波のようなものが生まれ、それがガイドの役割を果たしてくれる。逆に短篇は、スナップショットのように一瞬を切り取ればいい。だが、中篇小説は、必要不可欠ないくつかのエピソードをそれぞれ重ね合わせながら、一つの小世界を示さなければならない。しかも、本作は「連作中篇」だったので、全体として、それぞれの作品が響き合う必要があった。

また、主人公たちが、みな人生の折り返し点を過ぎて、何とか「再出発」を果たそうとする中高年で、しかも「普通の人々」でなければいけなかった。体力も弱ってきて、経済的にも万全ではなく、そして折に触れて老いを意識せざるを得ない、そういった人々は、この生きづらい時代をどうやってサバイバルすればいいのか。その問いが、作品の核だった。

だが、五つの物語の主人公たちにこれまでにないシンパシーを覚えたのも確かで、わたしは彼らに寄り添いながら、書いていった。わたしと主人公たちはほぼ同年代であり、立場は違っても、似たような問題を抱えていたからだ。

定年後、老後に訪れる困難さは一様ではない。経済的格差を伴って多様化している。だから、五人の主人公は、「悠々自適層」「中間層」「困窮層」、それらを代表する人物を設定した。だが、すべての層に共通することもある。それは、その人物が、それまでの人生で、誰と、どんな信頼関係を築いてきたかということだ。「信頼」という言葉と概念をこれほど意識して小説を書いたのもはじめてのことだった。

装幀家の鈴木成一氏、この作品の発表の舞台を用意してくれた幻冬舎の石原君、そして、掲載していただいた全国の地方新聞の担当者のみなさんに深く感謝します。

二〇一二年秋　村上龍

解　説

北野　一

書店で『55歳からのハローライフ』の前を何度も通り過ぎていた。手に取ることはなかった。「ハローライフ」ではなく、「ハローワーク」と錯覚していたからだ。勝手に、村上龍氏のベストセラー『13歳のハローワーク』のシニア版だと勘違いしていた。定年退職後に、こんな仕事があるよという本だと思っていた。何度目のことだろう、あれっと思った。ハローライフ。しかも、これは小説なんだと気がついた。すぐに手に取ってレジに向かった。55歳になると、ワークじゃなくて、ライフなんだと思った。それは新鮮だった。

最近、職場でも、しきりに、ワーク・ライフ・バランスという言葉が使われる。ただ、この言葉を真に受けて、ライフを優先するとワークを失うのではないかという懸念はまだ強い。

周りの目も気になる。どうしても、ライフよりもワークが重視される。景気低迷が長引き、賃金の下落が続く日本においては、なおさらその心理的な圧迫は強い。それだけに、「ライフに出会う」というタイトルには引き寄せられるものがあった。55歳になれば、ワークから解放され、ライフだけになる人生の準備をしなければならないんだ。この小説は、どんなモデルを提示してくれているのだろうと期待しながらページを繰った。

しかし、ライフという言葉から一般的に想起される生活、日常という意味での軽さとは裏腹に、小説の中で紹介されるのは、「生活」というよりも「生き様」である。人生、フェアウェイばかりではない。フェアウェイをまっすぐに歩むのはプロゴルファーだけで、初心者は、ラフからバンカー、そしてラフへと右往左往を余儀なくされる。さすがに疲れる。こんな比喩《ひゆ》さえ、ふざけているように思える峻烈《しゅんれつ》な生き様を、この小説は手を替え品を替え見せつけてくれる。

54歳で離婚した主婦、ホームレスになった中学時代の同級生、早期退職したものの再就職に苦労するサラリーマン、夫よりも大切なペットを失った女性、トラックドライバーの老いらくの恋。どの話にも身につまされる場面が出てくる。そのたびに、自分はまだ大丈夫だ、彼ほど身勝手でもないとか小説の中の人物と自分を比べている。思い当たる節があるから、言い訳するのだ。それにしても、辛気臭い話が多いなと思うが、むしろ、これが普通なのだろう。20年近くも不景気が続く日本で明るい話が多いわけがない。アベノミクスの成果だと浮かれたところで、株価はまだピーク時の半分にも届かない。

申し遅れたが、私は株式市場のストラテジストだ。普段は株価や経済指標等の数字をひねくり回している。失業率が上がった、下がった、インフレ率が上がった、下がった。企業業績が改善した、悪化した。だから、株が上がる、円が下がるという話をしている。その数字の裏にある一人一人の人生、さらには生き様に想像力が及ぶことはない。それどころか、目の前の数字に一喜一憂するあまり、ともすれば常識を忘れ、客観性を失うことも多々ある。だからこそ、『55歳のハローライフ』を読んで、たじろいでしまうのだ。小説の中にむしろリアルがあると。

冷静になって今の時代というものを見つめてみよう。２０１４年春。新聞を読むと、連日のように大企業のベアの話題が一面トップを飾っている。ベアとは、給与の基本給部分の底上げのことだ。「６年ぶりベア実施」との活字の大きさに、長く続いたデフレ脱却への期待もにじみ出ている。でも、ちょっと待てよ。この見出しで注意すべきは、「ベア実施」よりも、「６年ぶり」の方だろう。２００８年にもベアはあった。リーマンショックの直前のその頃は、まだ景気が良かったからだ。気になって、古い新聞をあさってみる。ベアはいつ始まったのだろう。２００６年３月、やはりあった。「５年ぶりベア実施」という大見出し。

同じだ。景況感を比較するために、内閣府の月例経済報告を見ると、当時と現在、まったく同じ文言が使われていた。「景気は、緩やかに回復している」。

考えてみると、2006年も2014年も、アメリカの景気拡大がちょうど50か月を超えたところだ。アメリカで50か月も景気が拡大すると、日本にもその恩恵が回ってくるということかもしれない。与党の政治家は、景気回復の実感がないとの庶民の声に不満げだが、ぬか喜びをしない分、彼らの方が賢いのかもしれない。

だから、政府は「期待を変えねばならない」というが、期待とは記憶にしっかり結びついているものだ。期待を変えるとは、記憶を書き換えるに等しい。そんな荒業は超能力者でも不可能だろう。数年前にも大企業ではベアが実施されたが、それは例外で、日本の賃金は1990年代後半から20年近く趨勢的に下がっている。2014年は賃金が上がるだろうが、賃金下落の構造が変わらぬ限り、持続性は期待できない。なぜ、賃金は下がり続けているのだろうか。ワークの見返りが乏しいと、ライフは先細りにならざるを得ない。だから、気になる。

賃金は労働生産性を反映して決まると経済学の教科書には書いてあるが、日本の労働生産性は上昇している。労働者は頑張った分も、分け前をもらっていない。なぜか。交渉力が劣化しているからだろう。ものを買うときに、我々は値切ることもある。価格は、そのものの価値だけではなく、売り手と買い手の交渉力にも影響される。労働の対価である賃金も同じだ。

バブル経済が崩壊し、日本型経営が否定されると、我々はアメリカン・ビジネス・モデルこそ正解だと改革に走った。そこでは株主の取り分を大きくすると経済は上手《うま》く回ると教えられる。労働者は「欲しがりません（国際競争に）勝つまでは」と我慢を強いられる。株主を優先しているうちに、お金持ちはより豊かになり、労働者は貧しくなった。格差が拡大した。労働者は我慢を重ねても一向に生活が良くならない。さすがに、自分たちが我慢しているから経済が成長しないと気づくべきだろう。

そこに安倍政権が誕生した。賃金を上げるように経営者を説得している。劣化した交渉力に政府が梃《てこ》入れしている。ところで、政府の論理とはなんだろうか。アベノミクスで円安になり、企業業績が改善し、株も上がったのだから、次は労働者にも分け前を与えてやれよということだろう。要するに、賃金は円相場や株式相場次第なのである。しかし、私たちは何となく分かっている。相場が誰の思い通りにもならないことを。「期待に働きかける」とは、そういう私たちに「過去を忘れろ、現実を見るな」というに等しい。異次元の政策だと凄《すご》まれても期待が膨らむわけではない。期待は、目の前の現実の延長線上にある。

「唐突な話で悪いんだけどさ、おれ、実は再就職を考えていて、社長のところで面倒見てもらえないかな」

照れがあったので、くだけた言い方になってしまったが、しばらくして、は？　という間《ま》の抜けたかん高い声が聞こえ、電話の向こうで社長が何か言おうとして、そのあと言葉を呑み込むのがわかった。（「キャンピングカー」より）

早期退職したサラリーマンが就職活動でなじみの社長に電話しているシーンだ。読みながら、自分の動悸《どうき》の高まりが分かった。他人事とは思えなかった。よく何秒に一人子供が生まれ、何分に一組離婚が成立すると報道される。今も日本のどこかで、この『55歳のハローライフ』に描かれている出来事が、何秒に一度繰り返されていることだろう。ライフとは「生き様」だと理解した。それにしても、私たちは、なぜ、このように生きなければならないのだろう。「期待」にすがる前に、この小説の登場人物に成りきって考えてみることから始めたい。

——バークレイズ証券株式会社　株式ストラテジスト

この作品は二〇一二年十二月小社より刊行されたものです。

55歳《さい》からのハローライフ

村上龍《むらかみりゅう》

平成26年4月10日　初版発行

発行人——石原正康
編集人——永島賞二
発行所——株式会社幻冬舎
〒151-0051東京都渋谷区千駄ヶ谷4-9-7
電話　03(5411)6222(営業)
　　　03(5411)6211(編集)
振替00120-8-767643

印刷・製本—中央精版印刷株式会社

装丁者——高橋雅之

幻冬舎文庫

ISBN978-4-344-42187-5　C0193　む-1-34

幻冬舎ホームページアドレス　http://www.gentosha.co.jp/
この本に関するご意見・ご感想をメールでお寄せいただく場合は、
comment@gentosha.co.jpまで。